「えへへ、
ありがとうリュカオン」
むぎゅっと思いっきりリュカオンに抱きつきたいけど
ドレスとか髪の毛が崩れそうだから今は我慢だ。
ちなみに、セレスは完成形の私を見た瞬間から
うっとりとどこかへトリップしてしまって戻ってこない。
そろそろ正気に戻って〜。

「かわいいぞシャノン」

ILLUSTRATION
ゆき哉

著 雪野ゆきの
Yukino Yukino
絵 ゆき哉
Kana Yuki
お飾りの皇妃？
なにそれ
天職です！

CONTENTS

OKAZARI NO KOUHI?
NANISORE
TENSHOKU
DESU!

その日、帝国の上層部は混乱に包まれた。

なにせ、皇帝の妃になるはずの深窓の姫君、シャノン・ウラノスがたった一人で現れたのだ。雪が降る中、銀色の狼に乗って。しかも、血まみれのボロボロの格好で。

偽者かとも思われたが、持っていた通行証と手紙、そして姫君が首からかけていたペンダントが紛れもなく姫君本人だということを示していた。

「こんにちは。ちょっと途中でアクシデントはありましたけど、私、お飾りの皇妃になるためにはるばる参りました！」

そう、笑顔で言い放つ姫君を見て、その場にいた者達は波乱の予感を覚えた。

＊＊＊

時は一週間ほど前にさかのぼる。

――女の子なら誰もが一度は憧れるであろう結婚。

もちろん私も憧れていた。

だけど、十四歳の冬、私の知らないところでいつの間にか私の結婚が決まっていた。

ペットの犬猫を譲り渡すがごとく、あっさりと。

「いやすぎる」

まだまともな恋もしたことがない私は、その報告を聞くや否や泣き暮らした。

十四歳ともなれば恋の一つや二つしていてもいいと思うが、私を取り巻く環境は少々特殊で、恋なんかできる状況ではなかった。

早逝した両親が少々特殊な恋愛をしたらしく、現国王の妹の娘である私は王国内でも微妙な立場にある。だけど、両親や私の祖父母との関係で私の血統は大層優れているらしく、何かあった時のために離宮でひっそりと、大切に育てられていた。

そして、どうやらその何かがあったようなのだ。

私達が暮らしている大陸では、この国と私が嫁がされる帝国が二大強国として君臨している。まあ、同じような強さの国があればお互い目ざわりなわけで、ここ最近までこの二国間は冷戦状態にあった。ついこの間終結したんだけどね。

途中で向こうの皇帝が代替わりしたんだけど、その人がかなり有能だったらしく、我が国は少し不利な立場で和平条約を結ぶことになったらしい。それで和平の証に秘蔵っ子とも言える私を差し出すことになったと。

私に求められているのは両国間の繋がりだけだ。なので、皇妃としての仕事や後継ぎを残すことは求められていない。後継ぎはもう皇帝の兄の子に決まっているようだし。

つまり、私はお飾りの皇妃というわけだ。

とんだとばっちりだと思う。この国の国王である伯父にだって年に一度くらいしか会ってないのに。

私がこの離宮から出る機会なんてほとんどないから国民の顔だって知らない。いくら王族の端くれだからって、国のために知らん男に嫁げと言われて、はいそうですかとはならないでしょ。しかも元敵国。幸いなのは、代替わりしたばかりで皇帝がまだ若いってことだけ。本当にそれ以外いいことはないと思う。

泣き暮らす私にお世話をしてくれている侍女達は同情してくれるけど、国同士の決定に異議を唱えるなんてできるはずもない。

私がアルティミア帝国に向けて旅立ったのはそれから一週間後のことだった。

冬ということもあり、外に出ると雪が降っている。

雪は好きだけど、今は気分が上がらない。ただただ寒いだけだ。

足元の悪い今じゃなくて春になってから帝国に向かえばいいと思うんだけど、そんな悠長にはしていられないらしい。

長年お世話をしてくれた離宮の侍女達に抱きつき、これまでのお礼とお別れを言う。向こうの国にこちらからの侍女を連れていくことはできなかった。私が乗る馬車を取り囲んでいる聖獣騎士達も、向こうに着けば私だけを置いてこの国に帰ってくる。

向こうの国に着けば私は独りぼっちだ。

もう涙は枯れたけど、なんだか無性に寂しかった。

「姫様」

「うん」

聖獣騎士に促されて私は馬車に乗り込んだ。

聖獣騎士とは、文字通り聖獣と契約している騎士のことだ。聖獣と契約すると、契約した聖獣のランクに応じた魔法が新たに使えるようになる。

我が国の王族はみんな聖獣と契約している。していないのは私だけだ。

なんでだろう。聖獣に嫌われている感じはしないんだけど、なぜかみんな契約はしてくれないのだ。契約しようと言うと、いやいやそんなそんな、みたいな微妙な反応をされる。

そして、聖獣と対極的な存在として魔獣がいる。魔獣は聖獣のような力を持つけれど理性のない獣だ。聖獣はちゃんと理性がある。

人を見れば必ず襲ってくるわけではないけど、空腹だったり怒っていたりすると襲いかかってくるので注意が必要だ。

この騎士達は帝国までの道中、魔獣が出た時に私を守る役割を担っているのだ。

古代神聖王国には聖獣とも魔獣とも違う神獣というのがいたらしいけど、実態はよく分かっていない。なんたって大昔に滅んじゃった国だから。

そんなことを考えていると、馬車の外から声をかけられた。

「姫様、出発します」

「うん、お願いね」

「はっ！」

そうして、私を乗せた馬車は冷たい雪が降る中、帝国に向けて走り出した。

＊＊＊

——本当に、私はツイてない。

もはや呪われてるんじゃないかと思う。

そんな私の思考を邪魔するのは、馬車の外から聞こえる夥《おびただ》しい数の魔獣の唸《うな》り声。国境の森を進んでいると、徐々に徐々に集まってきた魔獣に囲まれてしまったのだ。

外から騎士達の動揺する声が聞こえてくる。

こんな状況になれば、素人《しろうと》の私でも分かる。これは完全にイレギュラーで、絶望的な状況だって。

腹を括《くく》った私は馬車の外に出た。予想以上の魔獣が集まっていて恐怖に腰が引けるけど、そのまま足を踏み出す。

幸い、まだ魔獣も、こちら側の聖獣も様子見で交戦は始まっていない。

「ひ、姫様！　馬車の中にお戻りください!!」

「戻ってもどうせ死んじゃうでしょ？」

騎士にそう返しながら私は現場の状況を確認する。

——騎士が十人に聖獣十体、プラス私か。ギリギリいけるかな。

聖獣と契約していなくても、ある程度の魔法は使える。そして、王族である私は万が一の時のために聖獣の力を閉じ込めた、特別な魔道具を持たされていた。

これを使えば、ここにいる人間くらいならこの森の外に転移できる。

でも、チャンスは一回だ。それを逃したらもう手立てはない。

ここにいる騎士達に転移は無理だろう。多分、自分だけならできると思うけど他人である私を飛ばすことはできない。騎士である彼らにそんなことができるとは思わなかった。

「みんな！　これから森の外に転移するからもう少し近くに寄って！」

「「はっ！」」

彼らは魔獣に剣を向けたまま、ジリジリと後退してくる。

魔法陣の圏内に全員が入ったのを見計らい、私は魔法を発動した――

「ガァッ!!!」

「…………へ？」

私の体が宙に浮く。

そして、ポーンと飛ばされた私の体は馬車から離れた木に激突した。

「かはっ……！」

痛い。いたいいたいいたい……!!

これまでに感じたことのない痛みに思考が支配される。だけど、目に入ってきたもののせいで痛みは一瞬吹っ飛んだ。

「――あ」

そこにいたのは、災厄の象徴、真っ黒い鱗《うろこ》のドラゴンだった。ドラゴンは私達の上でバサバサと翼をはためかせている。

ドラゴンが、ピンポイントで私を、その長い尻尾《しっぽ》で吹っ飛ばしたのだ。

――魔法陣の外に。

もう、魔法は発動してしまっている。私に残された選択肢は、このまま魔法を発動して自分以外を森の外に飛ばすか、魔法を中断して全員を道連れにするかだ。魔法は中断されたら、もう一度発動することはできない。

私に、後者は選べなかった。

「姫様！」と私を呼ぶ声は途中で途切れた。ちゃんとみんなは転移できたみたいだ。

その場に残されたのは、夥しい数の魔獣と上空から私を見るドラゴン。

私の思考が恐怖に支配される。

そして逃げる暇もなく、ドラゴンの鋭い爪が私を切り裂いた。

ドクドクと自分の血が流れていくのを感じる。

その時、私の頭の中にあったのは、恐怖と痛み、そして生きたいという渇望だけだった。

真っ赤な血が私の周りに広がっていく。数々の高貴な血が混ざっているという私の血が。

痛みと失血で意識が朦朧《もうろう》としていた時。多分、その時に目覚めたんだと思う。

――私の中に眠る、古代の血が。

次に目覚めた時、周りに魔獣はいなくなっていた。というか、全部倒されていた。

生きているのは私と、起きると目の前にいた青白く発光する狼だけだ。だけど、興奮状態の私は最初その狼の存在には気づかなかった。

「――ハッ！　なにこれ！　なんで魔獣がみんな倒れてるの!?　もしかして、いろいろ混ざった私の中の血が目覚めて無意識のうちに魔獣を倒したとか!?　さすが私！　血統種すごい!!」

「血が目覚めたのは本当だが、魔獣達を倒したのはお前じゃない。あと自分のことを血統種とかいうのはやめなさい」

「……？」

あれ？　今なんか声がした。騎士達は全員飛ばしたはずなのに。どこからだろ。

きょろきょろする私の顔面を狼が前脚でべしょりと押さえた。硬めの肉球ですね。

「死にかけてたからテンションがおかしくなっているようだな」

「??　狼がしゃべってる。なんで？」

不思議。試しに狼の口に自分の頭を突っ込んでみた。

「ほは、ひほほふひひははほふっほふほははひゃへははい（こら、人の口に頭を突っ込むのはやめなさい）」

「なんて言ってる？」

「ペッ、人の口に頭を突っ込むのはやめなさい。そなた、仮にも姫であろう」

「狼にぺってされたの生まれて初めて。うん、帝国に譲渡される血統種だよ」

狼の唾液は全然臭くなかった、むしろ一瞬で乾いた。

自分の頭を撫でていると、狼の呆れた視線に気づく。

「そなた、元々そんなキャラなのか？」

「うん、さすがに身内以外の前では猫被ってるけどね。あ、身内って離宮の侍女達のことよ？　あと、死にかけていろいろ吹っ切れたのもあるかも」

死にかけたことで今まで自分がどんなに恵まれた環境にいたのか気づいたのだ。

離宮に閉じ込められていたことを不満に思ってたけど、いいじゃない、命があるんだもの。むしろお世話してくれる人もいて、安全で、衣食住も揃ってるんだからあの離宮は楽園だったのだ。

なので、今の私は祖国、ウラノス王国の民達に大層感謝している。今まで私の生活を支えてくれていたのはウラノスの民達の税金なのだから。

そんなウラノスの民のためなら私は喜んで敵国に行くし、お飾りの皇妃にもなろう。

だって、お飾りってことは何もしないでも養ってもらえるってことでしょう？　デメリットがあるとすれば自由に恋ができないことくらいだ。恋への憧れなんてさっき血液と一緒に流れ出ていったので、その点は既に問題ない。

私、こう見えても体は強くないし、王族としての教育も軽くしか受けていない。むしろお飾りの皇妃って天職なのでは？　私のためにある職業なのでは？

つい先程まで真っ暗だと思っていた私の世界が、パァッと開けたような心地になる。

すごい、死に直面すると本当に価値観って変わるんだ。

考え方の変わった私にとって、アルティミア帝国に行かない理由はほとんどなくなっていた。

「さあ狼さん！　そうと決まればアルティミア帝国に行こう！」

「何がそうと決まればなんだ。あと勝手に我《われ》の背中に跨《また》がるな」

狼さんの毛皮は見た目以上にさらさらだった。すごい、毛の一本一本が絹みたい。

「あ、ごめん重かった？　なんか、狼さんは敵じゃないと思ったから勝手に跨っちゃった。ごめんね？」

「はぁ、お前のようなちびっこ重くはない。仕方ないな、こうなった経緯は道中話してやろう。急ぐのだろう？」

「うん、ありがとう」

私は狼に跨り、しっかりとその首にしがみついた。

どのくらい意識を失っていたか分からない以上、帝国に急がねばならない。私は大事な和平の証だからね。

狼の背で揺られながら思ったけど、そういえば体が痛くない。洋服は真っ赤だけど、傷は治ってるみたいだ。

「狼さんが治してくれたの？」

「無論だ。我はお前の契約獣だからな」

「あらいつの間に」

「お前が死にかけてる間に無意識に我を喚《よ》び出して契約を結んだ。つまり我はお前の契約神獣ということだ」

「へぇ。……ん？　神獣？」

聖獣の言い間違いかな？　と思ったけどそうでもなかったらしい。

「神獣で間違いない。お前の中の古代神聖王国の血が我を喚び寄せた。お前に混ざっているのがただの神聖王国の民の血ではなく王族のものだったのがよかったんだろう」

「ふ～ん」

さすが血統がいいだけで帝国に差し出されるだけあるね。まだ帝国に到着すらしてないけど。

「じゃあ狼さんが魔獣を倒してくれたんだ」

「うむ、我にとっては魔獣など恐るるに足りぬからな」

「ドラゴンも？」

「無論。我にしてみればあれは羽の生えたトカゲだ」

「わぁ」

ドラゴンが聞いたら怒りそうだな。

「まだまだ聞きたいことはあるだろうが、とりあえず寝ておけ。お前は生き残ったのだから」

「うん……」

きっと私が興奮状態だと思ってそう言ってくれたんだろう。普段から割とこんな感じだって言ったらぶっ飛ばされそうだな。

黙って寝ておこう。

そういえば、狼さんは帝国の場所分かるのかな。

まあ、神獣だし、だいじょうぶか――……

【リュカオン視点】

懐かしい気配を感じ、我は神獣界を飛び出した。

そこにいたのは、獣達の中心で血を流している少女。少女から流れ出す赤から懐かしい気配がする。どうやら、極限状態で神聖王国の王族の血が目覚めたらしい。その血が無意識に神獣である我を喚んだのか。

だが、我の気を引いたのはそれだけではない。

この子の行く末を見守るのは面白そうだ。よし、契約をしてやろう。

少女と契約し、我は周囲の魔獣を一掃した。ついでに少女の怪我も治してやる。このままだと死んでしまうからな。

そして、しばらく待っていると少女が目を覚ます。

目を覚ました少女は、なんというかとても残念な奴だった。

目を瞠《みは》るほど愛らしい顔《かんばせ》をしているのにやることなすこと全てが残念だ。狼が話すのが不思議だと言って我の口に頭を突っ込んで来た時はなんだこいつと心の底から思った。

かつての神聖王国の赤子にもされたことないぞ。こやつは赤子以下、いや、未満か。

生粋《きっすい》の姫君だろうに、どんな教育をされてきたのか。……いや、なかなかに複雑そうな生い立ちだから正当な教育は受けておらんのかもしれぬな。

まだ敵か味方かも分からぬ我に勝手に乗るし。自分の傷が治っていることにもしばらく気づかぬし。実に抜けている。せめて顔がよくてよかったな。

寝ているように言うと、少女は素直に目を閉じた。

大量の血を流した後だからな、もちろん体調は万全ではない。これから慣れぬ土地へ行くのだし、少しでも回復しておくのがいいだろう。どうせ帝国への道案内などできないだろうし。

なるべく揺れないように我は走った。大体の方向は馬車に残っていた地図から予測できた。

少女の体調面を考えたら馬車を使いたかったが、生憎《あいにく》馬車を引いていた馬の聖獣も転移させてしまったらしく馬車は使えなかった。馬車を引くくらい我でもできるが、そんな屈辱ごめんだ。

少女が思いつかないのをいいことに荷物だけ回収し、馬車は放置して出発した。寝ている少女のよだれで毛皮を汚されようが馬車を引くよりはマシだ。

少女が寝ている間、こっそりと少女が森の外に転移したという騎士達の安否を確かめてみた。うむ、全員無傷のようだな。少女を助けに森に入ってきたらどうしようかと思ったが、一旦城に報告に戻ることにしたようだ。まあ、普通はそうするか。あの状況だとこれの生存は絶望的だと考えるのが普通だからな。

救ってもらった命を無駄にしないその判断やよし。

そのまましばらく走っていると、背中に乗せた少女の腹がぐうううと元気よく鳴いた。

ふむ、そういえば大量に失血したのに何も食べさせていなかったな。

だが、腹が減っているだろうに少女が目を覚ます気配はない。どうやら体が食事よりも睡眠を欲しているようだ。

仕方ない、急いで帝国に向かってやるか。帝国に着けばなにかしらの食べ物はもらえるだろう。

あと、これには王族らしい振る舞いも覚えさせんとな。

我は神聖王国国王とも契約していたことのある神獣だからマナーには厳しいぞ？

＊＊＊

「おい、起きろ」

「はい、起きました」

「……寝起きはいいのだな」

「うん、寝起きがいいのだけが取り柄」

「……そんなことないんじゃないか？　もっと取り柄はあるだろう」

優しい狼さんだ。寝起きのよさ以外に私に取り柄があると思ってくれてる。

あ、そういえば血統のよさも取り柄っちゃ取り柄だね。

そこで私は、周りの景色が森じゃなくなっていることに気づいた。

「……あれ？　森を抜けたの？」

「ああ、もう帝国に入っている。もうすぐ城に着くぞ」

「わぁ早い。ありがとう狼さん」

そういうと狼さんは微妙な顔をした。背中に乗っていても分かる微妙な顔だ。正面から見たらさぞ微妙な顔をしてるんだろう。

顔が見たくてよじ登っていったらバランスが悪くなるから大人しくしてろって怒られた。はいごめんなさい。大人しくしてます。

「あと、我のことは狼さんじゃなくてリュカオンと呼べ」

「分かった。じゃあ私もお前じゃなくてシャノンって呼んでね？」

「……あい分かった。ではシャノン、このまま城に行くぞ」

「うん、お願いリュカオン」

そう言うと、リュカオンは私を乗せたまま再び走り出した。

騒ぎになっちゃうからか、市街地の近くはなるべく避けてくれてるみたいだ。

……そういえば、いつの間にか帝国入りしてたけど、どうやって入ったんだろう。一応荷物の中に通行証とか入ってるはずだけど使ってなさそうだ。

もしかして不法入国……？

……まあいっか。お城に着いたら精一杯言い訳しよ。


お城の巨大な門の前に着くと、すでに何人かが待ち構えていた。

洋服から察するに門番じゃなくてそこそこ立場のありそうな人達だ。とりあえず挨拶しておこう。

「こんにちは。ちょっと途中でアクシデントはありましたけど、私、お飾りの皇妃になるためにはるばる参りました！」

初対面は笑顔が肝心。なので私はにぱっと、離宮の侍女達に好評だった笑みを浮かべてそう挨拶

をした。

「……」

……あれ？　なんの返答もない。

「リュカオン、私ちゃんと挨拶できてなかった？」

「シャノンにしては頑張ったと思うぞ？　名乗っていないのが問題なのではないか？」

「あ、そっか。帝国の皆さま、ウラノス王国より参りましたシャノン・ウラノスと申します」

「「……」」

またなんの反応もない。

「リュカオン？」

「う〜む、狼に乗ったままなのが問題なのか？」

「ああ、たしかに何かに乗ったままだと失礼になりそうだね」

私はリュカオンから下り、改めて挨拶をすることにした。

「皆さま、お初にお目にかかります。ウラノス王国より嫁ぎに参りました、シャノン・ウラノスと申します」

するど、三度目の挨拶にしてようやく相手からの反応があった。

「聖獣が、話してる……」

「というか、この方がウラノスの姫……？」

「もちろん、私がシャノン・ウラノス本人です」

そう言っていつも首にかけているペンダントを見せる。よくは分からないけど、これを見せれば身分証明になると言われて幼い頃からずっと着けているのだ。

ペンダントを見せると本人だと信じてくれたようで、やっと門の中に入れてくれた。

お風呂入りたいな～……あ、そういえば私、血まみれじゃん。ドレスもボロボロだし。そりゃあこの人達も怪しむよね。

そう思っていると、隣を歩くリュカオンが「今さら気づいたのか」と私に呆れた視線を向けてくる。私が乗っていたせいでリュカオンの毛皮も大分赤黒く染まってしまっている。ごめんね。後で洗ってあげるからね。

今まではうたた寝しちゃっても侍女のみんながいつの間にか着替えさせてくれてたから、てっきり今回も着替えているものだと勘違いしちゃってたのだ。一回寝たし。

うわぁ。自覚したらなんか今の格好に不快感を覚えてきた。全部自分の血だけど。

早いところ着替えさせてもらおう。

だけど人目の少ない道を選んでいるからか、なかなか私の滞在先には到着しなかった。あと帝国の城の敷地、無駄に広い。

この建物は本城じゃないっぽいけど天井なんかさっきのドラゴンが収納できちゃうくらい高いし、廊下も私がゴロゴロと転がって進んででもサッと避けてスルーできちゃうくらいには広い。

というか、歩きすぎて疲れた。

こちとら何年も離宮だけで生活していたのだ。長距離を歩くのには慣れていない。これぱっかりはどんな深窓の令嬢にも負けないつもりだ。

リュカオンに言ったらまた何言ってんだって言われちゃいそうだけど。

「リュカオンリュカオン、背中乗せてほしい」

「どうした？　疲れたのか？」

「うん」

「仕方がないな。ほら、乗れ」

リュカオンが少し屈《かが》んでくれたので、遠慮なくその背中に乗る。

そんなやり取りをしていると、私達を案内してくれた人がギョッとした顔でこちらを見ていることに気づいた。

「？　どうしました？」

「いえ、どうしてその聖獣は人の言葉をしゃべるのですか？」

「さあ？　神獣らしいので言葉も話せるんじゃないですか？」

そう言うと、男の人達の顔色がサッと変わった。軽蔑するような、嘘つきを見るような顔に。

「え？」

「失礼しました。それでは、さっさと姫様の滞在される場所へ参りましょう。その狼に乗られたままで結構ですのでついてきてください」

「あ、はい」

みんなの態度が急に変わったのでビクリとする。

なんだなんだ？　帝国的に室内を狼に乗って移動するのはタブーなのかな？

なんでも知ってそうなリュカオンに聞こうとしたけど、こちらもなんだか機嫌が悪そうなのでやめておいた。

——私の帝国生活、これまた嫌な予感しかしない。

＊＊＊

またか……。

滞在場所に案内された私は激しいデジャヴを感じていた。

なにせ、私の滞在場所は本城ではなく離宮だったからだ。まさか帝国に来てまで離宮に詰め込まれるとは。お飾りとはいえ私皇帝のお嫁さんなんだよね？

もうこれも運命だと受け入れて離宮に骨を埋めようかな。

さすがの私もこれには遠い目になってしまう。

まあとりあえずお風呂だね。こんな血まみれのボロボロじゃベッドにダイブもできない。

お風呂に入る前に軽く離宮の中と自分の部屋を見て回ったけど、部屋のレベルとしては祖国とそんなに変わらなかった。よかったよかった、自慢じゃないけど私は全体的に結構体が弱いので悪い布だと肌は荒れちゃうしちょっとの埃《ほこり》ですぐに咳が出ちゃうのだ。

ストレスがたまってもメンタルはなんともないけど体が早急に音《ね》を上げるという珍しいタイプの

お姫様が私である。

一度死を間近に感じた私は、たとえ生活水準が下がったとしても普通に生きていければ文句言わないけどね。この短期間で私も成長したものだ。

「リュカオン！　お風呂いこ！」

「ああ」

早速リュカオンとお風呂に向かう。

汚れを落とせばリュカオンは元の綺麗な銀色の毛皮に戻っていた。そういえば、リュカオンの配色は大体私と一緒だ。リュカオンは銀色の毛に紫色の瞳、私は白銀の髪色に薄紫の瞳だからほぼ一緒だろう。

色が一緒なだけでものすごい親近感。

さっぱりしてお風呂を出る。するとバスタオルと着替えが用意してあった。この離宮の侍女が用意してくれたんだろう。

体を拭き、用意されていた着替えを身に纏う。

「さっぱりしたことだし、挨拶がてら侍女さん達のところに行こうかな」

「いいんじゃないか？」

脱衣所から出た私は侍女さん達の声のする場所へと向かった。

「あ、いた」

「姫様！」

調理場で談笑していたらしい彼女達が慌てて立ち上がり、礼をしようとするのを手で制す。

「そういう堅苦しいのはいらないわ。これからお世話になるから挨拶に来ただけだもの」

「挨拶、でございますか……？」

侍女さん達がぽかんとする。

普通の貴族や王族は挨拶に来ないのだろうか。

「ええ、これからよろしくお願いします」

ペコリと頭を下げると、向こうも慌ててバラバラと頭を下げてくる。

そして頭を上げた彼女達の視線から、何かを聞きたそうな気配を感じた。

「えっと、もし何か質問があるならなんでも聞いて？」

私がそう言うと、少し逡巡《しゅんじゅん》した後に侍女の一人が口を開いた。

「あの、姫様が連れ歩かれているその狼は、姫様の契約獣なのでしょうか？」

「ええ、私の契約獣よ」

堂々と自分に契約獣がいることを言えるのが嬉しい。私だって一応王族なのにずっと契約できなかったことが実は少しコンプレックスだったのだ。

お姫様らしい口調で侍女に答えると、侍女は再び質問を重ねてきた。

「その聖獣とはいつ頃契約されたのですか？」

「ええと、この子は聖獣じゃなくて神獣で――」

そう言いかけた瞬間、侍女達の視線が瞬《また》く間に冷たいものへと変わるのが分かった。先程案内してくれた人達と同じような視線だ。

「そうですか。お答えいただきありがとうございます。それでは私達は失礼します」

「え？」

それだけ言うと、侍女達は足早に去っていってしまった。

明らかに私から逃げ出したことが伝わってくるのでさすがに追いかけることはしない。

……帝国、こわっ。

なんでどいつもこいつも急に態度が変わるんだろう。温度感が急に変わりすぎて風邪ひいちゃうわ。

あ、もしかしてリュカオンが神獣だっていうのが嘘だと思われてるのかな。たしかに私の国でも神獣っておとぎ話レベルだったし、急に言われても信じられないのは無理ないかも。

でも、嘘ついてると思われたからって態度が急にあんな冷たくなることある？　この国って嘘つくのが大罪だったりするのかな。

私が思ってたよりも文化の壁って大きいのかも。これは慣れるまでに時間がかかりそうだな。

なんにしても、しばらくリュカオンを神獣だと主張するのはやめておこう。どうにもリュカオンを神獣だと言うのはこの国の人の逆鱗《げきりん》に触れるみたいだし。

なにより、私はいいけどリュカオンまで悪意に晒されるのが耐えられない。さっきも去り際に侍女が何人かリュカオンを睨んでたし。

天国にいるお父様お母様、シャノンは初日で侍女全員に嫌われました。

これからの帝国生活、嫌な予感しかしません。

そして、その嫌な予感は見事に的中した。

――今日、これからよろしくと挨拶したばかりの侍女達だけど、結婚式の次の日から誰一人として離宮に来なくなったのだ。

＊＊＊

「幸先《さいさき》が！　不安すぎる!!」

帝国入り一日目の夜、私は部屋でそう叫んだ。そして叫んだことで咳き込む。

「けほっけほっ」

「こらこら、無理するな」

リュカオンが尻尾で私の背中を撫でてくれる。ありがとね。

「ほらほら、さっさと寝るぞ。魔法で怪我が治ったとはいえ、体にかなりの負荷はかかっているのだからな」

「は～い。リュカオン一緒にねよ～」

言うのと同時にリュカオンをベッドに引きずり込み抱きしめる。あったか～い。

外も吹雪《ふぶ》いてきたみたいだし、丁度いい湯たんぽだ。

「リュカオン何かおしゃべりする？」

「しない。早く寝ろと言っているだろう」

「多分私明日からしばらく使い物にならないと思うから、元気なうちにおしゃべりしようよ。シャノンは意外と体が弱いのです」

そう言うと、リュカオンが少し悲しそうな顔になった。

「いいから早く寝ろ。今無理してもいいことはないだろう」

「たしかにそうだね。おやすみリュカオン」

「ああ、おやすみシャノン」

部屋を暗くすると、私はあっという間に眠りについてしまった。


そして次の日、私は見事に体調を崩した。

完全に予想通りだ。

リュカオンが心配そうに私を見下ろしている。

「だいじょうぶ、いつものこと、だから……」

「いつものことだろうがなんだろうが辛かろう」

リュカオンが優しい。

「魔法でなんとかしてやりたいが、これ系を魔法で治すとどんどん身体が弱くなるだけだからな……。まともな看病も期待できぬし」

私のお腹の上に前脚を置いたリュカオンが憎々しげに言い放つ。

リュカオンの機嫌が悪いのはさっき来た侍女の対応もあるんだろう。

朝食の配膳に来た侍女は、明らかに具合の悪そうな私を見てチッと舌打ちをした。そして、「聖獣の色を変えてまで神獣様だと偽《いつわ》ろうとするから罰が当たったんですよ」と言い放ち、早々と部屋を出ていってしまった。

「……リュカオン、毛のいろかえてるの……？」

「そんなわけないだろう。我はもとより銀色の毛に紫の瞳だ」

「だよねぇ」

まあ、あの反応からするに看病は望めないだろう。

こんな時、ちょっとの不調でも心配してくれた祖国の侍女達が恋しくなる。親代わりに私を育ててくれたみんな。

みんなのためにも、こんなところで私が折れるわけにはいかない。こうやって何もしなくてごはんが出てくるだけでありがたいことなんだから。早く回復しないと。

そう思い、私はリュカオンの胸毛に顔を埋めた。いい匂い。


看病はしてくれなかったけど食事は滞《とどこお》りなく届けられた。私はあんまり食べられなかったから残りはリュカオンの胃袋に消えたけど。

そして、夕食を届けに来てくれた侍女がついでとばかりに重要事項を言い残す。

「あ、そうだ、結婚式は明後日になりますのでそれまでに体調を整えてくださいましね」

はい？

聞き返そうとベッドに横たわった状態から顔を上げたけど、既に侍女は退室していた。毎度毎度素早い行動ですこと。さすが皇城で働く侍女と言うべきか、無駄なことには時間を割かないらしい。

「ねえリュカオン、結婚式って私と皇帝陛下のだよね」

「おそらくな……」

この時ばかりは痛む喉もスイスイと言葉を紡いでくれた。

「いや結婚式急だな!!」

大声を出したことでけほけほと咳が出る。

当事者が一番日程知らないってどゆこと？　一応私の結婚式だよね？

私の蚊帳《かや》の外感《そと》が半端ない。

明後日が結婚式ってことは、私が知らないところで結婚式の準備は着々と進んでいたらしい。つくづく急いで帝国に駆けつけてよかったと思う。結婚式に間に合わなかったら二国間の関係は悪化したこと間違いないからね。

完全に和平の道具扱いの私だけど、結婚式には綺麗な状態で臨《のぞ》みたい。

侍女の言う通り、早く体調を回復させないと……！

そう意気込むも元来の体の弱さはどうにもならず、体調面に若干の不安を抱えたまま私は結婚式当日を迎えることとなった。

怠《だる》い体を起こし、真っ白いドレスに着替える。

さすが帝国が用意したドレス、生地がスベスベだ。多分、私でも初めてお目にかかるレベルのいい生地だと思う。

まだ十四という年齢だからか、ドレスはかわいらしい系のデザインだった。まだシンプルなのは似合わないだろうと判断されたんだろう。

多分当たってる。

祖国の侍女には子猫ちゃん子猫ちゃんと言われてたから、私は一般的に見るとベビーフェイスらしい。そんな私に大人の女性が着るようなシックなデザインのドレスは似合わないと思う。

今日ばかりは朝から待機していた侍女達の前にウエディングドレス姿を見せる。

ほう、と溜息をついた侍女達は次の瞬間、ハッと我に返って私をドレッサーの前に座らせた。

「お化粧は……ベールを被るから要りませんね」

え、お化粧してみたかったのに。

ちょっと残念だけどまあ仕方ない。

その後は、髪の毛を痛いくらいに引っ張られ、まとめ上げられた。みんな私の髪の毛に何か恨みでもあるの？　みんなだってまだふさふさだしハゲてもいないのに。

髪の毛がふさふさ以外で私の髪が人の恨みを買う理由が思い当たらない。

「いててて!!」

「我慢してくださいまし」

「ハゲちゃう！　まだ十四歳なのにハゲちゃうぅぅ」

「ハゲません!!」

ハゲるを連呼すると、髪を引っ張る侍女さんの力が少し弱まった。よしよし。

絶対何本か抜けた気がするけど、まあ尊い犠牲だ。後でお掃除してあげるからね、侍女が。

髪の毛のセットが終わると分厚いベールを被せられた。

いやもうこれ絶対ベールじゃないね。布だよ布。

絶対私の顔見えないだろうし、私からも周りが見えない。試着室のカーテンに採用してもいいくらいの不透過性。

離宮どころか部屋を出る前にそんなものを被せられた私の足元は、案の定おぼつかなかった。

「わっ」

「あいてっ」

「あたっ」

移動中に躓きまくる私に侍女達がイラつくのが分かる。

いや、気持ちは分かるけどこれは無理じゃない？　だって目隠しされて歩いてるのと一緒だよ？

「ねぇねぇ、控室に着くまでこのベールとっちゃダメ？」

私の口調に侍女達がギョッとするのを感じる。

あ、猫被るの忘れちゃった。

まあいっか、向こうだって仮にも他国の王族に対する態度じゃないし。

「ベールは離宮を出る前に着けるようにとのお達しです。歩きづらいようならそちらの狼に乗って移動してくださいませ」

「あ、そっか」

たしかにその手があったね。

私は少し後ろをついてきていたリュカオンを手招きする。するとリュカオンはスイッと私をすくい上げ、背中の上に乗せてくれた。ドレスの分重くなってると思うのに文句一つ漏らさない。

人間よりもリュカオンの方が断然優しいね。

これからどこに行くのかも、式の流れもなにも知らないけど、まあなんとかなるよね！


そして、人目を避けて私達は控え室に辿り着いた。

ベールをどかそうとすると怒られるので相変わらず周りは見えない。控室の内装も分からずじまいだ。

「陛下が姫様の手をお引きになりますのでそれについていってくださいまし。姫様がされることはなにもありません。ただいてくだされば式は滞りなく行われますので」

「は〜い」

「……」

私の呑気な返事に「大丈夫かなこの人……」と思っているような気配が伝わってくる。

大丈夫大丈夫、ただいるだけでしょ？　それくらい私にもできまっせ。……と、言いたいところだけどちょっと不安かもしれない。

冬の、しかも雪が降っているくらい寒い日にドレスという薄着でうろついたため体調が悪化してきた気配がするのだ。せっかく回復してきたところだったのに。さすがに上着は羽織ってるけど、それも見栄えが悪くならない程度の上着なので保温性には欠ける。

「姫様、お式が始まります」

その声と共にスルリと上着が剝ぎ取られる。

さむっ!!

あれね、ドレスはかわいいけど機能性に欠けるね。こんな冬の日に着るものじゃないわ。肩も腕も出てるし。

「契約獣様はここでお待ちください」

どうやらリュカオンは連れていけないようだ。

「リュカオン大人しく待っててね」

「おい、我を誰だと思ってる。シャノンこそ何かあったらすぐに我を呼ぶのだぞ」

「分かった」

リュカオンとの話が終わると同時に「陛下がおいでになりました」という声がする。

どうやら私の旦那様がおいでなさったらしい。

まあ、この分厚すぎるベールのおかげで顔も見えないんだけど。陛下が来てもベールをずらすなってさっきしつこく言われたからね。

それはもう、出来の悪い犬に教えるがごときしつこさだった。あんだけ言われたらさすがの私も理解できるよ。ちらり。

ガシッ!!

ベールをずらそうとしたらその手首を摑まれた。

「ひ、め、さ、ま……?」

「……ごめんなさい」

私は出来の悪い犬よりも出来が悪かったみたいです。

あと侍女さんの反射神経舐めてました。

今のやり取りは陛下も見てただろうけど一体どんな顔して見てるんだろう。

ほらほら、お宅の侍女が仮にもお姫様に粗相してますけど!?

だけど、この国の人はどこまでも私に厳しいらしく、陛下は何の反応も示さなかった。

死にかける前の私だったらもう大泣きしてたね、こんな状況。

すると、侍女の手から解放された私の小ぶりな手に大きな手が重ねられた。きっと陛下の手だろう。

わぁ、陛下の手あったか～い。

寒いし、陛下の手でちょっとでも暖をとらせてもらおう。

陛下の手をにぎにぎしたら若干周りがザワッとしたけど式が開始する時間になったから注意され

ずにすんだ。

結婚式では、私はほんとに立ってるだけでよかった。

誓いの言葉も頷くだけだったし、誓いの口づけもない。

ただ、時間が経つにつれてどんどん体調は悪くなっていったけどギリギリ倒れる前に式は終わってくれた。

陛下も私の異変に気づいてくれたのか、最後はこっそりと私を抱き上げる形で退場してくれた。

この国に来て初めて人の優しさを感じた気がするよ。結局一言も言葉は交わしてくれなかったけど。

旦那様の人となりを何一つ分からないまま、私は既婚者になったのだった。

それにしてもなんて雑な結婚式なんだろう。乙女の夢ぶち壊しだ。責任とって結婚してほしい。

あ、もう結婚したんだった。あはは。

……やばい。本格的に具合が悪くて思考がおかしい。

陛下にほぼ全体重を預ける形で控室に戻る。

「！　シャノン！」

控室に入るや否やリュカオンが駆け寄ってきて私を支えてくれる。

「よく頑張ったなシャノン。早く部屋に戻ろう」

「うん……」

リュカオンの背中にもたれかかるように乗り上げる。

「おいそこの男、シャノンは連れ帰って問題ないな？」

そこの男ってもしかして陛下のことだろうか。リュカオンもなかなか言うね。

陛下とアイコンタクトかなにかしたのかリュカオンは歩きだした。

……分かってたけど、やっぱり陛下ついてきてくれないんだ……。

リュカオンの背中で揺られながらそんなことを思う。ついてこないどころか心配の言葉もなかったな。まあ、敵国の姫の扱いなんてそんなものなのかもしれない。

だけど顔も知らず言葉も交わしたことがない、そんな相手と家族になったことが私には信じられなかった。

＊＊＊

離宮に戻り、何とか自分でドレスを脱いで寝巻に着替える。そしてベッドに横たわった。

シーツが冷たい。熱が上がってるんだろう。

布団でしっかりと自分の体を覆うと、リュカオンが自分からベッドに乗ってきてくれた。そして自分の毛皮で私を包んでくれる。

「リュカオン、おとうさまみたい……」

「……我はシャノンのお父様よりも遥かに年上だ。我の極上の毛皮で温めてやるから一先《ひとま》ず寝なさい。もう限界だろう」

「は〜い」

素直に目を瞑る。

すると、私はスコンと眠りに落ちた。

――寝ている間、誰かの話し声がしてた気がするけど、多分気のせいだよね……？


絶対にあと何日かは寝込むと思ったのに、次の日の朝起きたらとても元気だった。

びっくりするくらい爽快な気分だ。そのことをリュカオンに報告すると「よかったな」とは言ってくれたけどなぜか微妙な顔をしていた。なんでだ。

ただ、しっかりと寝坊はしちゃったらしい。

時計を見たら侍女さんが朝食を持ってきてくれる時間をとっくに過ぎていた。

「結構寝坊しちゃったね。でも侍女さんが来たの全然気づかなかったな」

「今日はまだ誰も来てないぞ」

「あらま。疲れてると思って気を遣ってくれたのかな」

……これまで時間通りに来ては、体調の悪い私を見ても何の反応も示さず退出していった彼女達が？

皇妃になったから？　いやいや、普通に考えてそんなあからさまに態度変えたりしないでしょう。

「リュカオン、私なんか嫌な予感がする」

「奇遇だな、我もだ」

私は寝巻のままベッドから飛び出し、リュカオンと一緒に離宮の中を確認して回った。

——結果、嫌な予感は見事に当たっていた。私の予想を上回る形で。


「だ、誰もいない……」

「まさかだな」

昨日まで離宮で働いていた離宮の使用人が、誰一人いなくなっていた。

ガランとした離宮の廊下を歩き、とりあえず自分の部屋に戻る。そして温もりの消えたベッドに腰かけた。

私は口元に手を当て、リュカオンに言う。

「もしかして、この離宮の中ならやりたい放題できるってこと……?」

「お前ポジティブだな。もはや尊敬に値するぞ」

リュカオンに褒められちゃった。えへへと笑うと呆れた眼差しを送られる。

まあ、私だってちゃんと分かってるよ。これってボイコット……ってやつだよね?

上の指示なのか彼ら彼女らの意思なのかは分からないけど、多分このまま待っていても使用人が勝手に戻ってくることはないだろう。

だって、使用人ゾーンも見に行ったけど全部屋、荷物がまるっとなくなってたんだもん。

あ、荷物はなくなってたけど別に部屋は片づいてなかったよ。自分のものじゃないからかベッドの上のシーツとか毛布は使いっぱなしって感じで乱れたままだったし、くず入れのゴミもそのままだった。もしこれから後任が来るって知ってたら片づけて出ていくよね？

つまり、後任の使用人がやってくる可能性も低いということだ。これはリュカオンも同じ考えだった。むしろ私がその考えに至ったことに驚かれた。失敬な。

王族としての振る舞いとか常識とかは微妙だけど、これでも侍女達にいろんなことは仕込まれているのだ。

上の方の指示でいなくなったか、自分達の意思でいなくなったかは微妙なところだと思ってる。自分達の意思で全員がいなくなるのは考えにくいかなとも思ったけど、ほら、「馬車の前、みんなで渡れば怖くない」っていうことわざとかあるし。みんなで示し合わせて出ていこうと思うくらいには嫌われてそうだったし。

だって、近い未来に皇妃になる私につけられる使用人なんてよく考えなくても超エリートよ？そのエリート達が私に対する嫌悪感を隠しきれてないんだから、もう相当嫌いだよね。

そこまで嫌われることをした覚えは、本当に全くないんだけども。

もし上の方の指示だったとしてもその理由がよく分からない。皇妃になった途端に使用人を外すメリットってある？　自国民になったんだから蔑ろにしていいよね！　なんて安易な考えのはずないし。

……私に政治のことは分からないから、これ以上考えても無駄かもね。使用人が全員出ていっちゃったのは事実だし。

ベッドに座った状態からバタンと後ろに倒れ、両手を横に広げる。

「ねえリュカオン、私そんなに嫌われることしちゃったのかな」

「シャノンは何も悪いことはしてない。ただ向こうが勘違いしているだけだろう」

「勘違い？」

「ああ、どうにもこの国では神獣、および古代神聖王国人が信仰の対象になっているらしい。それに伴い、様々な言い伝えも間違いのないものとして信じられている」

リュカオンが私の隣にドテッと横になって話し始めた。

「この国では、白銀の髪に空色の瞳を持つ者しか神獣の契約者にはなれないとの言い伝えが信じられているようだ。髪の色は条件に合っているが瞳の色は似ても似つかんな。あと、普通に神獣は全てこの世界からいなくなったということが常識として信じられているようだからな。自分達の目の前に神獣が現れるなんてこと、想像すらしたことないんじゃないか？」

「……でも、リュカオンは本物でしょ？　みんなの誤解は解けないの？」

「そもそも我が本物の神獣だと信じてもらうのが困難だ。腹立たしいことにな。こんなにペラペラしゃべる聖獣などいないだろうに」

たしかに。人と同じ言葉を話す聖獣なんて見たことない。

「私も一応ウラノスの王族だし、人の言葉を話す特別な聖獣を神獣だと偽ってるって思われちゃったのかな」

「だろうな。ウラノスの王族の血は聖獣との相性がいいそうだから、人の言葉を話すくらいの特別な聖獣くらい契約できるだろうと思われても不思議じゃない」

「……不思議に思ってよ……」

撃沈だ。

信仰対象かぁ。そりゃあ怒るよねぇ。こちらとしては本当のことしか言ってないけど、向こうは敵国からきた小娘に自分達の信仰対象が踏みにじられたと思ってるんだもん。

神獣と契約してると偽れば簡単に帝国民を従えられるとでも思ってるのか!! とか思われてそう。実際は神獣が敬われてるのも今知ったばっかりだけど。

誤解を解くのは……リュカオンが神獣だって信じてもらえないと無理そうだなぁ。今さらごめん! リュカオンはただの聖獣だよ!! って言っても嘘を認めることになっちゃうし。

もしリュカオンが私を治し、あの数の魔獣を倒すところを見てくれてたら一発で信じてもらえたんだろうけど。ほぼ死んでた私を生き返らせた治癒も、あの数の魔獣を余裕で屠るのも聖獣一体じゃ到底無理だもん。十体いたってあの魔獣の相手は無理だと判断して転移させたんだよ?

だけどもう一度死にかけるのも、魔獣に囲まれるのも御免だ。

「……そういえば、白銀の髪に空色の目を持ってる人じゃないと神獣とは契約できないの? 私できちゃってるけど」

「神獣も聖獣と同じで気に入った相手と契約を結ぶ。我らは神聖王国の者がお気に入りで、ほとんどの神獣が神聖王国の者としか契約を結ばなかった。そして我らが好む生粋の神聖王国の者は大体白銀の髪に空色の瞳をしていたから、時を経て神獣は白銀の髪に空色の瞳をした者としか契約をしないと伝わってしまったんだろう。その色以外の者と契約していた神獣も少数ではあるがいたぞ」

「ふ〜ん。リュカオンが私と契約してくれたのは、ピンチで私の中の古代神聖王国の血が目覚めたから？」

「それもあるが。シャノンに関しては他にも理由はあるぞ」

意味深に笑うリュカオン。表情を見るに他の理由というのはまだ教えてくれなそうだ。

「——なるほど、大体の状況は分かった。でも、まずはお世話をしてくれる人を見つけないとね」

なにせ私は離宮の最奥で大切に育てられてきたお姫様。

一人での生活なんてできないのだ。

＊＊＊

結婚式の日の夜。シャノンを寝かしつけたリュカオンはカタンという音を聞いて耳をピンと立てた。

音のした方を見ると、一人の人物がシャノンの部屋の大きな窓から室内に侵入してくるところだった。

だが、リュカオンは特に警戒もせず、ベッドの上のシャノンから離れない。

なぜなら、侵入してきた人物は先程シャノンと婚姻を結んだ皇帝陛下本人だったからだ。

吹雪をバックにして目の覚めるような美青年が部屋の中に入ってくる。

冷気を気にしてか、部屋の中に入るとすぐに窓は閉められた。

「……何の用だ不義理夫」

「おっと、これは手厳しい。さっきあまりにも体調が悪そうだったからね、心配して様子を見に来たんだよ」

「この宮に送りもしなかった奴が何を言う」

「それは本当に申し訳ない。だけど俺も立場上、現段階では姫の味方をすることは難しいんだよ。まだ代替わりしたばかりだし、色々と難しい立場なんだ」

皇帝のその言葉をリュカオンは鼻で笑った。

「ハッ、この子よりも厳しい立場なものか。第一、その容姿ならば人気集めは容易《たやす》いだろう」

結婚式の間、リュカオンは様々な方法で情報収集をしていた。結果、シャノンがなぜ帝国民にあそこまでの反感を買うか、あたりをつけられるまでになっていた。

リュカオンが言った容姿とは、皇帝の整いすぎている顔立ちも指しているが、その色のことも言っている。

「はは、古代神聖王国の民と少し色が似てるくらいじゃあ皇帝としての立場は安定しないよ、神獣様」

「……そなたは信じるのだな」

「うん、完全に勘としか言えないけどね」

「そなたにもほんの少しだけ神聖王国の血が流れているようだから、そのせいだろう。本当に少しだけだが」

「なるほどね」

皇帝は少しだけ考え込むような素振りを見せたが、苦しそうなシャノンの顔を見てそちらに近づいていく。

「かなり苦しそうだね。可哀想に。でも苦しそうにしててもこんなかわいいのすごいね。あ〜、ウエディングドレス姿かわいかっただろうな。あんなカーテン着けてちゃなんも分かんなかったし」

「おいロリコン、あれはお前の指示ではないのか？」

「俺まだ二十歳よ？　六歳差はロリコンじゃないでしょ。あとさすがに十四歳の子は恋愛対象に見られないし。それと、たしかにあれは俺の指示だけど、あそこまで何も見えなくなるとは思ってなかったよ。不特定多数に顔を知られない方が自由に動きやすいと思ったんだけど……」

少し予想と違う形になったようだ。ただ、顔を知られないという目的は完璧に成し遂げられていた。

シャノンからは全く見えなかったが、一応は一般国民からも見える形で結婚式は行われたのだ。

「自由にしていいのだな？」

「行方不明になったりするのは困るけどね」

「使用人達からは不穏な気配がするが、物資などが届かないなどということはないようにしてくれ。死にかけても民のためにここへ急いだこの子が飢えるなどあってはならん」

そう言ってリュカオンは何もない空間からシャノンが着ていた血まみれのドレスを取り出し、皇帝へ見せた。

それを見た皇帝の顔が一瞬にして真面目なものへと変わる。十四歳の少女には重い体験を皇帝も悟ったのだろう。

「――心得た」

皇帝の変わりように驚き、リュカオンが瞬きを一つする。すると、皇帝の表情は先程までと同じ、本心を感じさせない微笑みへと戻っていた。

「にしても、姫は本当に愛らしい顔をしてるね。これはウラノスの王も姫をひた隠しにするわけだ」

シャノンが隠されていたのはそんな理由ではないと察しているはずだが、そんなことを宣う皇帝。

「でも、こんなに苦しんでるのは可哀想だね。治してあげればいいのに」

「あ、コラ！」

リュカオンが止める前に皇帝は魔法を発動させてしまった。

途端にシャノンの呼吸が穏やかになる。

「なに？　何かまずかったの？」

「はぁ、風邪のような体調不良は魔法を使わずに回復させるのが鉄則だ。魔法に頼りすぎるとさらに体が弱くなるからな。知らなかったのか？」

「知らなかった。俺は滅多に体調崩さないからなぁ。これはまずい？」

「一度くらいならそこまで変わらぬだろう。シャノンも楽そうになったし」

リュカオンは尻尾の先でシャノンの頬をスルリと撫でた。

リュカオンの言葉に皇帝が明らかにホッとする。

「よかったよかった」

「……この子に死なれると何か困ることでもあるのか？　皇帝であるそなたなら妻だって何人も娶りたい放題だろうに」

「はぁ、神獣様は冷たいね。こんなかわいい子が儚くなっちゃったら誰だって悲しむでしょう。あと、うちは皇帝でも一夫一妻制だから。妻は一人いれば十分だよ。……おっと、そろそろ戻らないと」

話している途中、皇帝が時計を見てそう言った。

「神獣様、今日俺がここに来たことは姫に内緒ね？　姫には皇城内をもっと綺麗にしてから会いに来るから」

「……分かった」

「神獣様ともっと話したかったけど時間がきちゃった。ほんとはもっと色々聞きたかったのに。どうして神聖王国は滅んだのか、とかね？」

「……」

リュカオンがジトリと皇帝を睨むと、皇帝は笑いながら窓の方に向かっていった。

「じゃあ、また」

そう言って窓の隙間からスルリと出ていった皇帝は、どこからか駆けつけた白虎に飛び乗って去っていった。あの白虎が皇帝の契約している聖獣なのだろう。

皇帝が出ていった後、リュカオンはぽつりと呟いた。

「……いささか変わった奴だったな」

＊＊＊

至急、使用人を探さなければならない。

料理になるはずだったものを見て私はそう決意した。

「——私が餓死するのが先か、使用人が来てくれるのが先かだね、リュカオン」

「……料理の特訓をするという選択肢はないのか？」

「絶望的にセンスがないから厳しぃと思う」

私も、まさか自分がここまで料理をできないと思わなかった。いつの間にか粉は舞い散ってるし卵はなぜか爆発した。

料理人ってすごいんだなぁ……。

遠い目をした私は心の底からそう思った。

「まあ、たしかにな。フライパンに油は引かぬし、卵は楽をしようとして魔法で温めて爆発させるし」

「……もしかして、この後自分でこの惨状を片づけないといけないの？」

「使用人がいないのだからそうだな」

「……」

私は辺りを見回した。

ぶちまけた白い粉は床までもまだらに白く染めてるし、卵の断片も飛び散ってる。後は焦げ付いたフライパンエトセトラエトセトラ……。

その光景は、私の思い描いていたぬくぬくお飾り生活から遠く離れていた。

「まずい、まずいよリュカオン。このままじゃ十日と生き延びれる気がしない」

「それは我も否定できんな」

「そうだ！　上の方の人に使用人がいなくなったって訴えてみよう！　私も一応皇妃だし、蔑ろにされないはず!!」

私はリュカオンを連れて離宮を飛び出した。

そして、皇城に入ろうとすると入り口の騎士に止められる。

「お待ちください」

「入城許可証はございますか」

「えっと、ありません」

皇妃なのにいるの？　あ、そうだ、私ベール着けてたから顔知られてないんだった。

「私、シャノン・ウラノスと申します」

あ、もう結婚したからファミリーネーム変わってたっけ。

私が名乗ると、騎士は怪訝そうに片眉を上げた。

「それを証明するものはありますか？」

「あ、はい、ペンダントが……あれ？」

ウラノスの王族であることを証明するペンダントが……ない!!　そうだ！　昨日ウエディングドレスを着る時に侍女に言われて取ったんだった！

あれ？　でも机の上に置いておいたはずなのになくなってたような……。

「ペンダントは着けていないようだな」

「そうみたいですね」

「なにを他人事みたいに……。それに、皇妃殿下ならそんな簡素な洋服を着ているわけがないだろう」

騎士が私の着ているワンピースと見分けのつかないドレスを指さす。ドレスはクローゼットの中にたくさん入ってるけど、私が一人で着られるのはこれが限界だったのだ。

「これは、使用人がいなくなって……！」

「妃殿下の離宮に使用人がいないなどありえないだろう。そして使用人を誰も連れずに出歩かれることも。それに、妃殿下は御年十四歳だと聞いている。君はどう頑張っても十二歳くらいだろう」

「!!」

まさかこのベビーフェイスが裏目に出るなんて。

というか全ての要素が裏目にしか出てない。国民の前で顔を晒さなかったことも、使用人を補充してもらいに来たのに使用人がいないことで皇妃だと信じてもらえないことも。

なんてこった。

「君はかわいらしい顔をしているし、ここまで来られているということは貴族の出身なのだろう。素直にしていればきっといい人と巡り合えるから今日はお家の人のところに帰りなさい。嘘ばかりついているとそれこそ皇妃のようになってしまうぞ」

「!?」

なんだって!?

私がびっくりしたのをどう捉えたのか、騎士が説明してくれた。

「皇妃はあろうことか自分が契約しているのは神獣様だと嘘をついたようだ。おっと、このことは他の人には秘密だぞ。そんなのでも一応皇妃様だからな」

「あ、はい……」

そんなのって……。

というかこれ、誰にも言わないでねっていってどんどん広まっていっちゃってるパターンだ。

こんな子どもにも言っちゃうってことは、私が嘘つきだっていう噂は結構広がってると思って間違いないだろう。

……絶対に通してくれない雰囲気だし、ここは一旦退却してリュカオンと作戦会議だ。

「じゃあ、私は帰ります。お仕事の邪魔してごめんなさい」

「ああ、君は素直に謝れていい子だな」

その後に「皇妃とは大違いだ」とか続けたそうだね。

むっとした私はバンバンと地団駄《じだんだ》のごとく地面を蹴って離宮に帰った。……足が痛くなった。


そして私達は離宮に戻ってきた。

帰ってくる途中で疲れちゃってリュカオンに乗せてもらったけど。だって皇城から離宮って結構遠いんだもん。私とこの国の人達の心の距離を感じるよ。

皇城の方は人通りも多かったけどこの離宮の周りには木しかない。

離宮で一息ついた私は思う。

これはもうだまし討ちしかない！

「募集！　急いで使用人の募集をかけよう!!」

「おお、どうした。なにか思いついたのか？」

急に元気になった私にリュカオンが驚く。

私は早速紙とペンを用意し、募集事項を書いていった。

『侍女、料理人、その他もろもろの使用人募集。お給料：要相談　休み：要相談（なるべくご希望に沿えるようにします）』

私は募集要項を書いた紙をリュカオンに見せる。

「とりあえず雇い主は不明にしたままこれで募集をかけてみようと思うんだけど、どうよ」

「……怪しすぎるだろ。内容はともかく雇い主不明のところが。あとこれだけ使用人が足りていなそうな職場だと自分にしわ寄せがきそうで我なら応募しないな。給料もなんとなくだがそこまで多くなさそうな印象を受けるし」

「……だよねぇ」

我ながら怪しい求人広告ができたなとは思った。

「でもこの国の人みんな私のこと嫌いよ？　正直に皇妃の使用人募集なんて書いても誰も来ないよ。あとこれだけ使用人募集してると警備が薄いと思われて物盗《ものと》りとか来そう」

あ、そういえば私のペンダントはどうしたんだろう。

置いておいたはずの机の上を見たけど、ウラノス王家の紋章入りのペンダントは綺麗さっぱりなくなっていた。

……もしかして、盗まれた？

しかも、他の貴金属やドレスなどが無事なことを考えると盗っていったのって泥棒じゃなくていなくなった使用人のような気が……。アルティミア帝国こわっ。

「リュカオン、私のペンダントってここに置いておいたはずだよね？」

「ああ。……逃げた使用人の誰かが持っていったと考えるべきだろうな」

「だよね」

あのペンダントは、なくしても巡り巡って本来の持ち主の元に返ってくるという古い魔法がかけられてるって聞いたことがある。本当かどうかは分からないけど。だから、そのうち返ってくると信じよう。

なんなら、あれは一応お母様の形見なので戻ってこないと困る。

本来なら逃げた使用人を一人一人捜して締め上げるくらいのことはやりたいけど、生憎今は生活基盤が整っていない。というか伝手《つて》がなさすぎて一人を見つけ出すことすら困難だろう。顔も覚える前に出てっちゃったし。

とりあえずまともなごはんにありつきたい。

料理の材料はあるけど、皇妃の食事を作ることを前提に考えられているからそのまま食べられるものがあまりないのだ。

パンだって料理人が毎日一から作ることを想定されてるから、今あるのは白い粉だ。鳥とかもあったけど捌き方分からないし。

でも果物は皮を剝けば食べられるので、朝はリュカオンと一緒になんとか皮をむしって果物を食べた。思えば、果物の皮を自分で取り除いたのは人生で初めてかもしれない。

ここに来てから、今まで自分がどれだけ恵まれていたのか実感するばかりだ。そんな生活を支えてくれてたみんなのためにもここで逃げ出すわけにはいかない。

結婚したばかりの今、私がいなくなったら両国間の関係がまずいことになるのは分かるし。

静かになった私を落ち込んでいると思ったのか、リュカオンが優しく声をかけてくる。

「これからは大事なものは常に身に着けておくのがよいだろうな」

「分かった」

頷き、私はリュカオンのことをギュッと抱きしめた。

「⁇　なにをしているのだ？」

「今身近で一番大事なのはリュカオンだから、リュカオンを肌身離さず身に着けておくの」

「……我は盗まれぬから安心しろ」

あ、リュカオンがデレた。

「コホン、で、どうする？　とりあえずその募集をどこかに貼り出してみるか？」

「……」

「ああ、すまないシャノン。今日は皇城まで行って疲れたよな、使用人探しの続きは明日にしよう」

「うん」

リュカオンが尻尾で優しく私の頭を撫でてくれる。

正直、もう一度離宮の外で動き回る体力は私に残っていなかった。

貧弱でごめんね……。

疲れた体には、リュカオンの優しさが身に染みた。

【シャノンの侍女視点】

私達のかわいいかわいい姫様が、アルティミア帝国に嫁がれた。まだ十四歳ですのに。しかも、恋愛結婚に憧れてましたのに。

姫様の前では出さなかったが、裏では私達も姫様の気持ちを慮って頬を濡らしていた。

幼い頃から見守っていた姫様のために何かできないか考えたけれど、国同士の取り決めの前に私達は無力だった。

ならばと姫様について帝国に行くことを心に決めたけれど、それすらできないと知り私達は愕然とする。

姫様一人で来いですって!? 何様なのかしら!!

子猫のように愛らしくて少しおまぬけでお体の弱い姫様を一人元敵国にやるなんて正気ではありませんわ!!

様々な事情が絡んでいるのは察せたが、憤慨せずにはいられなかった。

泣きながら姫様を送り出した日の午後、私達は姫様の護衛騎士からもたらされた報告に耳を疑った。

【ウラノスの聖獣騎士視点】

初めて見たシャノン様は、とても小さくてかわいらしかった。これまではずっと離宮で過ごされていたらしいが、あまり外には出なかったらしく肌は真っ白だ。

雪のように触れたらすぐに消えてしまいそうな儚さすらある。

こんな愛らしい姫様が俺達国民のために帝国に嫁いでくださるのだ。

——必ず、この方を無事に送り届けよう。

森を通っている途中、未だかつて見たことがないほどの魔獣に囲まれて俺達は死を覚悟した。

せめて姫様だけでも生き残っていただきたいが、その方法が思いつかない。魔獣と睨み合っていると、馬車から姫様が出てきた。

「ひ、姫様！　馬車の中にお戻りください!!」

「戻ってもどうせ死んじゃうでしょ？」

落ち着いた様子の姫様の手には何かが握られている。きっと魔道具だろう。

どうやら、姫様には何かこの状況を脱する手立てがあるようだ。

「みんな！　これから森の外に転移するからもう少し近くに寄って！」

「「「はっ！」」」

この場の全員を転移するのか!!

まさか、そんなことができるとは。

だが、さすがにそんな大規模な魔法が何回も使えるとは思えない。チャンスは一度きりだろう。

俺達は魔獣に剣を向けたままジリジリと、慎重に後退する。

そして、俺達の足元に魔法陣が現れた瞬間――

「ガァッ!!!」

後ろを振り返ると、姫様が、魔法陣の外に吹っ飛ばされていた。

上を見ると、そこにいたのは絶望――黒色のドラゴンの姿。

もしかして、姫様はドラゴンの尻尾で攻撃されたのか……!?

姫様が吹っ飛んでいった先を見ると、そこには頭から血を流す姫様。

次の瞬間、足元の魔法陣が発動する前兆を感じた。だけど、今のままじゃあ姫様は魔法の範囲外だ。

俺は姫様に向けて手をつき出す。

「姫さ――!!」


――……次の瞬間、周囲の景色が変わっていた。

先程までとは打って変わった穏やかな空気感に驚く。

慌てて周りを見回したが、俺達を取り囲んでいた魔獣は一体もいなかった。黒いドラゴンも、

――そして、姫様も。

それから、俺達のとれる選択肢は二つあった。一つは戻って姫様を助けに行く。一つは王城に戻

って報告をし、加勢と共に戻ってくる。

だが、実質俺達が選べる選択肢は一つだった。

姫様が命懸けで救ってくれたこの命、無駄にするわけにはいかない。

すぐに城に引き返した俺達だったが、再び森に入るのにはしばし時間がかかった。

なぜなら、黒いドラゴンが出たのが本当ならば並大抵の戦力では全滅する。しかも今回は黒いドラゴンに加えて大量の魔獣までいるのだ。

そこまでするメリットがないとのことで、騎士を出すのは見送られた。

なぜなら、姫様は既に死んでいるだろうと判断されたからだ。

姫様が死んでいるのに騎士を出すのは徒《いたずら》に死人を出すことになる。上の判断で森の中が落ち着くまで調査に入るのは待つことになった。

姫様の死亡が確認され次第、それを知らせるために帝国に鳥の聖獣が送られる。そして、姫様の代わりとなる者も。

目の前で淡々とされていく判断を聞きながら、俺は頭の中が煮えたぎる思いだった。

なんで、そんな簡単に姫様を諦められるんだ……!!　姫様は、民のために帝国に嫁がれる途中だったのに。姫様は、命を懸けて俺達を助けてくれたのに……。

気づけば俺は無意識に涙を流していたようだ。今にも飛び出していきそうな俺の肩を、同じく姫様の護衛任務に就いた仲間がポンと叩いた。

「姫様に救っていただいた命、無駄にするな。もし姫様が生きていたらどうする。お前は無謀にも姫様を助けるために飛び出して無駄死にしましたとでも報告しろというのか」

「……」

そうは言うが、多分こいつも、あの状況では姫様が生きているはずがないと思っていたはずだ。だけど、姫様のしたことを無駄にしないために俺を止めてくれているのだ。

姫様は命を懸けて俺達を救ってくれたのに、俺は姫様のために命を投げ出せないことが、酷く、もどかしかった。

姫様の世話をしていた侍女達への報告は俺が任された。

知らせを聞いた侍女達は一様に泣き崩れる。

「ひめさま……っ」

「……すみません」

「ヒック……いえ、騎士様が謝ることはございません。姫様は、王族としてご立派に民である騎士様を守られたのです。どうか、姫様が守られたそのお命、無駄にしないでくださいまし」

そう言う彼女の声は震えていたが、たしかに強い響きがあった。


その日の夜は、一睡もできなかった。

だが次の日、信じられない知らせが届く。

姫様が、帝国に到着したというのだ。契約獣と共に。ここを発った時、姫様に契約獣はいなかった。

帝国に到着したのは本当に姫様なのか……？

信じられない気持ちで俺はその知らせを聞いていた。

一体、姫様に何があったんだ……？

だが、俺は姫様が生きているかもしれない可能性に歓喜した。一筋の希望が見えた気がしたんだ。

姫様が到着したのならば結婚式は予定通りに行われるだろう。ただ、うちの国の陛下は姫様の結婚式に参加することは難しいかもしれない。

なぜなら、帝国に行くには例の森を通るしかないからだ。明らかに異常なことが起こっているあの森を王族に通らせるわけにはいかない。

森の安全確認に一週間はかかるだろう。かなり広い森だし。もしあの黒いドラゴンが去っていなければ森が通れるようになるまでにもっと時間がかかる可能性すらある。

最終手段として転移があるが、最近までうちは帝国と敵対していたので帝国に限っては転移で行くことはできない。なので、姫様の無事をこの目で確かめるには、森の安全を確保してからということになる。

事情が事情なので、姫様の結婚式には現地に滞在していた大使が参列することとなったそうだ。

大使はたしか王族に連なる方だった気がする。

和平条約の条件の中には、早急に両国間での縁を結ぶことが組み込まれていたため、結婚式の延期はできなかったらしい。形式よりも、一刻も早く両国の縁を結ぶことが優先されたのだ。

それから三日後、魔獣が落ち着いたであろう頃合いを見て俺達は慎重に、万全の体勢を整えて森に入った。

そして、そこに倒れていた大量の魔獣達、そして黒いドラゴンに俺達は驚愕することになる——

＊＊＊

【シャノン視点】


皇城から帰ってきた私はヘトヘトだったけど、使用人がいないので食事は出てこない。

「また果物か～」

果物好きだけど、ちょっとはしょっぱいものとかも食べたい。

そう言うとリュカオンは少し考え込み、顔を上げた。

「はぁ、少し調理場の外で待っていろ。いいか？　絶対に中を覗くなよ？」

「どこかの昔話みたいなこと言うねリュカオン。分かった、絶対に覗かない」

「……」

胡乱な目で私を見るリュカオン。完全に信用されてない。

そしてリュカオンは調理場に入り、調理場の扉を閉めた。

「あ」

リュカオンの後に続いて私も流れるように調理場の中に入ろうとしたけど、結界に阻まれた。私が入れないようにリュカオンが展開したんだろう。

　さすがリュカオン、この短期間で私のことを完全に理解してるね。

　しばらく一人で待っていると、結界が解かれて中からリュカオンが出てきた。

「食事ができたぞ」

「え？」

　中に入ると、そこにはホカホカと湯気を立てるスープ、パン、そしてメインの肉料理が用意されていた。

「すごい……！　これリュカオンが作ったの？」

「ああ」

「どうやって？」

「それは……秘密だ」

　パチンとリュカオンが片目を瞑る。あらかわいい。リュカオンのかわいさに免じて追及するのはやめておいてあげよう。

　狼のリュカオンに細かい作業ができるとは思わないけど、魔法とかを使ったのかな……？　魔法だけで繊細な作業をするのはかなり難易度が高いと思うけど、まあリュカオンは神獣だしね。そんなこともできるのかもしれない。

　私はテーブルまで料理を運び、リュカオンにお礼を言ってさっそくパンを一口食べた。

「おいしい！　……すごい、あの白い粉からほんとにパンができるんだね。どんな魔法を使ったら、ただの粉からパンができるの？」

そう聞くと、リュカオンは少し呆れたような顔になった。

「白い粉……そういえば、シャノンは一応姫だったな」

うんうん、シャノンはお姫様ですよ。

その日食べたリュカオンのごはんは、とても温かい味がした。

＊＊＊

昨日は帰ってきてからしっかりと休み、今日から本格的に使用人探しに取り組むことになった。

「やっぱり、この宮殿の外に出る時は私が皇妃だってことは隠そうと思う。動きにくいし、どうせ信じてもらえないし」

「それがいいな。念のため出かける時は瞳や髪の色も変えてやろう」

「ありがとう。リュカオンはどうする？」

「我の姿も何人かには見られているからな、我も変装することにする。そうだな、小さくなって犬に擬態するか」

犬……リュカオンとか犬と間違えられたらかなり怒りそうなタイプに見えるけど、意外と気にしないんだ。自分から変化する分にはいいのかな……？

ツッコんだらめんどくさそうだから何も言わないでおこう。

『侍女、料理人、その他もろもろの使用人募集。お給料：要相談　休み：要相談（なるべくご希望に沿えるようにします）』、昨日紙に書いたのがこれだ。

「う〜ん、でもこれじゃあちょっと引きが弱いよね」

何か付け足すか。

『とてもアットホームな職場です。雇い主もとても優しいです』、私はそう書き加えた。

「……胡散臭いな。わざわざこれをアピールしてくるってことは、実際は厳しい職場なんじゃないかと勘繰られるんじゃないか？」

「やっぱり？　私も自分ならこれをわざわざ書くところには行きたくないなって思っちゃった」

これはやめよう。

じゃあやっぱり正直なことを書いた方がいいのかな。

私はサラサラとペンを動かす。

『どなたか！　身元の怪しい子どもの下で働いてもいいよって方!!　いらっしゃいませんか!?』

「「……」」

現状をそのまま書いたら胡散臭さがさらに増しちゃった。不思議。でもこの文言じゃ絶対に人が来ないのは私でも分かる。

「とりあえず、最初に書いたのだけその辺に貼り出してみようか」

「……そうだな」

魔法紙に募集条件だけを書き写していく。あと、応募したい人は面談をしたいので都合のいい日時と場所を書いて紙を飛ばすように書いておいた。

この魔法紙は丸めて投げると、自動で指定した場所に紙が戻ってくるような魔法がかけられているのだ。もちろん、その場所にはこの離宮を指定しておく。

何枚か同じものを書いた紙を用意すれば準備は完了だ。

そして自分でも着られる服に着替える。あとは髪と瞳の色を変えるだけだけど――

「うまく埋没できる色って何色かな。茶色らへん?」

「だろうな。ほれ」

リュカオンが魔法で私の色を変えてくれる。

鏡を見ると、薄茶色の髪にブラウンの瞳になっていた。わぁ、色が変わっただけなのに別人みたい。

私は鏡を見ながら、背中の中頃まである髪の毛を一房持ち上げる。

ちなみに髪の毛は特に結んだりセットはしていない。ただ櫛でとかしただけでサラリと背中に流している。なぜなら自分では髪の毛を結べないからだ。結び方も分からない。

鏡から目を離すとリュカオンの色も変わり、犬のように体の背中半分くらいがクリーム色でお腹の方が白くなっていた。器用だね。

だけど、大きさはそのままだ。

「あれ? 小さくはならないの?」

「……シャノンお前、最初から最後まで自分の足で歩いて体力がもつと思うのか？」

「思いません」

私は即答した。

「途中までリュカオンが乗せていってくれるの？」

「ああ」

「ありがとう。リュカオン好き」

ギュッとリュカオンの首に抱きつく。あ、ふわふわ。

色は変わっても毛の質は変わっていなかった。いいね。

「ほら乗れ」

「いいの？　まだ室内だよ？」

「その室内を歩くだけで疲れるのは誰だ？」

「私です」

私はまたもや即答した。だって離宮広いんだもん。

自分の体力のなさを分かっている私は遠慮なくリュカオンの背中に乗せてもらった。

「忘れ物はないか？」

「うん、大丈夫」

斜めにかけている鞄の中を確認すると、必要なものは全て揃っていた。

「上着もちゃんと着るのだぞ」

「は〜い」

冬物のワンピースの上に上着を羽織る。ワンピースの生地が分厚いからって昨日は外套を羽織らなかったんだけど結構寒かったからね。天気もよかったし雪も降ってなかったからなんとかなったけど。

というかリュカオン、どんどん過保護というか所帯じみてきてるね。私は安心するけど。

そして、私達は快適な生活を手に入れるべく、離宮を後にした。


のっそのっそとリュカオンに数分揺られ、ほどよいところでリュカオンから下りた。

するとリュカオンは少し小さくなり、犬の聖獣に擬態する。

「かわいいねリュカオン」

「そうであろうそうであろう」

リュカオンがうむうむと頷く。

「ところでリュカオン、ここはどこ？」

「……」

リュカオンに聞くと、出来の悪い子を見る目で見られた。事実だから全然気にならないけど。

というかこの場合、来たばかりの場所で土地勘のあるリュカオンの方が異常なのでは？　私の契約獣すごいね。契約しているだけの私も鼻高々だ。

「とりあえず皇城に近づいてきた。門と皇城の中間地点くらいの場所だな」

皇城は馬鹿でかいのだが、その庭もかなり広い。私の住む離宮とかも皇城の庭にあるわけだしね。庭と言うよりは小さい街と言った方が近いかもしれないくらいの広さだ。実際皇城の敷地内にいろんな建物もあるし。

そして、皇城の庭は全て柵で囲われているので、敷地内に入るにはいくつかある門を通らなければならない。

私達も最初は門を通って中に通された。……一番人通りが少ない門だけどね。

……あ、そういえば最初に出迎えてくれた人達をどうにかして見つけたら私が皇妃だってことを証明してくれるんじゃないかな。……いや、たとえ見つけられても協力はしてくれないか。

あの冷たい目が脳裏に蘇る。

やっぱり元敵国出身っていうのがよくないよね。人は第一印象が大事だっていうのに出身だけで最初の印象があんまりよくないんだもん。

思考が逸れちゃったけど今は使用人集めだ。

「今日は門の方に行こうか。皇城には入れてもらえなさそうだし、そもそも皇城内に入っていく人はみんな何かしらの職に就いてるだろうしね」

今の仕事を辞めてまで来てくれるほどの魅力がないのは分かってる。

門はみんなが通るから人通りが多いし、運よく求人広告が誰かの目に留まるかもしれない。

許可も取らず勝手に求人広告を貼ってもいいのかって？　いいでしょ、私皇妃だし。

たとえ誰にも認められていなくてもこの国の皇妃は私なのだ。長時間出歩いていると疲れちゃうのでその辺にちゃちゃっと募集用紙を貼って帰ろう。

私達は初日に通ったのと同じ、一番人通りの少ない門へと向かった。

なぜ一番人が通る門にしなかったのかって？　だってこんな怪しい募集用紙を人前で見るの恥ずかしいでしょう。あんまり人目がなかったらこっそり手に取ってくれそうだ。

あと、寂れた門を通る人の方が仕事に困ってそうだという勝手なイメージからだ。


そして私達は目的の門に到着した。

「どうかなリュカオン、どこかに紙を貼れそうなところある？」

「ん～」

リュカオンと一緒にキョロキョロと辺りを見回す。

さすが、あんまり使う人が多くない門だけあって周りに物も少ない。いっそその辺の木に貼っておこうかな。木なら怒られなさそうだし。

そんなことを考えながらフラフラと歩いていた私の視界が何かを捉えた。

ん？　今、何か気になるものが視界の端に入ったような……。

そちらの方に顔を向け、私はカッと目を見開いた。そしてテコテコと隣を歩いているリュカオンの肩を揺する。

「リュカオンリュカオンっ！　あそこに！　今にも故郷に帰りそうな侍女がいる!!」

小声だけどテンション高く、私はリュカオンに言った。

「なに？」

リュカオンもそちらに視線を向ける。リュカオンの視線の先には大きな荷物を持ってトボトボと歩く女の人がいた。女の人はちゃんと分かりやすく侍女服を着ている。

「あれ！　絶対に故郷に帰る途中だよね!?」

「そう言われれば……そんな風に見えなくもないな」

今日は紙を貼るだけのつもりだったけど予定変更だ。今あの侍女さんに話しかけずしてどうする!!

私は走った。周りからは早歩き程度にしか思われていなくても私は走ったのだ。

「あ、あのっ」

「？」

侍女さんがこちらを向く。

しまった、勢いで話しかけたはいいもののなんて言おう。

「……何かお困りではないですか？　その、私、職業の斡旋……いえ、使用人を募集してまして……」

我ながらかなり怪しい奴だね。

私なら絶対こんな人の話なんて聞かない。走って逃げる。早歩きで追いつかれるだろうけど。

だけど、侍女さんは大荷物だからか逃げ出すことはなかった。それどころか腰を屈めて微笑みかけてくれる。

「どうしましたか、かわいらしいお嬢様。落ち着いてお話ししてくださいませ」

――や、優しい！

帝国でこんなに優しい人に会ったのは初めてだ。

しかも、かなり胡散臭いことを言ったはずなのに私の言葉に耳を傾けてくれている。まだ子どもだから焦ってうまく話せていないと思われたんだろう。

かわいくてよかった。磨いてくれた祖国の侍女達に感謝だ。

「あの、お忙しくなければお話を聞いてほしいんですけど……」

「いいですよ。ちょうど先程暇になったところですから」

「！」

侍女さんには本当に申し訳ないけど、私は長年追いかけていた探し人をようやく見つけたような気分だった。

このまま立ち話もなんだと、私達は近くにあったベンチに隣同士で腰かけた。そして、私は至急使用人を雇いたいのだということを話す。

「お嬢様はご慧眼ですね。私、皇城での仕事にお暇を出されて故郷に帰るところだったんです」

「では……」

「申し訳ありません。お誘いは光栄なのですがお断りさせてください。故郷で兄達を支えたい気持ちもあったので、これもちょうどいい機会かなと思ってるんです。理不尽な理由で辞めることにはなってしまいましたが、兄達を直接支えたい思いもありましたし」

きっと私に諦めさせるためだろう、侍女さんは丁寧に私の侍女になれない理由を説明してくれた。それは仕方がないことだからいい。今回はご縁がなかったということだろう。

だけど、私は侍女さんの言葉に引っかかった。

「――理不尽な理由？」

私の空気感が変わったのを感じたのか、侍女さんが元々まっすぐだった姿勢をさらに正す。

「リュカオン、私達の言葉を周りに聞こえないようにしてくれる？」

私がそう言うとリュカオンはコクリと頷き、私達の周りに遮音結界を張ってくれた。ついでに人払いの魔法も使ってくれたようだ。

すると、侍女さんが驚いたようにリュカオンを見る。

「そちらは聖獣様でしたか」

「……うん。それで、理不尽な理由ってなに？」

神獣だって言ってあげられなくてごめんねリュカオン。視線でリュカオンに謝ると、リュカオンも視線で「気にするな」と返してくれた。

そして、遮音結界を張ったことに安心したのか逃げられないと思ったのか、侍女さんは仕事を辞めることになった経緯を話し始めた――

侍女さんの話を聞いた私は驚愕する。

それって冤罪じゃん！　この侍女さん、冤罪の被害者だよ!!

ただ都会の生活に疲れて故郷に帰るとかそういうレベルじゃなかった。しかも、話を聞いていると侍女さんの家族も皇城で被害に遭っていた。

侍女さんの話はこうだ。

「――兄達に聞いて皇城の恐ろしさは分かっているつもりでした。でも、私には兄やみんなのためにお金が必要だったんです」

「みんな？」

「はい、私の一番上の兄と同様に皇城で働けなくなったみんなです。長兄は普通の騎士を目指していたのですが、同期の騎士に足を引っ張られ、訓練中に怪我をして剣を握れない体になりました。もちろん、騎士としてはもう働けないので皇城を追い出される形で去ったそうです」

「……」

思った以上の話に私は絶句した。

言い方からするに、長兄さんの怪我は不慮の事故じゃなくて故意にさせられたようだ。

「それから長兄は、自分も怪我をしているにも拘《かかわ》らず、自分と同じような境遇の人達を保護して次兄のやっている療養所に連れ帰りました。今はそれぞれ傷を癒したり、次兄の療養所を手伝ったりしています」

「……もしかして、長兄さんや他の人達に怪我をさせたのは力のある貴族に所縁ある人だったりする？」

「はい、皆ユベール侯爵家に縁のある人達だったようです。ユベール家は先帝と懇意にしており、かなり力のある家なので皆口を出しづらく、処罰もなかなか難しいです。しかも、ユベール家は大の反ウラノス国派なのでウラノス国に親しみを持つような発言をすると睨まれます」

侍女さんのその言葉に私は目をまんまるにした。

まさかここで自分の祖国のアンチが出てくるとは。もしかしてうちの国と帝国が揉めてた原因の一つがそのユベール家だったりする？　……な～んて。

あながち間違ってもいなさそうな予想をする私をよそに侍女さんは話を続ける。

「ユベール家は先帝陛下の頃に力を持ち、好き勝手していたそうです。今の陛下に代わってからは、陛下の尽力のおかげで少しずつ力が削がれ、私の兄がいた頃よりも好き勝手にはできないみたいですね。後から調べたら兄に怪我をさせた騎士も、陛下が代替わりしてからきっちり処罰されていましたし」

「へぇ、陛下はまともな人なんですね」

「はい、ですが今の陛下は先帝に嫌われていたので、長らく辺境で魔獣退治の任に就いていました。中枢に戻ってこられたのは割と最近のことなのに陛下は次々と改革を進めてくださっています。ウラノスとの和平もその一つですね」

侍女さんの口ぶりからは皇帝への尊敬の念が感じられた。

「あ、すみません、少し話が逸れましたね。それで私はユベールが最近少しずつ大人しくなっていることと、今回の和平があったので油断してしまったんです。ユベール家の傘下にある家出身の侍女の前でウラノス王国とうちの国がもっと仲良くなってくれればいい、というようなことを言ってしまいました」

え、なにも悪いこと言ってないじゃん。むしろ私は歓迎よ？

「それから、あれよあれよという間に私は皇妃様への結婚祝いに手を付けた犯人に仕立て上げられてしまいました。そして貴族でもなければ後ろ盾もない私はあっさり侍女をクビになったというわけです」

え？　皇妃様への結婚祝いって何？　一個も届いてないいんだけど。皇妃様って私だよね？

まあそれはいいとして、私への贈り物が利用されて一人の侍女さんが陥れられてしまったこと、これは由々しき事態だ。

というか贈り物届いてないから、絶対他に私への結婚祝いを横領している犯人いるじゃん。犯人として濃厚なのはこのユベール家傘下の侍女。

この国もなかなかに複雑みたいだね。

もしかして、皇帝が私と距離を取ってるのもこれが原因だったりして。

何はともあれ、知ってしまった以上この侍女さんをそのままにしておくわけにはいかないよね。かなり間接的にではあるけど私も関わっているようだし。

私の使用人探しは置いておいて、まずはこの侍女さんとそのご家族の問題をどうにかしてあげたいな。

ちらりとリュカオンを見ると同じ気持ちだったらしく、力強く頷いてくれた。さすがリュカオン、頼りにしかならない神獣。

「幸いにも皇城を出れば興味が失せるのか手を出すことはないようですが、私を雇うとユベールの心証が悪くなる恐れがあるのでやめておいた方がいいと思いますよ」

「……」

自分が理不尽な目に遭って大変な時ですらこんな小娘にも心を砕ける侍女さんは優しい人だ。

こんな人が泣きを見るような国の在り方などあってはならないと思う。

私にどこまでのことができるかは分からないけど、このままにしておくわけにはいかない。

この侍女さんのことも、皇城内の歪な権力体制も。

なぜなら、私はこの国の皇妃だから。

お飾りとして悠々自適に暮らそうにも、足元がこんなんじゃ安心してゴロゴロできないしね。

——まあ、今の私は皇城に立ち入ることもできないんだけど。

自分を雇うのはやめておいた方がいいと言うと、侍女さんはベンチから立ち上がった。

「では、私は乗合の馬車がなくならないうちに失礼します」

「……ま、待って。…………私も一緒に故郷に伺ってもいい？」

わぁ、何言ってるんだろう。

私の正体を知らない侍女さんからしたら意味の分からない申し出だ。だけど、この侍女さんの話が本当だとしたら私は皇妃として侍女さんのお兄さん達の怪我を放っておくことはできない。

お兄さん達に帝都まで来てもらうことはできないし、今ここで侍女さんと別れたらもう一度会うのは困難な気がする。

だけど、案の定侍女さんは困ったような顔で私を見た。

「お嬢様、私の故郷はとても遠いのです。それに、何も言わずにいなくなってしまってはお家の方がご心配されますよ？」

「お家の人はいないから大丈夫。私を心配する人もいないし」

この国にはね。

あえて誤解を生むような私の返答に、侍女さんはまたまた困ったような顔をした。

「あ！　では、依頼という形だったら？　侍女さんの故郷に同行させてくれたら依頼料を払うということでどうでしょう」

「……ですが……」

「侍女さんが私を誘拐したなどという疑いをかけられないように念書も書きます！　とりあえず前金としてこちらを受け取ってください」

私は侍女さんに半ば無理矢理、お財布から出した金貨を握らせた。手の平の中を見た侍女さんの目が大きく見開かれる。

「前金でこれは多いのでは……」

「いいのいいの！」

私に前金の相場は分からないけど、侍女さんの反応からして多かったらしい。だけど、お兄さんの慰謝料にしたら安いものだろう。話の感じだと正当な慰謝料を受け取ってなさそうだから問題ない。お金は祖国の侍女が私を心配してたくさん持たせてくれたし、巾着に入りきらなかった分はリュカオンに頼み魔法でしまっておいてもらってるから盗まれる心配もなくす心配もない。

やはりお金は必要だったからか、侍女さんは私の提案を呑むことにしてくれたようだ。

「分かりました。ですが、念書の方はよろしくお願いいたします」

「もちろん。念書を書くから名前を教えてもらってもいい？」

「はい、私はセレスと申します。お嬢様の名前もお聞きしてよろしいでしょうか」

「うん、私は……シャ……シャルだよ！」

危ない危ない、普通にシャノンって言いそうになっちゃった。一応偽名を使った方がいいよね。

シャル……私はシャル……よし、インプットできた。

セレスさんが念書を書くための紙とペンを荷物の中から捜している時、リュカオンがこっそりと私に話しかけてきた。

「シャノン、我は一瞬離宮に戻ってくる」

「え？　何しに行くの？」

「シャノンの着替えや食料を持ってくる。あと、少し出かけてくるという旨の書置きをな」

他になにか必要なものはあるか？　と聞かれたけど特に思いつかなかった。

でも、書置きって必要かな？　どうせ誰も私の様子なんて見に来ないと思うけど。だけど、リュカオンが言うなら必要なことなんだろう。

「あら？　聖獣様はいかがされましたか？」

「荷物を取りに行ってくれたみたいです」

私という足手纏いがいないからか、リュカオンはすぐに戻ってきた。念書が書き終わるのとほぼ同時だ。いくらなんでも早すぎるね。

荷物は魔法で亜空間に収納されているのでリュカオンの見た目はさっきと何も変わっていない。

亜空間に荷物をしまう魔法はそこまで珍しいものでもないのでセレスさんに見られても問題ない。

ただリュカオンの魔法は普通のに比べて容量が規格外だけど。まあ容量は見ても分かんないからね。

セレスさんに本名がバレちゃうから念書にはシャルという名前を使ったけど、万が一のことを考えて魔法を使って確認するとシャノンという名前が浮き出るようにしておいた。

私は念書をセレスさんに渡す。

「ありがとうございます。荷物を片づけるので少々お待ちください」

「はい」

私はセレスさんから離れ、こっそりとリュカオンに話しかけた。

「リュカオン、一応確認だけどセレスさんの話は嘘じゃないよね？」

「ああ、嘘をついているような感じはしなかったな。それに、その格好のシャノンは力のある貴族には見えんし、わざわざ嘘をつくメリットもないだろう」

「だよね」

「まあ、万が一騙されたと分かったら我が離宮まで転移してやる。一度行ったことのある場所なら転移できるからな。少々疲れるが」

「ありがとうリュカオン。……置いてかれたら泣いちゃうからね？」

自分で選んだとはいえ、転移で置いていかれるのは少々トラウマだ。夢で見たらリュカオンの毛皮を洗濯したくらいべちょべちょにしちゃうね。

リュカオンも、私のトラウマを察してくれたようだ。

「……分かっている。我がシャノンを置いてくはずがないであろう。バカな子ほどかわいいというのは本当らしいからな」

スリッとリュカオンの鼻が私の頬を撫でる。

リュカオンに好かれるなら私、ちょっとだけおバカさんでよかったよ。

「……ところでシャノン、この侍女の故郷は少々遠いようだが移動に耐えられるか？　馬車もシャノンが途中まで乗ってきたものより格段に乗り心地は悪いぞ？」

「……がんばる、ね」

なるほど、ついていくことを拒否されることは考えてたけど、私が目的地に辿り着けないことは考えてなかった。目から鱗だね。

まあ、決めた以上は意地でもついていくしかない。

最悪リュカオンに引きずって連れていってもらおう。脱力するのは得意です。

そこでセレスさんに声をかけられた。

「お嬢様、お待たせいたしました」

「あ、セレスさんお疲れ様。私がペンと紙を借りちゃったのに片づけ手伝わなくてすみません」

「いえ、お気になさらず。……お嬢様、私は今お嬢様に雇われている身です。どうか呼び捨てで。あと敬語もいりません。侍女……元侍女として主にさん付けされると少々居心地が悪いのです」

「分かった。セレス、これからちょっとだけ私の我儘に付き合ってね。報酬は弾むから！」

「うふふ、期待させていただきます」

ちょっとは信用のできる小娘だと思ってくれたのか、セレスは少しだけ軽口を叩いてくれた。

思えば、自力で城の外に行くというのは人生で初めてかもしれない。

嫁いでくる時は途中までは馬車、そして死にかけた後はリュカオンに運んでもらったし。私は道はおろか、所要時間すら把握していなかった。

「セレス、あなたの故郷まではどのくらいかかるの？」

「二日です」

「ふ、二日!?」

せいぜい三時間とかじゃないの!?

「はい、帝国の端も端ですので。でも、空気が綺麗なのでのびのびと過ごせますよ。帝都から遠いので偉そうな貴族様も来ませんし。……あ、すみません、お気を悪くされましたか？」

「ううん、自分のことじゃないのは分かってるから全然気にならないよ」

私以上に偉そうとは程遠いお姫様もいないと思う。むしろ威厳がなさすぎる。

ケロリとする私にセレスが微笑む。

「うふふ、お嬢様は少し変わったお方ですね」

「嫌？」

「いえ、とても好ましいです」

「だよね」

「うふふふっ」

さすが元皇城勤めの侍女、笑う時も上品だ。黙ってる時は少し冷たくて真面目な印象があるけど笑うととってもかわいいね。

私の呼び方は「お嬢様」で固定されたようだ。偽名で名乗ったシャルと言われても反応できない自信があるので私としても助かる。

「お嬢様、移動するのにその格好では少々目立ちます。なのでこちらを羽織っていただけますか？」

「分かった」

セレスが差し出してきたのは庶民用の外套だった。たしかに、私が今羽織ってるのじゃあ庶民に交ざるには物がよすぎるね。

セレスに差し出された外套を大人しく着る。今まで着ていたのはリュカオンに収納してもらった。

「セレスは上着を羽織らなくていいの？」

「はい、侍女が上着を着ては見栄えが悪いですから皇城の侍女服はとても暖かいんです。なので外套も必要ありません。ふふ、退職金代わりにくすねてきちゃいました。帝都以外では目立つので途中で着替えますけどね」

そう言っておちゃめに笑うセレス。

侍女服をくすねるのは大賛成だけど、皇城内の侍女の体制は大丈夫なのかと不安になる。まあその辺は後でだね。

そして、私達は門から外へと出た。


セレスの後をちょこちょこついて歩くと、馬車の停留所にはすぐ到着した。

あんまり遠くなくてよかった……。

停留所のすぐ手前でセレスが私の方を振り向く。

「――ではお嬢様、馬車に乗りましょう。先払いなのですがお金はお持ちですか？」

「うん」

私は懐から金貨を取り出した。先程セレスに渡したのと同じやつだ。

「……」

それを見たセレスが少し黙り込み、サッと周りから私を隠す。

「えっと、お嬢様、もう少し細かいお金はございますか？　それでは少々額が大きすぎます」

「う～ん」

巾着袋を覗き込んでみたけど、中は真っ金金だった。

「ごめん、これしかなさそう」

「そうですか……では、一旦私が立て替えさせていただきます」

「ご、ごめん」

やばい、早速迷惑をかけてる。できるだけ足を引っ張るまいと思ったのに。

迷惑をかけるとしたら体力のなさだと思ってたけど、まさかの世間知らずさで迷惑をかけてしまった。リュカオンの少し呆れた視線が刺さる。

む、自分は乗合馬車の値段が分かるっていうの？　……リュカオンなら分かりそうだね。

素直に謝る私にセレスが微笑む。

「いえ、貴族の方は乗合馬車など乗らないことを失念しておりました。私の方こそすみません」

「セレスが謝ることじゃないよ。ごめんね、後で報酬と纏めて払うから」

「はい、ではしっかりと覚えておきますね」

私に罪悪感を覚えさせないためか、少しおどけてそう言ってくれる。こんな素敵な女性を手放すなんて、皇城はなんてもったいないことをしたんだろう。

セレスに馬車代を払ってもらい、私達は乗合馬車に乗り込んだ。

先に乗り込んだセレスに倣い、私も座席に乗せられているクッションの上に腰かける。

おお、思ったよりも座り心地が悪い。

長い間使われているのか、クッションはペタンコだった。お尻が痛くなりそう。

そんなことを考えていると、リュカオンが私の背中と背もたれの間にするりと体を滑り込ませてきた。寄りかかってもいいということだろう。

ありがとうリュカオン。

私はお礼の気持ちを込めてリュカオンの頭を撫でておいた。するとリュカオンの目が気持ちよさそうに細められる。か〜わいっ。

調子に乗ってそのままリュカオンを撫でくり回していると、馬車が出発した。

乗合馬車だから私達以外にも数人の乗客がいる。

「うわっ」

走り出した馬車が思った以上に揺れてびっくり。馬車を引くのが聖獣じゃなくて普通の馬だからなのか、それとも馬車の性能がそもそも違うのか。……両方か。

最初はぽんぽん跳ねて楽しかった馬車の旅だけど、次第に辛くなっていった。

「う……」

き、気持ち悪い……。

これが話に聞く乗り物酔い……！

吐き気がするのと同時にちょっと感動する。これが乗り物酔いか、辛《つら》いものとは聞いていたけれどこんな感じなんだね。

口を開いたら今にも胃の中のものが口からこんにちはしそう。だけど、今は身分を隠しているとはいえ、私は一応お姫様。

オヒメサマ、ハイタリシナイ。

私はお姫様に憧れる子ども達の夢と希望を背負っているのだ。たとえ身分を隠している身とはいえど無様を晒すわけにはいかない。

――もし皇妃としての権力を振るえるようになったら、国営の乗合馬車だけでも乗り心地を改善しよう。

真っ青な顔で吐き気を堪えながら、私はそう決意した。

【皇帝視点】

「陛下、離宮にこんな書置きが」

「ん～？」

俺は側近から一枚の紙を受け取った。そして中身に目を通す。

「……どうやらしばらく離宮を留守にするからって神獣様が俺に向けて書置きを残してくれたようだね」

一体、あの前脚でどうやって書置きを残したんだろうね。

そのことを考える前に側近の報告が俺の耳に飛び込んできた。

「ところで陛下、離宮には使用人がいませんでしたが」

「は？　なんで？」

城で働くような侍女がそんな簡単に職務放棄をするとは思えないけど。あ、ユベール家の者は例外ね。先帝が甘やかしたせいでどこまでもつけ上がりやがったから、そのうち必ず潰してやろうと思う。普通に目障りだし。

だけど、先帝時代に国の中枢まで入り込まれちゃったからなかなか排除が進まないんだよね。ウラノスと和平するって言ってんのに俺に娘を押し付けてこようとするし。その娘もなんか乗り気だったし。さらにはウラノスが大嫌いなユベールのせいで俺は姫に近づけないし。

俺は椅子の背もたれに思いっきり体重をかけ、頭の後ろで手を組んだ。

あ～、鬱陶しい。なにもかも鬱陶しい。

さっさと何もかも武力行使で片づけてかわいい奥さんとどこか遊びに行きたいな。もちろん恋愛対象にはならないけど、国のためにたった一人で来てくれた子だから優しくしてあげたい。

——そう思ってたのに。

「ちょっと兄さんのところに行ってくる」

「ハッ」

側近を部屋に残し、俺は兄の部屋へと向かった。

兄の部屋の前まで来ると、ノックもそこそこに部屋に押し入る。

「ねぇ兄さん」

「なんだ」

兄さんの青い瞳がこちらを向いた。

「俺には皇帝としての仕事に集中してほしいから姫の安全の確保は自分に任せろって言ってたよね？」

「ああ」

「じゃあ、どうして姫の離宮に使用人が一人もいなくなってるのかな？」

俺はニッコリと笑って兄に問う。

ほんと、念のため自分の側近に誰にもバレないように離宮を見に行かせてよかったよ。

兄は露骨に目を逸らすけど、俺は逃がす気はない。

「俺への報告、止めてたよね？」

「……」

「全員いないんだから離宮に配属された奴ら全員が処罰の対象だ。本当ならそんな奴ら問答無用で帝都から追い出してしてやりたいけど、皇帝になっちゃったせいでそれができないのが残念だよ。個人的に報復するのは我慢してあげるから、そいつら捕まえて規則に則った罰を下《くだ》しておいてね。できないなら俺は皇帝を降りるから」

皇帝を降りるというと兄の顔色が悪くなった。

「待て……。使用人には必ず罰を下す。だが、もうちょっと待ってくれ」

「その理由は？」

「使用人のうちの一人にユベール家の息のかかったものが紛れ込んでいた。その者がどうやら姫のペンダントを盗んだらしい」

「終わってるね。殺してきていい？」

「駄目に決まってるだろう」

俺を止める兄を、口元は微笑んだままジトリと睨み付ける。

これでも長年魔獣退治なんかしてたから自分の思考が常人に比べて物騒なのは分かってる。だから我慢をしているわけだけど……。

そして、兄はそのまま話を続けた。

「そのペンダントがユベール家の当主、そうでなくても本家の者に渡れば皇妃の所有物を盗んだとして罪に問える。これまでに集めたユベール家の悪事の証拠と合わせれば家ごと潰すことができるだろう」

「だから泳がせてると？」

そう聞くと兄はコクリと頷いた。

「うまくペンダントがユベール本家に渡るように誘導している。周りの者達が次々に罰されたとなれば警戒されるだろう」

「ふ〜ん、釈然としないけどやりたいことは分かった」

本当なら今すぐに帝都の土どころか全ての地面を踏めない体にしてやりたいけど。

「――にしても、ユベールの者が紛れ込んだくらいでどうして全員が職務放棄するなんてことが起きたの？」

そう尋ねると、兄は指で眉間を揉んだ。

「はぁ、そんなことが起きないようにお前の信奉者で固めたのがよくなかったらしい」

この国は古代神聖王国や神獣を信仰している者が多い。そして、俺は古代神聖王国人に近い色彩をしている。なので、俺にもこの色だけで信仰に近い支持をしてくれる者達がいる。

裏切らないだろうとのことでその者達を中心に離宮の使用人達は選出された。だから、本来ならユベールの息がかかった者が紛れ込んだくらいでは全員がいなくなるなんて事態は起こらなかったはずなのだ。

だが、姫と一緒に現れた予想外の存在がその信仰心を悪い方向に作用させた。

今回選出された使用人は信仰心が一際篤《あつ》い者達だ。なので、姫が自分の契約獣を神獣だと偽った

——と思ったことで姫にかなりの反感を抱き、そこをうまくユベールの息がかかった奴に誘導されたのではないかとのことだ。

姫が元敵国であるウラノス出身だというのも彼らの暴走を後押ししたんだろうというのが兄さんの推測だ。

「——はぁ、姫のことを兄さんに任せたのが間違いだったよ。自分から言い出したことくらいちゃんとやり遂げてくれる？　あと、あんな原材料だけ補充してても姫が料理なんかできるわけないでしょう」

「……できないのか？」

「できないよ。離宮の最奥で大事にされてたお姫様だよ？」

「……」

兄が黙りこくってしまった。皇族である自分や俺ができるからって姫も料理ができるものだと思い込んでいたのだろう。

兄さんも割と自分基準で物事を考える人だからな。

「俺の判断ミスだった。もう姫に関することは兄さんには任せないから。政務にも支障はきたさないから安心して」

「……すまん」

姫に関することを兄とはいえ他人に任せたのは俺のミスだ。

神獣様の書置きを読むに、姫はたくましくも自分で侍女をスカウトしに行ってしまったようだ。

あ〜、心配。体弱そうだし、途中で体調を崩したりしないかな。

結婚式の夜、ベッドで苦しそうにしていた姫の様子が脳裏に蘇る。

あ〜あ、いくら兄に頼み込まれたからって皇帝になんかなるんじゃなかった。

ユベール家なんかよりも、辺境で強靭な魔獣を相手にしてた方が楽だったよ。

＊＊＊

やっと馬車から降りられた私は膝に手をつき、外の冷たい空気を深く吸い込む。

動かない地面、万歳。

でも、新しい経験をして私は一つ大人になった気がした。心なしか色気も出てきた気がする。うっふん。

もう辺りは薄暗く、少し物寂しい雰囲気だけど私の心はまだまだ元気だ。

「お嬢様、明日の馬車の予約をしてきますので少々お待ちください」

そう言ってセレスが馬車の停留所の側にあった木造の小屋に歩いていった。

少しリュカオンと話したくなったので、私はリュカオンを連れて人のいない森側に歩いていく。

周りに人がいないところまで来て、そこにあったボロッちいベンチに座る。するとリュカオンから私に話しかけてきた。

「シャノン、辛くはないか？」

「ん？　初めての旅で興奮してるからかまだまだ元気だよ。熱が出る気配もないし」

「いや、体もそうだが今の状況が、だ」

なるほど、リュカオンは使用人もいない、皇妃とも信じてもらえないで慣れない旅をする私の状況を言っているらしい。

私がふわふわの頭を一撫ですると、リュカオンが言った。

「シャノンは、この国を憎く思ったりはしないのか？　我がいるのだから、力ずくでこの状況を打破しようとか……」

「ふふ、じゃあ私がこの国を滅ぼしてってていったらリュカオンはそうしてくれるの？」

「……自分で言っておいてなんだが、さすがの我でもこの帝国はきつい。名前に神とはついているが我らは神そのものではないからな。神聖王国の特別な契約獣という意味での神獣なのだ」

「あ、そうだったんだ」

意外なところで神獣の名前の由来が聞けちゃった。

空を見上げると大分暗くなってきた。もううっすらとだけどたくさんの星が見え始めている。

「まあ、できるできないは置いておいても、この国はもう私の国でもあるから滅ぼされちゃったら困るよ。リュカオンも私がそんなことを言わないのは分かってるでしょ？」

「ああ、我はシャノンの王族としての心意気は買っているからな」

そうは言いつつもホッとしたのが尻尾に表れている。もし私がリュカオンの力を借りてこの国に復讐しようとか考えたらどうしようとかチラッと考えちゃったのかもしれない。

死にかける前の私だったら、国民一人一人が違う考えを持った人間だということも忘れて国ごと憎んじゃってたかもしれない。今となっては分からないけど。

だけど、死にかけて考えが変わった私は違う。

リュカオンはもし私がそんな考えをしていたら正そうとしてくれたんだろう。ふふふ、本当に親みたいだね。

「――それに、私はおバカかもしれないけどリュカオンにそんなことを頼むほど無神経ではないつもりだよ」

リュカオンは何も言わないけど、神聖王国が滅んだことには色々と思うところがありそうだなというのは分かる。だって、その単語が出るとたまに寂しそうにしてるんだもん。

「私に嫌なことをした人をリュカオンに頼んで報復してもらうのも嫌だよ。王族として、それが違うのは分かってる。でも、ペンダントを盗んだ人とかはこの国の法に則って裁いてもらうつもりだよ。こっちのことが落ち着いたら、リュカオンも犯人捜し手伝ってね」

「……任せておけ、我は鼻が利くからな」

「ふふふふ」

ぴくぴくと長い鼻をひくつかせるリュカオンがかわいい。

庶民の家なら使用人がいないのは普通らしいし、私も生活力を手に入れれば使用人がいなくても生活できる気がする。帰ったらもうちょっと料理を頑張ってみようかな。

それに、魔獣に囲まれた時のことを思えば今の生活は何てことない。日々、あんなに怖い魔獣と戦ってくれてる人がいるんだもん。

「さて、そろそろ戻ろうか」

そう言って立ち上がった時、積もった雪に足をとられて私は倒れそうになった。

「わっ！」

目の前は傾斜になっているので、このまま転んだら転がり落ちちゃう――

「――おっと、危ない」

顔面から雪にダイブしそうになった時、私のお腹に力強い腕が回された。

「大丈夫？　お嬢さん」

「あ、はい……」

そして私は自分を支えてくれた人の顔を見上げ……固まった。

なぜなら、その人がとんでもない美形だったからだ。

周囲の闇に溶け込みそうな漆黒の艶やかな髪が少し目にかかっている。お手本のような微笑みを浮かべる青年は、そのままひょいっと私を抱き上げた。お子様抱っこってやつだ。

「足元が悪いから馬車の停留所まで送るよ。周りも暗いし」

「え、でも……」

「いいからいいから。僕もそっちに向かうところだし」

そう言って青年は私を抱っこしたまま歩きだす。この人が近づいてきたのは全然気づかなかったけど、いつの間に側に来てたんだろう。

ただそれよりも、私は青年の顔に興味津々だった。

磁器のようにスベスベな肌をぺたぺたと触る。

「お兄さんすごくきれいな顔してますね。どうしたらこんなきれいな顔になれますか？」

「遺伝かな、兄も同じような顔してるし。でも君もとてもかわいい顔してるよ」

「そうですか？　ありがとうございます」

こんな綺麗な人に褒められるのは光栄だ。素直にお礼を言っておく。

「にしても、君はもうちょっと人を警戒した方がいいかもね。もし僕が誘拐犯だったらすごくスムーズに君を誘拐できちゃってるよ？」

「お兄さんは誘拐犯なんです？」

「いや、違うけど」

「じゃあ大丈夫です。それに、もし私に危険があるようならその子が吠えると思いますし」

そう言うと、お兄さんは後ろからついてきているリュカオンに視線を落とした。リュカオンは吠えるどころか、呆れた目でお兄さんを見ている。

「お兄さん、この子と知り合いなんですか？」

「さあ？　でも、君達は服装からして帝都の方から来たんだろう？　僕もこう見えてそこそこ偉い人だから、もしかしたら皇城付近で会ったことがあるのかもしれないね」

そうなのかな？

というか、こう見えてどころかその顔面のおかげで高貴な人にしか見えませんけどね。王冠がよく似合う顔だ。

まだ顔も知らない自分の旦那様がこんな顔だったらと夢が広がる。

そして、お兄さんは馬車の停留所まで来ると私を下ろしてくれた。

「ところで、君達はどこに行く予定なんだい？」

「え～っと、たしかリーリフ地方です」

セレスの故郷はたしかそんな名前だった。

「そうなんだ。じゃあ今日はこの街に泊まって明日からまた馬車？」

「はい」

「じゃあ丁度よかった。これ、馬車の貸し切りチケットだけどよかったら使って？」

そう言ってお兄さんはしっかりとした紙が使われているチケットを私に手渡す。

「いいんですか？」

「ああ、調子に乗って余計に馬車を手配しちゃってね」

「ほぇ～」

このお兄さん、かなりリッチだ。

「あと、宿も余計に取っちゃったからよかったらここに泊まって。宿の主人にはこの手紙を渡せば伝わるから。あ、僕のミスだからお代はいらないよ？」

おお、怒濤の親切だ。帝国人の親切心をぎゅっと集めたらこの人になるんじゃないかな。

でも、さすがに怪しい気がする。

この話に乗っていいものかと、私はちらりとリュカオンを見た。すると、リュカオンは呆れた顔をしつつもコクリと頷く。少しも迷う様子がない辺り、本当に信用しても大丈夫な人なんだろう。

「じゃあ、お言葉に甘えさせてもらいます。ありがとうございます……えっと、お兄さんのお名前を聞いてもいいですか？」

「う〜ん、そうだね、僕の名前はフィズだよ」

「ありがとうございますフィズさん」

「フィズ」

「？」

ん？　私ちゃんとフィズさんって言ったよね？　滑舌が悪かったのかな。

「ありがとうございますフィズさん」

「フィズ」

「……ありがとうございますフィズ？」

「うんうん」

どうやら呼び捨てがよかったみたいだ。

身分が対等な人同士は目上の人をさん付けするって聞いていたけれど、そんなことないのかな？

それともフィズが変わってるだけ？

世間知らずな私には、どっちなのか判断できなかった。

「お嬢さん、ちょっとこのワンちゃん借りてもいい？　僕、犬が好きなんだ」

「どうぞ。この子も嫌そうじゃないですし」

フィズがリュカオンと戯れている間に、私は乗合馬車の予約をしてくれているセレスのところに向かうことにした。

小屋の中に入るとセレスがすぐに見つかる。

「セレス」

「あ、お嬢様、すみません、明日の乗合馬車が満員のようで予約が取れなかったんです」

「それなら、親切な人が貸し切り馬車のチケットを譲ってくれたよ。間違えて余計に取っちゃったんだって」

はい、ともらったチケットをセレスに差し出す。

「まあ、リッチな方がいたんですね」

ついでに今日の宿のことも話す。

少し訝しんでいたセレスだけど、もし詐欺とかだったら私の家が責任を取ると言ったら了承してくれた。私の財布の中身と世間知らずさから、私がそこそこ力のある家の出身だということは察しているらしい。


私とセレスが戻ってくると、フィズはどこかに行ってしまっていた。

私は小声でリュカオンに話しかける。

「リュカオン、フィズってなんだったの？」

「……ただの顔のいいボンボンだろう。だが、シャノンと敵対することはないだろうから信用はしていい。それと、そこの侍女に何かを持ってきたようだ」

「？」

私はリュカオンの隣に置いてあった包みを手に取った。ワンちゃんしかいないところに荷物を置いてくなんて不用心だね。今回はリュカオンだったからよかったけど。

これはセレスに対する荷物らしいから、私が開けるのは違うよね。すごく開けたいけど。

私は必死に欲望を抑え、包みを開けないままセレスに手渡した。

「はいセレス」

「ありがとうございます。これはなんですか？」

「さっきのチケットをくれた男の人がくれたらし……くれたよ」

あぶないあぶない、「くれたらしい」なんて言ったら、誰に聞いたの？　って話になっちゃう。

「まあ、なんでしょう……」

包みを開くと、セレスの目が見開かれた。

「なになに？　何が入ってたの？」

「お金と……手紙のようです」

「おお、お金がじゃらじゃら入ってるね」

包みの中には金貨がいっぱい入ってた。そしてセレスが呟く。

「この金額、もしかして……」

セレスが手紙をパラリと開く。

「……やっぱり、これは私が本来もらえるはずだった退職金らしいです。皇城侍女の退職金の金額と同じだったのでもしやとは思いましたけど」

「え？　なんでそれを見ず知らずの青年が持ってくるの？」

「……陛下の使いの方でしょうか。手紙には気づくのが遅くなってすまないと、陛下からの謝罪のお言葉もありましたし。……もしかして、皇城を出た者にユベール家が手を出さないというのは陛下が秘密裏に防いでくださっているからなのかもしれませんね……」

そう言ってセレスが大切そうに手紙を胸に抱く。

いくら陛下と言えどユベール家が深く根付いている皇城内を全て掌握するのは難しいんだろうな。きっと隠れているユベール側の人間もいるんだろうし。そう考えると皇城内に部屋を用意されてなくてよかった。私には離宮がぴったりです。

――あれ？　ってことは、私がセレスの冤罪を晴らす必要はないってこと？　どうにかして皇城に乗り込むつもり満々だったんだけど。

そんな私の考えをよそに、セレスは言葉を続けた。

「陛下は一日に一、二時間ほどしか睡眠時間をとれないほど多忙だと有名な話ですが、そんなに時間のない中でこんな末端の侍女まで気にかけてくださるなんて……」

「い、一、二時間!?」

えぐすぎる。私なんか一日に最低八時間は寝ないと活動できないのに。

ぽかんと開けた私の口に、風で舞い上がった雪が飛び込んで来た。つめてっ。

そこで、長く外にいたせいか私の体がブルリと震える。

「あ、すみません、冷えてしまいましたね。早く宿に向かいましょう」

「うん」

早くお風呂であったまりたい。

＊＊＊

次の日の馬車は貸し切りだけあってかなり快適に移動できた。

揺れも少ないしお尻もいたくない!!　感動だ。これなら移動中でもゆっくり寝られちゃう。

私はリュカオンを枕にし、目的地に着くまでずっと寝ていた。一晩寝ても疲れは取りきれなかったから少しでも寝て体力を回復しないとね。

フィズのおかげで二日目はそんなに苦労することもなく、私達はセレスの故郷に辿り着いた。貸し切り馬車なので途中途中で止まることもなく、予定よりも早い到着だ。

もしかしたら馬車と宿もセレスへのお詫びだったのかもね。本当に余計に取っちゃったのかもしれないけど。

馬車から降りると、周囲の景色がよく見えることに気づく。

ああ、高い建物がないからか。すごく見晴らしがいい。自然も多く、心なしか空気も綺麗な気がする。

深く息を吸い、ゆっくりと吐き出す。肺のお掃除だ。特に汚れてるわけじゃないけど。帝都よりも少しあったかいからか積もってる雪の量も少ない。

のどか、という言葉がよく似合う場所だった。

「お嬢様、家にご案内しますね」

「うん、お願い」

予期せぬ形で退職金が手に入ったセレスは少し顔色がよくなった。金銭的な問題への不安が少し払拭されたんだろう。

フィズぐっじょぶだ。

セレスの故郷は街と言うよりは町……いや、村って感じだ。ぽつりぽつりと家や店が立っている。家同士に距離があるから、家の中で騒いでも隣の家から苦情がくることはなさそうだね。

「家まで少し歩くので途中のお店で腹ごしらえしましょう」

「賛成！　私、ちゃんとごはん屋さんに行って食事するの初めて！」

昨日の昼は馬車の中での軽食だったし、夜は宿のごはんをいただいた。祖国にいた頃もこっちに来てからもずっと離宮の中で食事をしていたから、ちゃんとした外食というのは初めてな気がする。

「……え？」

セレスが目を丸くして私を見てる。

あれ？　もしかして私の年齢で外食したことないのって普通じゃないのかな。この話題を深掘りされたらどうしようかと思ったけど、そこはさすが元皇城侍女、見事な聞かなかったフリを披露してくれた。

「……お店に行きましょうか」

「うん！」

……リュカオン？　その呆れた溜息は犬っぽくないよ？

犬らしからぬ表情をするリュカオンはお耳もみもみの刑に処しておいた。


そして、私達は道中にポツンとあったお店に入った。

そんなに広くはないけど窮屈さを感じさせない内装で、どこかホッとする。

お店に入った瞬間からいい匂いが私の鼻孔を擽《くすぐ》った。そして、お店の奥から元気よく男性が出てくる。

その男性はセレスの顔を見るとぱぁっと明るい表情になった。

「お！　セレスの嬢ちゃん!!　久しぶりだな、里帰りか？　ん？　そっちの嬢ちゃんは？」

「私が今雇ってもらっているお嬢様です。オルガさん、とりあえず座ってもいいですか？」

「おお、そうだな！　二人とも座ってくれ」

ガハハッと豪快に笑い、店主さんは私達に席を勧めてくれた。

温かみのある木製の椅子に腰かける。

「注文はどうする？」

「お任せで」

「あ、じゃあ私もお任せで」

私もセレスの真似をして注文する。

すると店主さんの視線がリュカオンに移った。

「おう、そっちのワンちゃんはどうする？」

すると、リュカオンはテーブルに上半身を乗り上げ、メニュー表にある「ステーキ」という文字を前脚でタシタシ叩いた。

「はは、随分おりこうさんなワンちゃんだ！　ステーキだな、分かった待ってろよ」

リュカオンの頭をわしゃわしゃ撫で、店主さんは厨房の方に入っていった。

店主さんが厨房からセレスに話しかける。

「にしてもセレス、随分微妙な時期に帰ってきたんだな」

「帰ってきたというか、皇城をクビになったの」

「は!?　あちゃ〜、お前もか」

ん？　お前も？

私が店主さんの方を見ると、彼が苦笑いする。

「俺も元は皇城料理人をしてたんだが、ユベールの親戚の反感を買ってクビになり、他に行き場もなかったところをセレスの兄ちゃんに拾われてここまで来たんだ」

「だからオルガさんの料理の腕はたしかですよ」

「それは……」

なんて言っていいのか……。

「だから皇城に就職すんのなんてやめとけってみんな言ったろ。せめて陛下がユベールを潰した後だったらな」

「……だって、私でもできることで一番給料がよかったのが皇城の侍女だったんだもん。まさか一年ちょっとで辞めることになるとは思わなかったけど」

知り合いとの会話だからかセレスの口調がちょっと崩れてるのがかわいい。

「みんなのためにお金稼ぎたかったし……」

口を尖らせてそう言うセレスをオルガさんが優しい目で見る。

「だけどセレス、お前が思ってるより俺達ぁ金あるぞ」

「え？」

「お前が俺達の反対を振り切って皇城に行ってからしばらくした頃、新しい陛下の使いって人がふらっと現れて不当解雇の詫びだってまあ結構な大金を置いてってたんだ。ついでに周辺の魔獣も退治してってくれたなぁ。だからお前が覚えてるのよりは俺達も生活に余裕がある」

「……そう、よかった」

セレスは心の底から安堵したような表情になった。

「まあその使いの方がやたらと顔のいい青年でな、同性だが俺もついつい見惚れちまったぜ」

手際よく調理をしながら店主さんがそう言う。

「へ〜」

やたらと顔のいい青年って、フィズのことかな。

「あん時はこれほど顔の整ってる人間にはこの先お目にかかることはねぇと思ってたが、嬢ちゃんもかなり端麗な容姿だな」

「オルガ、言葉遣いを……」

「ああ、いいのいいの。オルガさんは私に雇われてるわけじゃないし」

オルガさんの言葉遣いを注意しようとしたセレスを止める。それと同時に注意しようとしてくれたことに対してのお礼も言っておく。セレスの対応も間違ってるわけじゃないからね。

にしても、こんな砕けた話し方をされたのは初めてかも。真似したら怒られちゃうかな。

にょきっとイタズラ心が顔を覗かせるけど必死に抑えておく。

「はぁ、そんなにかわいくて性格もいいなんて引く手あまただな」

「引く手あまた……？」

「モテモテってこった。将来どんな男が嬢ちゃんに求婚してくんのか楽しみだな」

オルガさんが何気なくそう言う。

「えー？　この先私に求婚する人なんていないと思いますよ？」

「ん？　なんでだ？」

「――だって私、既婚者なので」

求婚されても困っちゃう。重婚はウラノスでもこの国でもできないもんね。たとえできても旦那様は一人がいいけど。

そんなことを考えながらルンルンと食事を待つ私と対照的に、二人の動きがピタリと止まる。

「えっと、嬢ちゃん今いくつだ？」

「？　十四です」

「あ、思ったよりは上だった。でも早いな……」

深入りするとめんどくさそう。オルガさんの顔にはそう書いてあった。

それっきり無駄口は叩かず、素早く料理を仕上げてくれるオルガさん。

あれ？　もしかして今のも言っちゃいけなかったやつ？　……まあいっか、二人ともそんな言いふらすタイプには見えないし。

その後はオルガさんの作ってくれたお任せ料理に舌鼓を打ち、お店を後にした。

オルガさんは元々皇城で料理人をしていただけあり、さすがの腕前だった。肥えていると自覚のある私の舌も唸らせるほど。

リュカオンも目を輝かせて出てきたステーキにがっついていた。そこまで高級なお肉ではないと思うんだけど、オルガさんの腕がよかったんだね。

——オルガさん、離宮に来てくれないかなぁ。

そんなことを考えながら、私はセレスの実家へと向かう。

温かいごはんを食べて体が温まり、お腹も満たされたおかげで私の足取りは軽かった。

ただ、足取りが軽いからといって私の足がへなちょこなことに変わりはない。室内の、平坦でなんの障害物もない床に慣れ切った私の足にとって、いきなりの雪道は難易度が高すぎたのだ。

しかも、昨日歩いたことでしっかりと筋肉痛になった私が転ばないはずがなかった。

「あたっ」

雪にダイブするのは本日二度目、今回の旅での通算五度目だ。フィズに支えてもらった時のは倒れそうになっただけで実際にこけてはいないので数に入れてない。

雪が降る季節でよかった。ふわふわの雪がクッションになってくれなかったら、今頃私の体は傷だらけだよ。ウラノスで私の世話をしてくれてた侍女達が見たら号泣しちゃうね。

「大丈夫ですかお嬢様」

すぐにセレスが私を起こしてくれ、外套についた雪を慣れた手付きで払ってくれる。この二日間、セレスには世話をかけっぱなしだ。お世話というか介護に近いんじゃないかと自分でも思い始めてるくらい。やばば。

だけど、なぜか私がやらかせばやらかすほどセレスの表情は生き生きしていく。

「セレス、ごめんね？」

セレスの方が背が高いから自然、上目遣いになってセレスに謝る。すると私を抱き起こして力を使ったからか何なのか、セレスの頬がポッと赤くなる。

「い、いえ。お嬢様に付き添わせていただいて気づいたのですが、私どうやら手のかかる方のお世話をするのが性に合っているみたいなのです。なんというかこう……侍女をやっているという実感が湧くといいますか。まあ、もうクビになっちゃったんですけど」

そう言ってあははと笑うセレス。笑えない、全然笑えないよ。

というか、さらっと私のこと手がかかるって言ったよね？　シャノンちゃんは聞き逃してないぞ。

ジトリとセレスを見るけど軽く流される。

「お嬢様のお世話はとても楽しいですよ。侍女人生の最後に素敵な思い出をいただきました」

「セレス……」

そっか、依頼はセレスの故郷までの同行だけだったもんね。これが終わったらセレスとの縁も切れちゃうのかな……。そう考えたら、なんだか寂しくなってきた。

しょんぼりとした顔になっていると、私の顔を見たセレスが慌てだした。

「お、お嬢様!?　どうしました？　抱っこしますか？」

「ねぇセレスは私のこと赤ちゃんだと思ってるの？」

赤ちゃんどころか既婚者なんですけど。まだ十四だけど。

一瞬でスンとなる私。そしてスタスタと歩き始めた──ら、三歩ともたずまた転んだ。

くそぅ。

結局、セレスに手を繋いでもらって歩いた。すごく快適。最初からこうすればよかった。

十四にもなって手を繋いでもらってる私をリュカオンが生温かい目で見てるけど、私は気にならないよ。恥より命の方が大事だもん。

ふんふんとセレスと繋いだ手を振る。

「ふふ、お嬢様、そんなに手を振ったらまた転んでしまいますよ？」

「大丈夫だいじょ～ぶっ」

つるんと滑ったけどセレスが抱えてくれて事なきを得た。

ごめんねセレス、もう手振らない。ただただまっすぐ歩きます。

「お嬢様、ここは曲がりますよ」

「あ、はい」

ただただまっすぐ歩くだけではダメでした。

そこから道なりに歩いていると、この辺りでは大きめの建物が目に入る。家じゃなくて何かの施設みたいだ。

「あれが次兄のやっている療養所で、その向こうにある建物が私の実家です」

「へぇ」

「お嬢様はこれからどうされるのですか？　この辺には宿らしい宿はありませんし、家に泊まっていかれます？」

セレスが優しい。こんな知り合ったばかりの美少女を実家に泊めてくれようとするなんて。

でも――

「その前に、療養所に寄ってもいい？　セレスのお兄さん達に挨拶させてほしいんだけど」

「え？　はい、それは構いませんけど……」

セレスは首を傾げつつも了承してくれた。

そして、セレスが療養所の扉をガラッと開く。

「兄さ〜ん、いる〜？」

　すると、療養所の奥からパタパタという足音が近づいてきた。

「は〜い、あ、セレス！　お帰り!!」

　白衣を着た青年がセレスと同じ濃紺色の髪をなびかせてやってきた。そしてその勢いのままセレスを抱きしめる。

「お兄ちゃんはセレスが心配で心配でしょうがなかったよ!!　セレスが拒否するから手紙も届かなかったし！」

「ごめん……」

「ほんとだよ！　俺達がどれだけ心配したか!!」

　ギュウギュウとセレスを抱きしめ、頬ずりするお兄さん。そこで、お兄さんがセレスの背後にいた私に気づいた。

「あれ？　どうしたのセレス、お人形さんなんて持って帰ってきて。お前は昔から人形遊びが好きだったもんね」

「……兄さん、この方は人間よ。ついでに今の私の雇い主だから失礼のないように」

「え？」

　お兄さんの目が真ん丸に開かれる。

　あ、そうだ、セレスに成功報酬を渡さないと。

　私はゴソゴソと懐から金貨の入っている巾着を取り出した。

「セレス、こういう時の報酬ってどれくらい払えばいいの？　つかみ取りする？」

そう言うと、セレスとリュカオンがあちゃ～というような顔になり、お兄さんは再び目を瞠った。

「セレス、この子は――」

その時、先程よりも幾分か重たい足音がお兄さんの話を遮った。

その足音はドタドタとこちらに近づいてくる。

「おい！　セレスが帰ってきたのか!!」

「わぉ」

おっきい。

すごい威圧感を纏ってセレスの長兄さんらしき人が現れた。長兄さんは髪を短く刈り上げていて、次兄さんより頭一つ分大きい。

しかも体はかなりガッチリしていて、次兄さんの二倍くらい胸板がありそうだ。

だけど、怪我をさせられて動かなくなったという右腕はぶらりと垂れ下がっており、右目は痛々しい傷痕が覆っていてピタリと閉じられている。

長兄さんのガッチリとした左腕が次兄さんごとセレスを抱きしめた。そして力いっぱい二人を抱きしめる。

まさに家族って感じの光景だ。

――いいなぁ。

そんな光景を見て、私は素直に羨ましいと思った。それと同時に、なんだか物寂しさを覚える。

なんでだろう、心温まる光景のはずなのに。不思議。

するとと長兄さんが私に気づいた。

「ん？　セレスお前随分大きい人形を持ち帰ってきたんだな。お前は昔から人形遊びが好きだったからな」

「……」

「……兄さん……」

セレスが眉間を指で押さえる。

次兄さんとあんまりにも同じことを言うものだから、私は思わずポカンと口を開けてしまった。

口を開けた私を見て人形じゃないことが分かったのか、長兄さんも「へ？」と少しまぬけな声を上げる。

兄弟って、考えることも似るんだなぁ……。

私が人形じゃないことが分かり、セレスと次兄さんを抱きしめたまま固まる長兄さん。そんな長兄さんを見てセレスがハァと溜息をつく。

「オーウェン兄さん、さっきルーク兄さんにも言ったけれどこの方は人間よ。あと、ここまで私を雇ってくださっていた方だから失礼のないように」

どうやら長兄さんがオーウェンさんで次兄さんがルークさんらしい。

私を見たままポカンとするオーウェンさんの腕の中からセレスとルークさんが抜け出す。特にルークさんの動きは早かった。いつまでもお兄さんに抱きしめられているのは照れ臭かったのかもしれない。

とりあえず挨拶しておこう。

「こんにちは、私、シャ……ルと申します。この度は我儘を言ってセレスにここまで連れてきてもらいました」

その言葉で私が貴族だと気づいたのか、オーウェンさんの眼光が鋭くなった。

「単刀直入な質問で失礼ですが、オーウェンさんのその腕と目は同僚の騎士にやられたものでお間違いありませんか？」

そう聞くと、オーウェンさんの視線がセレスに移る。

「……セレス、お前なに話してんだ」

「セレスは悪くありません。お叱りなら私に」

そう言うと、セレスを睨み付けていたオーウェンさんの視線がこちらに向いた。

うっ、こわっ。

自分より遥かに大きな男の人に睨まれるのは予想以上に怖かった。しかも元騎士なだけあって威圧感たっぷりだし。

だけど、私は引かなかった。

「どうなんですか？」

「……正確には腕は同僚の奴にやられたが目は魔獣にやられた。魔獣の討伐訓練中、どさくさに紛れて腕を斬りつけられ、その隙に魔獣の爪が俺の右目を掠った。これで満足か？」

「ありがとうございます」

オーウェンさんはかなりイラついた様子だ。そうだよね、見ず知らずの小娘が無神経に自分の怪我のことを聞いてきたら腹が立つよね。

だけど、私にとっては重要な意味を持つ質問だった。

いくらリュカオンと契約したからといって私に帝国全土の人達の怪我を治すことはできない。物理的にもだし、治療を生業としている人達もいるから人々の営みを壊さないためにもそれはできない。これはリュカオンも同じ意見だ。

でも、オーウェンさんのは人為的につけられた傷だ。しかも皇城の管理下で。私がまだ来ていない時のこととはいえ、皇妃としてそれを放っておくわけにはいかない。

私は皇妃になった瞬間、この傷に対する責任が生じたのだ。

だから、この傷の治癒もリュカオンに頼んではいお終いというわけにはいかない。

「ていやっ」

素直に治癒させてと言っても聞いてくれそうにない雰囲気だったので、私はオーウェンさんの右腕に飛び付いた。

そして、リュカオンと契約したおかげで使えるようになった治癒の魔法を使う。

「!?」

戻ってきた右腕の感覚にオーウェンさんが驚いている隙に、痛々しい傷跡が残る右目にも手を当てた。

淡い光が消えた後、これまでピタリと閉じられていたオーウェンさんの右目がゆっくりと開く。

そして、綺麗になった目蓋の下からは、光を取り戻した灰色の瞳が姿を現した。

私の腕力では長い時間オーウェンさんの腕にしがみついていられるわけもなく、すぐにぽたりと落下する。

右腕から私が離れると、驚いたような面持ちのオーウェンさんは右目の前に右腕を持ってきた。

そして、信じられないといった風にわなわなと震え始める。

「右手が……動く……目も、見える……」

どうやら、うまくいったようだ。リュカオンの力を借りてるから当然だね。

治癒がうまくいったことを喜んでいると、私のお腹に治ったばかりの腕がぐるりと回された。

「へ？」

「兄さん!?」

「オーウェン兄さんなにしてんのさ!!」

オーウェンさんの右腕は治ったばかりとは思えないほど簡単に私を持ち上げる。

わぁ力持ち。完治したようでなによりだ。

オーウェンさんは私を持ち上げると、そのまま無言で療養所の奥の方に駆けだす。

一拍後、リュカオンを筆頭にセレスとルークさんも私達を追いかけてくる。

そして、オーウェンさんは療養所の一室に入り、そこで私を下ろした。そこには、ベッドで上半身を起こしている男性やリハビリをしているらしい男性達、四人がいた。

私から一歩離れると、オーウェンさんはガバッと私に向けて頭を下げた。それはもう、一切の躊躇もない動きだ。

「嬢ちゃん、頼む！　どうかこいつらの怪我も治してくれ!!　こいつらも被害者なんだ。あんな態度をとった俺の頼みなんか聞きたくないと思うが、頼む！　こいつらを治してくれるなら金ならいくらでも払うし、なんでもするから!!」

「……頭を上げてください」

そう言ってもオーウェンさんは頭を上げてくれない。

「最初からそのつもりでここに来たので、頭を上げてください」

「え……？」

そう言うと、オーウェンさんはやっと頭を上げてくれた。

オーウェンさんを安心させるように私は微笑む。ウラノスで侍女達に仕込まれた、人を安心させるお姫様スマイルだ。

私は部屋の中にいた男の人達、一人一人のところに行ってなにがなんだか分かっていない男の人達の怪我を治していく。

怪我の具合は素人目で見ても、オーウェンさんよりも軽い人や重い人と様々だった。

治癒をかけると、みんなはやっぱり信じられないような面持ちで自分の傷があった部分を確認する。

「嘘だろ……俺の左足が動く……」

「まさかこの傷が治るなんて……」

その様子を見て、オーウェンさんがぽつりと呟く。

「これは夢か……？　俺の妹は人形じゃなくて女神様を連れてきたのか……？」

どっちも違うよ。

部屋の外から中の様子を見ていたセレスとルークさんも目をかっ開《ぴら》いている。そして、ルークさんの視線が私に向いた。

「シャル……様、貴女は一体何者なんですか……。それに、この聖獣も。いや、こんなことができるのなんて聖獣じゃなくてまるで……」

——神獣様だ。

ルークさんは空気中に消え入ってしまいそうな声で、そう言った。

消え入りそうなルークさんの言葉に、その場にいた私以外の人の視線がリュカオンに向いた。

リュカオンは誤魔化しているのかそうでないのか、くぁ〜っとあくびをする。馬車の中でずっと私の枕になってくれたもんね、多分ぐっすりは寝られなかっただろうしリュカオンも眠いよね。

……って、そうじゃない。

というかあれ……？　ここでリュカオンが神獣だっていうのをはぐらかす意味ある？　……別にないね。

「うん、リュカオンは神獣だよ。ね、リュカオン」

「うむ」

リュカオンがモフモフの胸を張る。

「──！？」

「し、しゃべった……」

「そんな聖獣いないよね。じゃあ、まさか本当に……」

おお、信じてくれそう。シャノンちゃん感激。

やっぱり元々悪感情を持たれてないと信じられやすいんだね。いや、実際に治癒ができたことの方が大きいか。聖獣と契約してもあの傷の治癒は無理だもんね。

リュカオンもみんなが信じてくれそうなことに心なしか嬉しそうにしている。よかったねぇリュカオン。

ピコピコと動く耳や、フリフリが抑えきれない尻尾も珍しいから内心は結構嬉しいんだろうな。

嬉しそうなリュカオンを微笑ましく見つめていたら、その場にいた人達が一斉に跪いた。

「へ？」

急に跪くからビックリして口からまぬけな声が飛び出す。ビックリしたせいか動悸もしてきた。

ドクドクする胸を押さえ、みんなに「どうしたの？」と聞く。

「ま、まさか生の神獣様にお目にかかることができるなんて……」

跪いたままセレスがそう言う。若干涙声だ。

おぉ、みんなリュカオンに会えて感動してるんだ。

それもそうか、帝国は割と神獣信仰が強いらしいもんね。

リュカオンも満更でもないらしく、「面《おもて》を上げよ」といつもよりも仰々しく言い放つ。すると、やっぱり生の神獣を目に焼き付けたいのかちらほらと顔を上げ始める。

そんなみんなが嬉しそうで、健康的な顔色をしているのを見た私は安心して——

——次の瞬間、私の視界がフッと暗転する。

「シャノン!?」

動揺して私の名前を呼ぶリュカオンの声が、どこか遠くで聞こえた。

＊＊＊

どうやら気が抜けたことで今までの疲れが一気に押し寄せ、私は気絶してしまったそうだ。

私が気を失ったのは一時のことで、ベッドに寝かされて三十分もすれば一度目を覚ました。

「……あれ？」

「シャノン！　起きたか!!」

目を覚ますと、目の前にリュカオンの顔があった。どうやら寝ている私に乗りかかっていたらしい。

急に倒れちゃったからか、よっぽど心配をかけたみたい。

「すまないシャノン、我がついていながら……」

「ううん、私も倒れる直前までは普通に元気だったもん。当人が気づいてないんだからリュカオンが気づくわけないよ」

若干掠れる声でそう言い、リュカオンを安心させるように頬同士をスリスリと合わせる。ふふ、なんだか子狼になった気分。

頬に当たる極上の毛並みを堪能していると、周りにいた人達に気づいた。

あ、みんないたんだ。

セレスやルークさん、それにさっき傷を治した人全員が私が寝かされているベッドの周りにいた。

その中でルークさんが真っ先に口を開く。

「シャノン……？　さっきはシャルと名乗られていませんでしたか？」

「あ」

リュカオンがやっちまったとばかりに目を見開く。

一回ならまだ聞き間違えで言い逃れできたけど、リュカオンもう何回か私のこと「シャノン」って呼んじゃってるもんね。

すると、セレスはなにか思い当たることがあるのか、手を口に当てて考え込む。

「シャノン……どこかで聞いたことがあるような……」

そう呟いたセレスは、一瞬後にハッと息を呑んだ。

「お嬢様、念のため、本当に念のためお聞きしたいのですが、お嬢様は皇妃様とは何のご関係もありません、よね……？」

まさかそんなことはないだろうというニュアンスでセレスが問いかけてきた。

うーん、どうしよう。

でも、ここにいるみんなはリュカオンのことを神獣だって信じてくれたし、セレスに至ってはウラノスと仲良くしたいって言ってくれてたみたいだし、私が皇妃だってバラしちゃっても大丈夫な気がする。

もしそれで嫌われちゃっても、縁がなかったってことで諦めよう。

「皇妃様とのご関係も何も、私がこの国の皇妃様ご本人です」

えっへん、と胸を張る。

ベッドの上で上半身だけを起こした状態だから格好はつかないかもしれないけど。

ハッ！　というか私、ここまでの道中でセレスに頼りないところを結構晒しちゃってるよ。

たとえ皇妃だって信じてくれても、こんなのが皇妃なのかって思わせちゃうんじゃ……！

くそぅ、身元を隠してるとはいえども、もうちょっと格好つければよかった……!!

身分を隠したことで安心しちゃって甘えん坊の私が完全に顔を出しちゃってたよ。すぐに転ぶからってセレスに手を繋いでもらっちゃったりなんかして。

皇妃としての威厳の片鱗もなかったよ。

あ、でも普通の子どもの演技をしてたってことなら満点だね。演技じゃなかったけど。

そうだ！　ただの子どもの演技をしてたってことにすればいいじゃん！　私天才かもしれない。

「私の完璧な演技のせいでセレスはただの貴族の令嬢だって信じ込んでたみたいだけどねっ、ゲホッゲホッ！」

嘘ついたら咳が出た。

「お嬢……皇妃様……」

ねぇセレス、なんでそこで可哀想な子を見る目をするの？

私の背中を撫でる手にも哀れみが込められてる気がするよ。

「皇妃様、私はありのままの貴女が好きですよ」

セレスが優しい声音でそう語りかけてくる。

「……シャノンでいいよ。セレスは、私が皇妃だって信じてくれる……？」

おそるおそるセレスを見上げると、セレスはフワリと笑って言った。

「――もちろんです、シャノン様」

「！」

やっと信じてもらえた……嬉しい……！

セレスの微笑みに安心した私は――そのまま熱を出してばたんきゅーした。

＊＊＊

安心したことで気が抜けたのか、私は一気に熱を出して寝込んだ。

私にしては随分体力がもってるなと思ってたら、気を張ってたから自分の不調に気づかなかっただけらしい。まあ、それでここまでもったんだから自分の鈍感さには感謝だ。

ちなみに、その場にはこの療養所の主であるルークさんもいたので、私が倒れた時の対応もスムーズだったらしい。感謝だね。

その後の看病や診断も手厚くしてくれ、今の離宮よりもこの田舎の療養所の方が待遇がいいと感じるのは気のせいじゃないだろう。難点があるとすれば普段使っているものに比べてベッドがちょっと硬いくらいだけど、慣れてしまえばそんなことは気にならない。

既に慣れ親しんだベッドの上でうつらうつらしていると、ノックの後でルークさんが入ってきた。

その手が持っているおぼんの上には土鍋が載っている。

「シャノン様、おかゆをお持ちしましたよ～」

「まま……」

「誰がママですか」

病人皆平等を主義としているルークさんは、いち早く私にも親し気に接してくれるようになった。

「どうです？　食欲はありますか？」

「はいママ」

「せめてパパにしてください」

パパならいいのか……。

ルークさんはベッドを跨ぐような形でテーブルを設置し、その上におぼんを載せてくれた。

「うん、顔色もいいみたいですね。熱は……まだ微熱があるので今日も安静にしていてください」

私のおでこに手を当て、ルークさんはそう言う。

「は〜い」

これでも生まれた時から虚弱の身、安静にするのは得意です。

こんなキャラだから絶対に安静になんかしていないと思われていたらしく、ベッドでひたすら大人しくする私を見てルークさんやセレスが変な顔をしていたのは今思い出しても笑っちゃう。熱があってもすぐにどこかへ遊びに行っちゃう子だと思われていたみたいだ。まあ、昔はそんな時期もありました。

小さい頃は熱があるのにベッドから出ては、みんなに連れ戻されてたなぁ。それでさらに体調を崩してをひたすら繰り返し、私も学びました。

ルークさん達の看病のおかげか、今回は回復も早かったように思う。

リュカオンを背もたれにして上半身を起こし、ルークさんが持ってきてくれたおかゆに口をつける。

最初の方は神獣であるリュカオンを背もたれにしたり抱き枕にすることに驚いていたルークさんだけど、すぐに順応した。リュカオンが私の保護者枠だということを理解してくれたらしい。

「――そういえば、オーウェンさん達の様子はどう？」

「みんななんだかんだ時間を持て余してますね。今も気が付いたらこの部屋の前をうろうろしてますよ」

今まではみんなで支え合ってなんとか暮らしていた状態だから、急に全員が健康になって何をすればいいのか分からなくなっているらしい。それで暇さえあれば私の見舞いに来て部屋に居座ろうとするから、私が休めないだろうとのことでルークさんが出禁にしたのだ。

「ルークさんはこれからどうするの？」

「う〜ん、みんなも元気になったことですし、僕はもうちょっと都会の方で働き口を探そうかと思ってます。元々兄さんが帰ってくる前はそのつもりだったので。この療養所は僕が建てたものじゃなくて両親が遺したものなんですよ」

「へぇ」

ルークさんが言うには、田舎すぎてここで療養所をやっていても患者さんはあまり来ないらしい。

「新しい陛下の使いって方のおかげでお金の方はどうにかなってたんですけどね。いやぁ、あの時は驚きましたよ。夜中にふらっと現れて大金を置いていくものだから、僕は夢でも見てるのかと……」

当時のことを思い出しているのか、宙を見ながらルークさんがそう言う。

「そうだったんだね。……ルークさん、ちょっとみんなを呼んでもらってもいい？」

「え？　あ、はい」

ルークさんは部屋の出入り口までトコトコと歩いていくと、「みんな〜、シャノン様が呼んでるよ〜」と廊下に向けて一言放った。

すると一瞬でオーウェンさん達が飛んでくる。それから少し遅れてセレスも駆けつけてきた。

「シャノン様、どうされましたか」

オーウェンさんが真っ先に私のベッドの前で跪く。すると他の四人もオーウェンさんに倣って跪いた。

「あはは、楽にしてくれていいよ。ちょっと話があっただけだから」

「話……なんでしょう」

オーウェンさんが私を見上げて尋ねてくる。

「オーウェンさん達、私の離宮で働く気はありませんか？」

「「へ？」」

予想外の言葉だったのか、みんなの声が揃う。

「それは……とても光栄なご提案ですが、しばらく剣も握っていない俺達じゃあ役には立てないと……」

「あら、やってもらうのは護衛だけじゃないよ。私の離宮、今使用人が誰もいないの。離宮の中のお掃除とか、雑用とか、なんでもやってもらうよ。……オーウェンさん言ったよね、『こいつらを治してくれるなら金ならいくらでも払うしなんでもするから』って。私、お金はいらないけど労働力は必要なの。ねぇ、どうかな？」

そう言うと、オーウェンさんは一瞬泣きそうな顔になり、ガバッと頭を下げた。

「――そのお申し出、謹んでお受けします」

オーウェンさんに続き、後ろの四人もガバッと頭を下げる。どうやらみんな受けてくれるらしい。

一先ずそのことにホッとする。そして、次にセレスとルークさんの方を向いた。

「セレスとルークさんも、離宮で働いてくれる気は……」

「働きます」

「はやっ」

私が言い終わるのも待たずルークさんが即答する。

「僕は兄さんと違ってチャンスをみすみす逃したりしないので。セレスはどうする？」

「わ、私も！　シャノン様の下で働きたいです！」

「セレス……！」

嬉しい、嬉しいよ！　素の私を知った後でも私の下で働きたいって言ってもらえるなんて……！

セレスに向けて両腕を広げると、セレスはふわりと私を抱きしめてくれた。あ、いい匂い。

「うふふ、これからいっぱいシャノン様のお世話を焼くことができるのですね」

「うん！　いっぱいお世話させてあげるから任せてね！」

こうして私は、使用人のスカウトに成功したのだった。


次の日、朝一でオルガさんが療養所を訪ねてきた。

オルガさんはここに来る時に寄ったお店の料理人さんだ。

ダダダッと走ってきた勢いのままドアを開け、私の部屋に入ろうとしたオルガさんを中にいたルークさんが止める。

「オルガさん、気持ちは分かるけどまず手洗ってきて。病人がいるんだから。あと、女の子の部屋にノックもなしに入ろうとするとかありえないから」

「あ、すみません」

ニッコリとしてそう言うルークさんの圧に負け、オルガさんは自然と敬語になっていた。

そして、改めてオルガさんが部屋の前に来た。

コンコンコンと三回ノックがされる。

「すみません、入ってもよろしいでしょうか」

「はいどうぞ」

すると、それはもう丁寧に扉を開けてオルガさんが入室してきた。それを見てルークさんがうんうんと頷いている。

オルガさんは一歩部屋の中に足を進めると、そのまま流れるように土下座をした。

「!?」

なんで土下座をされているのか分からなくてびっくりした私は、無意識にリュカオンの尻尾を掴んでいた。ごめんリュカオン。

「さっき、オーウェンが家に来ました。それで、お嬢様はさる高貴なお方で自分達はお嬢様についていくことになったからたまにオーウェン達の実家の様子を見ておいてほしいと言われました」

「うんうん」

「だけど、どうか！　どうか俺も連れていっていただけませんか!?　俺は、俺はやっぱり自分の主に毎日おいしい料理を振る舞うという夢を諦められないんです!!」

そう言って、もうおでこが床についちゃってるのにさらに頭を下げようとするオルガさん。

「とりあえず頭を上げてくださいオルガさん。ルークさん達が毎日掃除してくれてますけど、やっぱり床はばっちいですよ」

せっかく手を洗ってきたのに台無しだ。

「元々オルガさんには声をかけようと思ってたので丁度よかったです。私の離宮は料理人もいなくなっちゃったので、オルガさんがよければついてきてほしいなと思って」

「本当ですか!? というか、え? 離宮?」

オルガさんがはてと首を傾げる。どうやらオーウェンさんは私の素性については言及しなかったようだ。口が堅いのはいいことだね。

「私、一応この国の皇妃なので。あと、この子は私が契約している神獣です」

そう伝えると、オルガさんはポカンと口を開いた。

「こうひ……しんじゅう………」

そこでオルガさんの脳はオーバーヒートしたらしく、バタンと後ろに倒れた。「ちょっと！」とルークさんがオルガさんに注意をする。

「ふふふ、リュカオン、新しい料理人さんは随分賑やかな人みたいだね」

「そうだな」

オルガさんはオーウェンさん達の怪我のことも知っていたので、びっくりするくらいあっさり私の言葉を信じてくれた。

結局、オーウェンさん達の家やオルガさんの店は近くに住んでいるオーウェンさんの伯母さん一家にたまに様子を見てもらうことにしたようだ。

「でもオルガさん、せっかく自分の店があるのにいいの？」

「ええ！　こんな田舎じゃあそんなに客も来ませんし、俺はただ一人の主人に喜んでもらえる料理を出したかったんで‼　皇城を追い出されてその夢も諦めてたんですが、まさかこんなチャンスが巡ってくるとは思いませんでしたよ‼」

それから、オルガさんは少し真面目なトーンの声になって続けた。

「にしても、まさかあいつらの怪我が治るとは思いませんでした。オーウェンは自分達の方が大変なのに、行き場をなくした俺も一緒に故郷に連れ帰ってくれたんです。嬢ちゃ……シャノン様、本当にありがとうございます。俺は貴女のために精一杯うまい料理を作らせていただきます」

神妙な顔になり、私に向けて頭を下げるオルガ。

「うん、期待してるよオルガ」

「はい！」

吹っ切れたような清々しい笑顔になるオルガ。オルガの料理は美味しかったから、これからが楽しみだ。

その日のお昼ごはんはオルガが作ってくれることになった。

ベッドの上でリュカオンを撫でながら話しかける。

「楽しみだねぇリュカオン」

「そうだな」

リュカオンもオルガの料理はお気に召していたから、尻尾を振ってうれしそうにしている。

「にしても、離宮にはどうやって帰ろう。随分人数が多くなっちゃったけど……」

「転移で帰ればよかろう。一度訪れたことがある場所には転移で飛べるからな。我とシャノンで半数ずつ連れて帰れば一度の転移ですむはずだ」

「あ、そっか」

そういえばこの前もそんなこと言ってたね。こんな大人数でも転移できるとは思ってなかったけど。

さすが神獣、やっぱり規格外だね。

そして自覚はなかったけど、リュカオンと契約した私も何人かを連れた転移ができるようになっているらしい。多分リュカオンだけで全員を運ぶこともできるんだろうけど、さすがにそれは消耗が激しいだろうから半分ずつ転移するのが一番効率がいいよね。

「まあ、転移をするのはシャノンの体調が完全に回復してからだな」

「そうだね。万が一魔法が不十分な状態で発動しちゃっても困るしね」

私はリュカオンの首にぎゅっと抱きつく。

「いっぱい食べて早く回復するね」

「……馬鹿、療養とはゆっくりするものだ。そう焦るでない」

「うん、ありがとうリュカオン」

リュカオンの毛に顔を埋める。

えへへ、あったかくていい匂い。

リュカオンの匂いをスンスンしていると眠気がやってきたので、私はそのまま心地よい微睡《まどろ》みに身を任せた。

＊＊＊

こちらに来てから五日目の夜、熱は下がったけど全然眠れず苦しんでいた。

……全く眠くない。

今日は昼間に寝すぎちゃったなぁ。

ベッドから出て床にヒタリと足をつける。そしてブランケットを羽織り、窓の方に向かった。

ちょっと外の空気が吸いたかったのだ。

ペタペタと窓の方に歩み寄り、ガラリと窓を開ける。その瞬間――

「わっ」

ビュウッと強い風が吹き込み、羽織っていたブランケットが窓の外に飛んでいってしまった。幸い遠くまではいかず、この窓の真下に落ちる。

ここは二階だから、下に降りないとブランケットは拾えない。

後ろを振り向くと、ベッドの上ではリュカオンが穏やかな寝息を立てていた。

起こすのは……悪いよね。

仕方ない、一人で拾いに行こう。

私はみんなを起こさないようにこっそりと療養所を出て裏側へと回った。

すると、そこにはもう誰かがいた。そして積もった雪の上に落ちたブランケットをその誰かが拾う。

近づいていくと、徐々に顔が見えてくる。

「——あ」

「やあ、また会ったね」

そう言ってニコリと笑ったのは超絶美形なお兄さん、フィズだった。

「これは君の？」

「はい」

そう答えると、フィズはふわりと私の肩にブランケットを巻き付けてくれた。

「あ、ありがとうございます」

「いいえ」

「……ところで、フィズはどうしてこんな場所にいるんですか？」

「仕事が終わって帝都に帰るところなんだ。それで偶然この辺りを通りかかったら窓からブランケットが降ってきたんで拾いに来たってわけ」

「そうなんですか」

セレスの故郷にこんなことを言うのもなんだけど、こんな田舎の方になんの用があったんだろう。

まあ、私も人のことは言えないけど。

「なんだか前回会った時よりもスッキリした顔をしてるね。なにか心配事でも解決できたのかな？」

「はい」

「そう、それはよかった。にしても偉いね、まだ小さいのにこんな遠くまでやってきて自力で問題を解決するなんて。そんな行動力のある子はなかなかいないよ」

そう言って頭を撫でられる。

「そんな偉い子にはご褒美をあげないとね。なにかあったかな……」

「ご褒美？」

なんてワクワクする言葉だろう。

洋服のポケットをゴソゴソと漁るフィズを見つめる私の目はきっとキラキラと輝いているだろう。

「あ、あった。手を出して」

「はい！」

両手を器の形にし、フィズに向けて突き出す。

何をくれるんだろう。

「はい」

「？」

手にジャラリとした何かが乗せられた。周りが暗いので、顔の前まで持ってきてその正体を確認する。

手渡されたのは、何かの紋章が入ったチャームの付いたブレスレットだった。

「ブレスレット？」

「うん、かわいいでしょ」

「……はい」

かわいいというよりはシックでオシャレな感じのブレスレットだ。フィズはちょっと変わった人っぽいし、もしかしたら感性も独特なのかもしれない。

「よかったらもらって。多く発注しすぎてちょっと余っちゃったんだよね」

「フィズはそういうの多いですね」

もらえるものはもらうけど。

ふふっと笑い、フィズは私の左手首にブレスレットを着けた。

そして、私の腕からブレスレットが滑り落ちないのを確認するとうんうんと二回頷く。

そこで、冷たい風が私達の間を駆け抜けた。

「──少し話し込んじゃったね、体が冷えちゃうしもう中に戻りな」

そう言うとフィズはヒョイっと私を抱き上げた。

顔が近くなるとフィズの目の下にうっすらと隈が浮かんでいるのが分かる。疲れてるんだろうか。

「フィズ、疲れてますか？」

「ん？　そうでもないよ。僕は部下に『化け物』と称されるほどの体力の持ち主だからね」

そう言ってフィズは笑うけど、やっぱりフィズの纏う雰囲気が少し疲れてる気がする。

「ふふふ、心配してくれてるの？」

「うん」

「ありがとう。でもたった今癒され中だから大丈夫だよ。これがアニマルセラピー……」

「誰がアニマルですか」

広義ではアニマルなのかもしれないけど。でもフィズは私のことを子猫か何かと勘違いしてる気がする。

そしてそのままフィズに運ばれたんだけど、ブランケットにくるんと包まれて抱っこされるのはなかなかに心地がよかった。

療養所の玄関までなんてすぐなのに、その間に寝ちゃうくらいには。

「――あれ？　寝ちゃった？　ふふふ、ほんとに子猫みたいだね」

フィズの楽しそうな声が、どこか遠くで聞こえた気がした。

次に目を覚ました時、私はベッドに戻っていた。

フィズと会ったのは夢だったのかと思ったけど、左手に着いているブレスレットがあれが夢じゃなかったことを教えてくれる。

オシャレなブレスレットだけど寝巻だと袖で隠れちゃうから周りから見ても着けてるのか着けてないのか分からない。

あ、そういえば私ってば一応既婚者なのに知らない男の人からもらったブレスレットを身に着けてていいのかな。……まあいっか、フィズみたいなかっこいい人が私みたいな小娘を口説くわけないし。私のことを皇妃だなんて思ってないだろうしね。

服の上からブレスレットを触っていると、抱き枕よろしく抱きついていたリュカオンがもぞりと動いた。

「……シャノン、今度から夜中に外に出る時は我を起こせ」

「は〜い」

どうやらこっそりブランケットを拾いに行ったのはリュカオンにバレちゃったらしい。

そしてリュカオンは自分のおでこを私のおでこに合わせてくる。

「体調は悪化してないだろうな」

「うん、とっても元気」

「それならばいいが」

私を案ずるようにぺろりと頰を舐められる。

普段はあんまり狼らしいことをしないリュカオンがこんなことをするのは珍しい。ついつい私のことを子狼みたいに扱っちゃうくらいには心配をかけちゃったらしい。

「ごめんねリュカオン」

「よい。子どもはわんぱくなくらいが丁度いいからな」

そう言いつつも私の頭を両前脚で抱え込み、毛繕いをするようにペロペロと舐めるリュカオン。

特に抵抗する理由もないので私も子狼よろしく大人しく舐められる。

心配かけてごめんねパパ。

＊＊＊

私の体調も完全に回復し、いよいよ離宮に帰る日がやってきた。

私についてきてくれるというみんなで療養所の外に出る。

「みんな、ちゃんと荷物は持った～？」

「「はい」」

大荷物を持った各々が返事をする。うんうん、準備は万端なようだ。離宮に行く人数は私とリュカオン以外に八人。私とリュカオンがそれぞれ四人ずつ連れて転移をする。

「じゃあリュカオン、また後でね」

「ああ」

また後で、と言っても転移は一瞬だけど。

そして、私とリュカオンは転移を発動した――

目を開くと、そこには離宮の玄関ホールの景色。

どうやらうまく転移できたようだ。リュカオン達もすぐ側に現れたし。

「リュカオン、お願い」

「分かった」

私が言うと、事前に打ち合わせしていた通り、リュカオンはすぐに魔法を発動してくれた。

離宮全体を囲む認識阻害魔法だ。城を辞したはずのセレスやオーウェンさん達の姿がユベール家に見つかったら厄介そうだしね。オーウェンさん達が故郷に帰ったのは数年前だけどまだ顔を覚えている人もいるかもしれないし。

何より、ユベール家に私が力を持ち始めたと思われても困る。

ウラノスから使用人を連れてこられなかったのが皇帝の命令なのかユベールの横槍なのかは分からないけど、私の力になってくれる使用人がいるというのは隠しておいた方がよさそうだ。もし皇帝の命令であっても私がユベールに目をつけられないためにだろうし。

この離宮から使用人がいなくなったのもユベールの介入があったんじゃないかと思う。

「——ってことで、みんなリュカオンの魔法の範囲外に出るのは禁止だよ！」

「分かりました」

みんな神妙に頷いてくれる。そっか、みんな直接的にしろ間接的にしろユベール家による被害を受けてるもんね。

「一応使用人エリアもあるけど、部屋なんていっぱい余ってるから好きなとこ使って？　あ、使用人エリアの部屋は前の人達が片づけていかなかったからちょっと物が乱雑になっちゃってたかも……」

そう言うと、みんなの目がギンッと鋭くなった。

「勝手にいなくなるばかりか辞する前に部屋の掃除もしないなんて……」

セレスが拳を握りしめてワナワナと震える。

セレスは侍女という仕事に誇りを持っているようだから余計許せないんだろうね。でも私は彼らにそこまでの怒りは抱いていない。

「まあまあ、でも前の使用人が消えちゃったおかげで私はセレスやみんなに会えたわけだし。私のことでそこまで怒ってくれる人達が来てくれて私は幸せよ？」

そう言うと、セレスやみんなの怒りの表情が徐々に元に戻っていった。

「……シャノン様、こんなことを言うのは差し出がましいですが抱きしめても？」

「え？　もちろんいいよ～。ふふふ、そんなこと聞かなくてもいいのに」

いいよと言うや否や抱きしめてきたセレスの腕の中で私はくふくふと笑う。

「みんな今日はお休みでいいよ。生活環境を整えるために時間もいるだろうから働くのは明日からで……」

あ、でも食事はどうしよう……。

オルガを見上げると、彼はやる気に満ち溢れた目で私を見返してきた。

「シャノン様！　明日からなんて言わねぇでください!!　俺は今すぐにでも腕を振るいてぇで

す!!」

「う、うん、じゃあお願いしようかな」

「はいっ！」

元気よく返事をしてオルガは駆け出していった。

まだ調理場の場所教えてないけど大丈夫かな……。まあ、調理場の場所なんて大体分かるか。

材料は調理場にある魔道具から定期的に補充されてるから困ることはないと思う。私のいなかったこの期間にも補充されてるだろうし。

「じゃあ後は各自自分の生活環境整えてね！　今日は私のお世話はいらないから。あ、もし必要なものがあったら言って！」

「「はい」」

一旦解散し、私とリュカオンは足早に私の部屋に戻る。

そして、私達は着替える間もなくベッドにダイブし——寝た。

やっぱり転移を使うと疲れるね。だから一先ずお昼寝だ。

リュカオンにべったりとくっついて横になり、私達は二時間ほどぐっすり寝た。


お昼寝から目を覚ますと、オルガが軽食を用意しておいてくれていた。

興奮気味のオルガがまくし立てる。

「シャノン様！　調理場は宝の宝庫でしたぜ！　まさかあんなにいい食材を使える日がくるとは!!

皇城でも俺は下っ端で偉い人の食事なんて任せてもらえなかったんで、こんなにいい食材を扱えるなんて思ってもみませんでしたぜ!!」

「そ、それはよかった」

オルガの勢いに若干気圧されつつも私はそう返す。

オルガの興奮具合を見るに、ちゃんといい物が用意されていたらしい。食材の質が分からないどころかそれを使って料理に失敗してることはオルガには内緒にしておこう。

にしても、食材を用意してくれた人には申し訳ないことしたな……。

オルガが来てくれたので私はもう料理には挑戦しません。……多分。

私はまだ顔も見ぬ、食材を用意してくれた人にそう誓った。


オルガが持ってきてくれたサンドイッチを一つ手に取り、はむっと齧りつく。

「ん〜！　おいしい！」

こういうシンプルな料理ほど職人の腕が出るよね。私が作っても多分この味にはならない。

私の胃袋と口の大きさに合わせてくれたのか、一つ一つのサンドイッチは小さめだ。

「この短時間でよく用意できたね。一からこのパン焼いたの？」

「いえ？　申し訳ないですけどそこまで時間はなかったのでパンは用意されていた既製品を使いました」

「え？　もうできてるパンがあったの？」

「はい、ありましたよ。本当はいい小麦粉もありましたし一から焼きたかったんですけどね。すみません、しばらくはそういうのを使ってやりくりすることになりそうです」

「え、ううん。それは全然いいの。おいしいサンドイッチありがとね」

そう労うと、オルガがぱぁっと笑顔になった。

「いいえ！　俺、夕飯も腕によりをかけますね!!」

「うん、頼んだよ！　あ、別のものを作るのは大変だろうから私はみんなと同じもので大丈夫だよ。ごはんもみんなで食べようね。あと、食材は足りそう？」

「承知しました！　食材は全然余裕ですね！　むしろ少し多いくらいっすよ」

「それはよかった」

そう言うと、オルガは早速夕飯の準備をするからと退室していった。

私には一食にどのくらいの食材を使うのかは分からないけど食材が足りているならよかった。もしかしたらいなくなった使用人の分もそのまま食材を送ってくれているのかもしれない。いなくなった使用人達がそんな手続きをしているとは思えないしね。

にしても、既にできているパンとかも送られてきているようで何よりだ。全部を一から作るのはオルガ一人だと大変だからね。

「リュカオン、ちょっと他のみんなの様子も見に行ってみようか」

「そうだな」

リュカオンも同意してくれたので、一緒に部屋を出る。すると、どこからかかけ声みたいなのが聞こえてきた。

「これは……玄関ホールの方かな？」

「ああ」

とりあえず、私とリュカオンは玄関ホールへと向かった。

玄関ホールの上から下を見下ろす。すると、どうやらホールではオーウェン達五人が訓練をしているようだった。

二階から玄関ホールに繋がる階段を下り、オーウェン達の元へ向かう。

「みんなお疲れ様。何もこんな初日から訓練しなくてもいいのに」

「シャノン様。いえ、俺達は体が鈍ってしまっているので、一刻も早く筋力を戻さねばならないのです」

そう言うオーウェンだけど、素人の私からすると十分な筋肉がついている気がする。今だって登ってみたくなるほど立派な体つきなのに。現役時代はもっとすごかったのかな……。ちょっと気になる。

にしても、オーウェンを呼び捨てにするのはなんかまだ違和感があるなぁ。やっぱりオーウェンはなんか威厳みたいなのがあるもんね。オルガはすぐに違和感がなくなったんだけど……。ちょっと犬っぽいからかな。性格だけならリュカオンよりも犬っぽいもんね。

「というか、みんな騎士で採用ってことでいいの？　今はまだ人手が足りないからいろんなことをしてもらうことになるけど、落ち着いたら一つの役割に専念してもらうつもりではいるんだけど……」

四人は私の言葉に特別な反応は示さなかった。だけど、一人は少し気まずそうな顔をしてる。私が治した元騎士の一人、ジョージだ。

「ジョージは、騎士以外になりたいものはある？」

すると、ジョージはおずおずと口を開いて言った。

「じ、実は俺、庭師になりたくて……。でも、金とかいろんな事情があって騎士になったんです。もちろん今は人員がそこまで多くないので全力でシャノン様をお守りしますし、雑用もなんでもします。……でも、もしシャノン様に許していただけるなら、落ち着いた後、庭師として俺を雇っていただけませんか！」

最初は自信なさげに話し始めたジョージだけど、最後はきちんと私の目を見て言いきった。

「――いいよ。じゃあその時までに頑張って勉強しておいてね。書庫は好きに入っていいから」

「っはい!!　ありがとうございますシャノン様！」

ジョージは本当に嬉しそうな顔になった後、ガバッと頭を下げた。

そんなジョージに仲間達が「よかったな」と声をかけていく。うんうん、いい関係だね。

なぜ実地じゃなくて書庫で勉強しておいてと言ったのかというと、庭はリュカオンの認識阻害魔法の範囲外だからだ。建物の中だけでなく外までとなるとリュカオンの負担が大きくなるので、この離宮だけを対象にしてもらうように言った。オーウェン達にはこのことも事前に伝えている。

嬉しそうに話すジョージ達を見て私は思った。

――ジョージのためにも、この状況を改善しないとね。

私は既に、対ユベールとして動く意思を固めているのだ。

まあ、私みたいな小娘に何ができるのかって話なんだけど。


次はセレスとルークの様子を見に行こうかなと思ったところで私は気づく。

「そういえば、まだ色を戻してなかったね」

「おお、そうだったな。慣れてすっかり忘れていた。我も小さいままだったな」

念には念をということで療養中も色を変える魔法は解いていなかったんだけど、そしたら慣れちゃって色を変えていたことをすっかり忘れていた。

「じゃあ戻すぞ」

「うん」

リュカオンが尻尾を一振りすると、私の髪と目の色、そしてリュカオンの色と体の大きさが元に戻った。

自分の髪の毛を一房取って見てみると、元の白銀色に戻っていた。うんうん、やっぱりこっちの方がしっくりくるね。

リュカオンも元の大きさに戻って体を伸ばしている。その動作一つとってもわんこサイズとは迫力が違う。

すると、こちらを見つめる複数の視線を感じた。すぐ側にいたオーウェン達だ。

みんな目を見開いてこちらを見ている。そっか、そういえば色を変えてることも言ってなかったね。

最初に口を開いたのはオーウェンだった。

「お二人とも、それが本来のお姿なのですか……？」

「うん」

「そうだ」

私とリュカオンがそれぞれ答える。

「……なんというか、本来のお姿のお二人が並んでいると神々しいですね。外から差し込んでくる光も相まって絵画を見ているようです……」

ほぅ……と感嘆の溜息をついてジョージがそう言った。

「そう？　変わったのは色だけなのに。あ、リュカオンは大きさも変わったか」

私は先程よりも近い位置に来たリュカオンの頭を撫でる。

ちなみに、魔法で顔を変える……というか、変わったように見せることはできなくはないけどあんまり褒められた行為ではない。顔が変わると誰か分からなくなっちゃうし犯罪に使われる危険性も高いことから、禁忌魔法の次くらいに忌避されている魔法だ。

まあ、そもそもできる人があんまりいないんだけどね。

色は定着させられるから、一度魔法をかければ解除するまで効果が持続する。でも、容姿そのものを変化させる魔法を持続させるには常に魔法を発動させていなければならない。気を抜くとすぐ

ぎゅ

に元の顔に戻ってしまうからだ。

そもそも、その魔法を使うこと自体そこそこ高位の聖獣と契約していなければできない。そんなわけで、私も変装は色を変えるだけになったのだ。リュカオンは大きさも変えていたけど、多分体全体の大きさを変えるだけならそこまで難しくないんだろう。神獣であるリュカオンにとっては。

「……ねぇ、私の自意識過剰じゃなかったらもしかしてみんな見惚れてる？」

明らかにうっとりとした視線は、私……というかリュカオンの姿に見惚れているとしか思えなかった。

「もちろんです！　まさか言い伝えと同じお色の神獣様にお目にかかれるとは。それに、シャノン様も本来のお姿だとかわいらしさの中に神聖さが加わりますね。……あ、リュカオン様が神獣だということを疑っていたわけではありませんが」

オーウェンの言葉にみんながうんうんと頷く。

「大丈夫大丈夫、ちゃんと分かってるよ」

その後、サービス精神旺盛なシャノンちゃんはみんなの前でリュカオンと一緒に絵画に描かれているようなかっこいいポーズをとってあげた。リュカオンは嫌がるかなと思ったけど、「かっこいい」とか「神々しい」とか言われて嬉しかったのかノリノリだった。

画家がいないのが残念だね。私とリュカオンの勇姿を是非絵に残してほしかったのに。絵を描いている間ジッとしているのは苦手だからいいけど。

そんな感じでもてはやされ、調子に乗ってポーズをとっていた私達だけど、オーウェン達が感涙にむせび始めるとハッと我に返った。そして慌ててその場を離脱する。

「危ない危ない、あれ以上続けてたら狂信者ができちゃうところだったねぇ」

リュカオンに乗り、冗談めかしておでこの汗を拭うフリをしたけどあながち間違いでもなさそうな雰囲気だったんだよね。

私としては「なにしてるんですか」って笑ってもらう予定だったんだけど、まさか感動で泣かれるとは思わなかった。まだこの国の人の感性を理解するには程遠いね。

リュカオンに乗って、てってこてってってこと使用人ゾーンに行くと、セレスとルークがいた。

「あ、セレス！　ルーク！」

廊下で話していた二人に声をかける。そしてこちらを向いた二人は揃って目を見開き、驚いたような顔になる。

同じ表情をするとやっぱり似てるね。

「し、シャノン様、それにリュカオン様、そのお色は……」

「これが元の色だよ。リュカオンも狼だし、元々はこの大きさ」

よしよしとリュカオンの頭を撫でる。

「色が違うだけで大分印象が変わるものですねぇ」

私を見てルークが感心したように言う。

「それに、その姿のリュカオン様に乗るシャノン様は絵になりますね。このまましばらく鑑賞していたいくらいです」

ニコニコとそんなことを言うルーク。

この国の人、みんな神獣大好きすぎじゃない？

あんまり信仰心の強そうじゃないルークからもこの感想が飛び出るんだもん。

「みんな神獣大好きだね」

「……好きなのは神獣様だけじゃないですよ。シャノン様も大好きです。茶髪よりもその白銀色の髪の方が神秘的でお似合いです」

セレスにギュッと抱きしめられる。その後ろではルークがうんうんと頷いていた。

「えへへ、嬉しい」

やっぱりハグされるの好きだなぁ。

「あ、でも、帝国では銀髪に空色の瞳の人しか神獣と契約できないって言われてるんじゃなかったっけ？　私はその条件には合わないけど、リュカオンと契約してるって信じてくれるの……？」

抱きしめられたままセレスの顔を見上げてそう問いかける。

すると、セレスは優しい微笑みを浮かべて言った。

「ふふ、私は言い伝えよりも恩人の言葉を信じようと思います。それに、シャノン様はそんな嘘をつく人ではないでしょう？」

「セレス……！　すきっ」

「私も好きですよ」

ぎゅううと私達は抱きしめ合う。そんな私達の後ろでは、リュカオンとルークがうんうんと頷いていた。

その日の夕飯はみんなで食べた。

食堂は広いので九人でテーブルに着いてもスペースには余りがある。

慣れない環境だったにも拘らずテーブルの上には立派な食事が用意されていてびっくりした。

オルガは「調理場の道具とかは大体把握したんで、明日からはもっとうまいもん作りますね！」と言っていたけど、メインにサイドにスープ、あとパンがあるなんて十分すぎる。

毎日料理を作ってくれる人がいるなんてありがたいことだよね。まともな料理も作れずそのままでいける果物を食べたことを思い出しちゃう。

「ところでみんな、何か足りないものとか必要なものとかはあった？　何かあったら私買ってくるよ」

私が言い終わった瞬間、全員の動きが止まり、その場を静寂が支配する。

カチャカチャと微かに聞こえていたカトラリーの音もピタリと止《や》んだ。

「ん？　みんなどうしたの？」

シャノンちゃんの心遣いに感動して言葉も出ないのかな。

すると、私の目の前にいるセレスが真剣な顔でこちらを見据えてきた。

「シャノン様、お買い物はシャノン様一人で行かれるおつもりですか？」

「うん、もちろん」

コクリと頷くと、セレスの雰囲気が変わった。

「……シャノン様、正直シャノン様はとっても世間知らずでいらっしゃいます」

「は、はい」

「金銭感覚はありませんし、買い物にも慣れていらっしゃらないと思うので周囲から浮くこと間違いなしです」

「がーん」

お買い物くらい私でも簡単にできると思ってたけど、どうやらそれは思い上がりだったみたい。他のみんなもうんうんと頷いている。

「幸い必要なものは揃っているので買い出しはしばらくいらないですし」

「あ、そう、それはよかった」

いや、でも、セレス達が大袈裟なだけでさすがに私も買い物くらいできる……よね？　うん、そう信じよう。

ただ、徒にセレス達を心配させたいわけでもないので買い物に出るのはしばらくやめておこうと思う。

「ふふふ、みんな心配性だね」

そう言うとみんなが揃って微妙な顔になった。仲良しだね。

夕食をすませた後はお風呂に入り、自分で着替えてベッドに入った。それくらいはできるようになったシャノンちゃんです。

そして、私の隣に潜り込んで来たリュカオンに話しかける。

「ねぇリュカオン、私がお買い物に行くのってそんなに無謀な行為なのかな」

「ああ、シャノンにはまだ早い」

「まだ早いって……シャノンちゃんもう十四年生きてますけど」

「まずは金銭感覚を身に着けることからだな」

リュカオンは優しくそう言い、私の上にのしかかってきた。自然、私はリュカオンのお腹の下にしまわれる形になる。

「ふふふ、子狼になった気分」

抱きついてリュカオンの毛の触り心地を楽しむ。

とてもぬっくぬくだ。まだまだ雪も降ってるし寒いからね。

久々に大きくなったリュカオンの温もりに包まれ、その日はぐっすりと眠れた。


次の日の朝、扉がノックされる音で目が覚めた。

「シャノン様、おはようございます。入ってもよろしいですか？」

どうやらセレスが早速侍女として起こしに来てくれたようだ。

「ん～……どうぞ～……」

寝ぼけ声でセレスを呼び込むけど、まだ目は開けられない。

扉が開く音がして小さな足音が近づいてくるのが聞こえる。セレスが入ってきたんだろう。

「シャノン様、おはようございます」

「ん、おはようセレス。やっぱり朝は寒いねぇ」

寒くてリュカオンの毛皮に顔を埋める。

そんな私達を見てセレスは微笑まし気な笑い声を上げた。

「ふふふ、本当にシャノン様とリュカオン様は親子のように仲がよろしいですね。お色も似てますし」

「うん、私リュカオンと仲良し」

ぎゅううと、まだ寝ぼけ眼なリュカオンの首に抱きつく。

他の聖獣と契約者達の関係もこんな感じなのかな。

「どうします？　予定もないですしまだ寝られますか？」

「ううん、起きるよ」

生活リズム大事。

リュカオンの下からなんとか這い出し、セレスが洗面器に準備してくれたお湯で顔を洗う。

「お召し物はどうなさいます？」

「う～ん、セレスも来てくれたし久々にちょっとおめかししようかな」

「まぁ！　いいですね。髪の毛も少し弄らせていただいてもよろしいですか？」

セレスが目に見えてウキウキし始める。

「いいよ。ドレスもセレスが選ぶ？」

「はい！　是非！」

小さい頃はお人形さん遊びが好きだっただけあって服を選ぶのも好きなのだろう、セレスは嬉しそうにクローゼットへと向かっていった。

セレスが選んだのはちょっとおしゃれをしたい日に着るような普段使い用のドレスだ。薄紫色を基調としたドレスで、細部にリボンやフリルがあしらわれている。

背中部分に付いているボタンをいくつも留めないといけないので私一人で着るのは至難の業だ。寝巻を脱ぎ、ドレスに袖を通す。その際、セレスが私の着けているブレスレットに気づいた。

「あら？　そのブレスレット……」

「ああ、これは――」

「皇城の入城許可証ですね。今までそんなブレスレット着けていらっしゃいましたっけ？」

「!?」

さらりと放たれたセレスの言葉に私は目を瞠った。

「え!?　入城許可証!?」

「は、はい、そのブレスレットに付いているチャームが入城許可証ですね」

「一回ぽっきりのだと紙なんですけど」、とセレスが続けるけど、大事なのはそこじゃない。

「これがあれば皇城に入れちゃうってこと？」

「？　はい」

事もなげに言うセレス。

そう言えばセレスには私が皇城に入れないことは言ってなかったかもしれない。まさか皇妃である私が皇城に入れないとは思わないもんね。

一度ブレスレットを外してセレスに見てもらったけど、やっぱり間違いないようだった。

——どういうこと？　どうしてフィズはこれを私に渡したんだろう……。

夜だから周りは結構暗かったし、別のブレスレットと間違えたのかな。

そういえば、とてもかわいいという感じではないこのブレスレットをかわいいと言ってたし、その説が濃厚かもしれない。

だとしたらフィズには悪いけど、このまま有効活用させてもらおう。どうやって皇城に入ろうか迷っていた私にとって、またとないチャンスが物理的に転がり込んできたんだから。

だけど、前回のように自分達の窮状を訴えるために皇城に行きたいわけではない。

生活するのに困らないくらいの使用人は確保できたしお金も手元に十分ある。そして私はそこまで贅沢がしたいわけでもない。それに、今私が皇帝と接近するのはあまり得策ではなさそう。

妻として、頑張ってる旦那様の邪魔はあまりしたくないし。

だけど、私はただ黙ってことが終わるのを待っているタマでもない。

こちとら早くユベール家の問題をなんとかしてゆっくり余生を過ごしたいのだ。

なので、立場やらなにやらにがんじがらめになって思うように動けていないだろう旦那様を陰ながら手助けしたいと思います。

シャノン……いや、シャルとして動こう。

手始めに皇城侍女の抜き打ちチェックかな。セレスの件がどうなったのか、ここにいても情報は入ってこないし。あとはついでに私のペンダントを盗んだ犯人捜しもできたらいいな。

あ、もちろん旦那様の邪魔にならないように慎重に動くよ。

さて、そうと決まればみんなで作戦会議だ！

とりあえずブレスレットとかその辺のことを考えるのは後にして、しっかりドレスに着替える。

すると、セレスがサイドの髪を編み込んでくれた。かわいいリボンもつけてもらい上機嫌です。

着替えただけでもセレスはかわいいかわいいと大絶賛だったから、髪の毛も整えた今はもう息もしていない。両手で顔を覆って悶えていて、たまに肩がピクピクと動いている。

「リュカオンみてみて！」

完全体になった私はリュカオンの前でくるりと回ってみせた。その時にふわりとなる裾のフリルが大変かわいらしい。

「うむ、とてもかわいいぞ」

「えへへ」

嬉しかったのでリュカオンに抱きついておいた。

「じゃあそろそろごはん食べにいこっか」

「はい」

「ああ」

そして、私達は食堂へと向かった。

「――あ、シャノン様おめかししてますね。とってもかわいいです」

「ありがとうルーク」

さすがルーク。にこやかな笑顔でスマートにオシャレしたことを褒めてくれる。これはモテモテだろうね。

ルークに続いてオルガやオーウェン達も褒めてくれた。

朝から褒め殺しでシャノンちゃんはホクホクです。

そして、みんなが席に着いて食事を始めたところで私は話を切り出した。

「ねぇねぇ、私ちょっと皇城に潜入してこようと思うんだけどどうするのが一番バレにくいと思う？」

「「「「!?」」」」

みんなが驚いた顔をして一斉にこちらを見る。

それからしばし間があり、最初に口を開いたのはオーウェンだった。

「し、シャノン様、皇城に潜入とは……？」

「ここにいると何も情報が入ってこないでしょ？　だからセレスの件がどうなったのか確認してこようと思って。あとは、皇妃としてちょっくら抜き打ちチェックにね」

安心させるようにオーウェンに向けてパチンとウインクする。勢い余って両目を瞑っちゃったのはご愛嬌だ。

「でも私みたいな子どもが皇城内でウロウロしてたら目立つでしょ？　それで何かいい案はないかなって」

「……きっと、シャノン様は私達が止めても止まらないんでしょうね」

「うん」

そう言うとセレスが苦笑いする。

「皇妃様なのにあんなド田舎までついてきちゃいましたもんね。――分かりました、皆で案を出し合いましょう。私達の誰かが同行することは……」

「それはダメ。皇城内なんて一番セレス達のことを知ってそうな人がいるところじゃん。それに、私だけなら何かあっても子どもだってことでなんとかなりそうだし」

たしかにそうかもしれないけど心配って顔に書いてあるみんな。

「大丈夫大丈夫、万が一何かあれば私にはリュカオンがいるから。あ、でもリュカオンは連れていかない方が目立たないかな。聖獣付きじゃない方が警戒もされないだろうし」

「ならば我は外からシャノンのサポートをしよう」

事もなげに言い放つリュカオン。だけど、セレスの顔は曇った。

「しかし、皇城内では魔法の使用が制限される造りになっているので外からのサポートは難しいかと……」

魔法が制限される造りということは、外からの干渉も防ぐようになってるんだろう。だけど、その言葉を聞いてもリュカオンの表情は変わらなかった。

「ふん、それは対聖獣用であろう。以前皇城の側に行った時に確認したが、神獣である我にとって遠見の魔法でシャノンを見守りながらサポートするくらいわけもない。転移ともなればさすがにキツイだろうが。まあ、仮に皇城内に転移できたとしても、転移で現れたところを誰かに見られた瞬間終わりだから現実的ではないな」

「さすが神獣様……」

「すごい……そしてシャノン様に過保護……！」

みんなからの尊敬の視線を一身に集め、リュカオンはむんっと胸を張る。褒め言葉か微妙なのも交ざってたけどいいんだろうか。……別によさそうだね。

そこで、セレスが何かを思いついたように声を上げた。

「――あ！　そういえば！　皇城侍女には、貴族の令嬢が小さいうちから侍女の仕事に慣れておくためのちびっこ侍女体験がありました。それに交ざってしまえばいいのではないでしょうか」

「ちびっこ侍女体験？」

「はい、あくまで体験が目的なので短期で終わりますし、たしか次の侍女体験がもうすぐ始まるはずなのでうってつけのタイミングじゃないでしょうか」

「おお！」

たしかに、それなら私がうろちょろしてても怪しまれなさそう。

「皇城侍女体験参加者には事前に入城許可証と侍女服が家に送られますので、それさえ揃っていれば疑われることはまずないでしょう」

「そうなんだ……でも、入城許可証はあるけど侍女服はなくない？　たしかこの離宮の侍女服は皇城のとはちょっとデザインが違ったよね」

微々たる差だけど、並べば分かってしまう。

セレスが今着ているのもこの離宮の侍女服だ。こんなものいらないとばかりに侍女服はまるっと残されていたからこちらの替えはいっぱいある。一応各自の荷物じゃなくてこの離宮の備品扱いだし、多分逃げた使用人達は誰一人持っていかなかったんだろう。

「ふっふっふ。シャノン様、私が初めてシャノン様に出会った時の服装は何でしたか？」

「セレスの服装？　……あ！　そういえば!!」

「はい！　退職金代わりにこっそりくすねてきた皇城の侍女服です。ちょちょいと手直しすればシャノン様でも着られるようになります」

すごい、私の侍女は天才かもしれない。

「すごいよセレス！　よっ、セレスはできる侍女！」

「はい！　食事が終わったら早速手直ししますね！」

やる気満々なセレスは、朝食が終わるとすぐに侍女服の手直しにとりかかってくれた。

その間、私は自分の部屋でリュカオンと打ち合わせをする。

『――シャノン、聞こえるか？』

「おお、頭の中にリュカオンの声が聞こえる！　不思議」

目の前にいるリュカオンの口はピタリと閉じられているのに、頭の中ではたしかにリュカオンの声が聞こえていた。

「こんな魔法あったんだね」

『ああ、念話という。シャノンもやってみろ』

リュカオンに促され、私も魔法を発動してみた。

『リュカオン、聞こえる？』

『……ああ、聞こえるが……シャノン、それだと何かしているのがバレバレだ』

『へ？』

リュカオンに言われて自分の姿を見下ろしてみる。

両手はお腹の前でギュッと握りしめ、リュカオンに言われるまでは目もギュッと閉じている有様だった。たしかにこれじゃあ自分で何かしてますって言ってるようなものだね。

リュカオンがあからさまに困った顔になって言った。

『……慣れるためにしばらく念話で話すか』

『は～い』

シャノンちゃん頑張りますよ。

『あ、そういえば私も皇城の中で魔法使えるの？』

『ああ、我と契約しているからな。だが、普段よりも魔法が使いづらいことには変わりない。くれぐれも無理はするなよ。ただでさえ体が弱いのに、無理をして自分で寿命を縮めるような真似はしてくれるな』

『承知した！　でもやっぱりリュカオンでも寿命を延ばす魔法は使えないの？』

人の寿命を操作する魔法は禁忌魔法に分類されるけど、リュカオンならできちゃったりして。

『……たとえ神獣でも禁忌は禁忌だ。いいか、間違っても禁忌魔法を使おうとなどするな。シャノンなど、一瞬で命を持っていかれるぞ』

『いくら私でもそれくらい分かってるよぅ』

少しいじけてそう答えた時、セレスが部屋にやってきた。

「――シャノン様、簡単に手直ししましたので一度着てみていただけますか？」

そう言ってセレスが小さくなった侍女服を私に見せる。

『ほう、早いな。シャノンの侍女は優秀だ』

『でしょでしょ、やっぱりあそこでセレスに目をつけた私は見る目があると思う』

ふふんとリュカオンに向けてドヤ顔をすると、セレスがなぜか妙な顔をしていた。

「……お二人は、ついに言葉を交わさなくても会話ができるようになったのですか……？　以心伝心ってやつですね!!」

「ああ！　違う、違うよセレス!!」

慌ててセレスの誤解を解く。

ついつい念話のまま会話していたみたいだ。なるほど、こういう落とし穴もあるんだね。

皇城に潜入するまでに、しっかり念話の練習をした方がよさそうだ。

せっかくセレスが急いで直してくれたので、さっそく小さくなった侍女服に袖を通してみた。

「おお、ぴったり。どう？」

手を広げてセレスに見せる。

「とっっってもおかわいらしいです!!!」

傍から見てサイズ感が合ってるかって質問だったんだけど、返ってきたのは賛辞だった。まあ悪い気はしない。

「こんな愛らしい侍女いませんよ！　くるんと丸めてお持ち帰りされちゃいます!!」

「セ、セレス落ち着いて……」

今にも鼻血が出そうなほど興奮するセレスを宥める。

数分経てば、セレスも見慣れたのか落ち着いてくれた。

「潜入する際はまた髪と瞳の色を変えられるのですよね？」

「うん、やっぱり私の色は珍しいから目立っちゃうしね。念のため名前もシャルって名乗るよ」

私ってば一応王族だし、生まれた時から仕えられる方の立場だったから体験とはいえ侍女になるのはなんだか不思議な心地だ。

「みんなにも見せてこよっと！　あ、その前に」

「？」

首を傾げるセレスに抱きつく。

「セレス、侍女服直してくれてありがとね」

お礼を言うのは大切だ。

するとセレスが両手で顔を覆って天を仰いだ。

「～～～っ！　私の主が最高すぎる……！」

「そうでしょうそうでしょう、シャノンちゃんはいつもみんなに誇れる主であろうと思ってるからね。ちょっとおマヌケなところも人間性でカバーだよ！」

「……それを自分で言っちゃうシャノン様が私は好きですよ」

「えへへ」

セレスにギュッと抱きしめ返されて私はご満悦だ。

「じゃあみんなに見せてくるね！」

「はい。あ、私もお供します」

「おっけー」

みんなはどこかな～と考えながらセレスとリュカオンを伴い部屋を出る。

「あれ？　リュカオン様にお乗りにはならないんですか？」

「うん、体力作りしないとね」

皇城に潜入するためにっていうのもあるけど、これから自分で動く機会も多いだろうから体力切れで動けなくなるというのは避けたい。

「ずっとリュカオンに甘えてたいのはやまやまなんだけどね」

「我も背中にシャノンの重みがないのは少々寂しいな」

「……」

「あ、こら、無言でよじ登ろうとしてくるんじゃない。体力をつけるんだろう」

身を捩って私がよじ登ろうとするのを阻止するリュカオン。

「ハッ！　そうだった」

だってリュカオンが寂しいとかいうんだもん。寂しいのはよくないからね。

だけど体力もつけないといけないので私は渋々リュカオンから離れた。

「みんなはどこにいるかな～」

オーウェン達は今日も訓練に勤しんでるだろうし、ルークは医務室を自分の使いやすいようにカスタムしているらしい。まあオルガは調理場にいるでしょ。

テコテコと歩き、まずは玄関ホールへと向かう。

「みんな～みてみて！　セレスが侍女服直してくれた！」

オーウェン達の前まで行き、クルンと一回転する。

「どうどう？　似合う？」

「……似合いすぎるくらいです。変な貴族に攫われたりしないでしょうか……」

真顔でそう言うオーウェン。他のみんなもうんうんと頷いている。

どうしよう、私がかわいすぎたからか賛辞を通り越してみんなを心配させちゃったみたい。

「まあそれはリュカオン様がついているので大丈夫だとは思いますが、いらぬ嫉妬を買いそうで心配です……」

「たしかにそうですね」

オーウェンの言葉にジョージが同意する。

う～ん、たしかに目立つのは本意じゃないなぁ。動きづらくなるし。

「仕方ない、顔は隠そうか。セレス、なにかいい方法はある？」

「伊達メガネで顔を隠しましょうか。あとは前髪で目を隠すようにして地味な顔になるようにちょっぴりメイクをすればいけるかと」

「さすが私の侍女、それでいこう！」

幸い伊達メガネはセレスが持ってるらしい。

髪と瞳の色も変えるしそれで完璧だね。

その後、ルークとオルガのところにも行った。

実際に潜入する時は変装することを最初に伝えたから、二人とも手放しで褒めてくれた。

「すっごくかわいいです。侍女服なのにお姫様みたいにかわいい」

「シャノン様はどんな格好してもかわいいっすね!!」

えへへ、嬉しい。

よし、これで準備は大体整ったね。あとは体力作りとか念話の練習をして潜入の日に備えよう。

セレスの話だと次の侍女体験の開始日は一週間後らしい。侍女体験に参加できるのは貴族の令嬢のみだから、私でもそこまで浮きはしないだろうとのことだった。

皇城に入れる時点で手続きを踏んでいる証拠だからそこまで確認はされないってことだけど、一応隙を見て書類を偽造したりする準備もしておく。備えあれば憂いなしってやつだね！

いざって時のために逃走する準備もしておこう。

そのためには逃げ足も鍛えないとね。魔法で移動スピードを速くすることはできるけど、どれだけ速くなるかは本人の身体能力に依存する。だから聖獣と契約している騎士であっても体作りは欠かせないのだ。

そんなわけで少しでも足を速くしておきたい。なんてったって今が最低レベルだから伸びしろしかないしね！

――ってことでシャノン、走ります。

「目指せ脱・早歩き！」

「うむ、体調を崩さない程度に頑張れ」

「リュカオンは過保護だね。私でもちょっとやそっと走ったくらいじゃ体調なんか崩さないよ。

……なにその目」

可哀想なものを見る目だ。

分かってるよ、私もフラグっぽいなって思ったもん。

そんなわけで、早速やたらと長くて広い廊下を走ってみることにした。

リュカオンとセレスに加え、元騎士のオーウェン達が私の走る姿を見守ってくれる。やっぱり騎士は体の動かし方とかをよく知ってるから、何かいいアドバイスをくれそうだもんね。

「じゃあいっくよ～！」

廊下の端まで行き、みんなの待ってる逆側の端まで全力で走った。

ぜぇ、ぜぇと息を荒げる私の背中をさすりながらセレスが恐る恐る口を開く。

「……シャノン様、今のは走られていたんですか？」

「全速力だよ！」

前屈みになっていた状態から顔を上げると、みんなが絶句していた。

私の足、予想以上に遅かったんだね。

これはどうしたものかといったようにオーウェンがチラリとリュカオンを見る。

「幼児が必死によちよちと走ってるようで愛らしいだろ」

「……そうですね」

本気でそう思っているのか私をフォローしているのかいまいち読めないリュカオンの言葉にオーウェンが微妙な顔で同意する。神獣様の言葉は否定できなさそうだもんね。

みんなの反応的にこれはやばいと思ってそれからいっぱい走ったけど、途中でリュカオンストップが入った。その後はルークによって適切なストレッチが施される。

過保護な神獣さんが止めてくれるから、頑張りすぎて体調を崩すなんて心配は杞憂だったね。

＊＊＊

そして、いよいよ皇城に潜入する日がやってきた。

若干足は速くなったような気がするし、念話ももう完璧だ。物覚えはそんなに悪くないシャノンちゃんです。

この短期間でできることはやったと思う。

髪と瞳の色も変え、髪の毛は邪魔にならないように緩めのおさげにしている。セレスに地味顔メイクをしてもらった上に伊達メガネをかけ、あとは皇城の侍女服を着れば完璧だ。

「じゃあみんな、行ってくるね！」

見送りに正面玄関まで来てくれたみんなに手を振る。

今生の別れみたいな顔してるけど夜には帰ってくるからね？

「リュカオン、サポートお願いね」

「任せておけ」

むんと胸を張るリュカオン。頼もしいね。

離宮は皇城からも門からも結構遠くて人も来ないので、人の来ないギリギリのところまでリュカオンに乗って門の近くまで送ってもらった。怪しまれないように門の方から人に紛れて皇城に向かう作戦だ。

にしても、皇城の侍女服って本当にあったかいんだね。

今日もちらほら雪は降ってるけど、侍女服を纏っているからかそんなに寒さを感じなかった。すごいね、どういう仕組みなんだろう。ドレスにも採用したいな。

門をくぐり皇城を目指す人達の中に、さりげなく交ざる。

中には私と同じように侍女体験に向かうであろう女の子もいた。

よし、あの金髪の子についていこう。

皇城の入り口では以前とは違う男性が番をしていたけど、ブレスレットを見せるとあっさりと入城することができた。

人がいっぱいいてごちゃごちゃする中、キョロキョロしてさっきの子を捜して後をつける。


やたら広い廊下をちょこちょこと歩いていると、リュカオンからの念話が届いた。

『――シャノン、集合場所には辿り着けそうか？』

『うん、今のところ大丈夫そう！』

『そうか。なにかあったらすぐに念話するのだぞ』

『分かった』

リュカオンの心強さ半端ないね。百人力って感じ。ただの人間が百人集まってもリュカオンには敵わないだろうけど。

そして、私は初めて来る場所なのに特に迷うこともなく集合場所に辿り着くことができた。らくしょうっ！

まあ、本番はこれからなんだけど。

侍女長室と書いてある部屋の前には私と同じくらいの背丈で侍女服を着ている女の子達が集まっていたので、その中に紛れる。

十二歳くらいの子ども達が集まれば多少うるさくなっちゃっても仕方がなさそうだけど、そこはさすが貴族の子。時間になるまで廊下の端で静かに待機していた。

躾がいいんだね。

私？　私は隣にいる子とかに話しかけたくてうずうずしてるよ。だって、同年代の子がこんなに近くにいるのって初めてなんだもん！

子どもってこんなにいっぱいいるもんなんだね。今までどこに隠れてたんだろう。あ、隠れてたのは私か。

『シャノン、ソワソワするな』

『はい』

さっそくリュカオンからの注意が入った。すみません。

他の子に話しかけたい欲求を必死に抑えて待機していると、部屋の中から黒髪をキッチリと頭の後ろで束ねた女性が出てきた。その後ろからも最初の女性と同様に侍女服を着た女の人が何人か出てくる。

私達と向き合うように立つと、最初に出てきた黒髪の女性が口を開いた。空気感からするとこの女の人がこの中で一番偉い人なんだろう。部屋の中から出てきた他の侍女さんよりも年上っぽいし。

「皆さんよくお越しになりました。貴女方には今日から二週間、皇城侍女の仕事を体験していただきます。それでは、まず点呼をとりますね」

そう言って黒髪の侍女さんは隣にいた侍女さんから参加者名簿らしき一枚の紙を受け取った。

『リュカオン』

『ああ』

リュカオンからの返事が来ると同時に、換気のために少しだけ開いていた窓の隙間から強い風が吹き込んでくる。

「わっ！」

「あ……」

ほんの少しの隙間から吹き込んでくるにはあまりにも強い風だったので、黒髪の侍女さんの手から紙がすり抜ける。紙が飛んでいくのと同時に、私は真っ先に紙が落ちた場所へ駆け寄った。

そして拾った紙に書いてある参加者の名前一覧、その一番最後に魔法で自分の名前を足して黒髪の侍女さんに返す。

「どうぞ」

「あら、ありがとう」

侍女さんは何の疑問ももたず紙を受け取ってくれた。まさかこの瞬間に何かしてるとは思わないよね。普通はこの城の中で魔法は使えないし。

名簿の様式は事前にセレスに聞いていたので、一番最後に自分の名前を書き足す余地があることもちゃんとリサーチずみだ。

そして、黒髪の侍女さんはそのまま紙に書いてある名前を読み上げて点呼をとっていった。

侍女さんに名前を呼ばれた子がどんどん返事をしていき、最後に私の名前が呼ばれる。といってもこの日のために作った偽名だけど。

「――シャル・ウラノリアさん」

「はいっ」

お腹に力を入れてしっかりとした返事をする。

――さあ、皇城潜入開始だ。


うまく紛れ込めた私は、早速先輩侍女さんに付いて仕事場に向かった。

黒髪の侍女さんはどうやら侍女長だったらしい。侍女長さんは私達を適当な人数に分けると自分の仕事に戻っていった。そりゃあ侍女長ともなれば忙しいだろうしこんなちびっこ達に構ってる暇もないよね。

顔を出してくれただけでもありがたいことなんだと思う。

侍女長さんの後ろにいた四人の侍女のうち、栗色の髪をした若めの侍女さんに私と他の二人は振り分けられた。この侍女さんは二十歳くらいかな。

先を歩く侍女さんが私達に話しかけてくる。

「私の名前はウルカと言います。ええと、まずは簡単な説明ですかね。皇城侍女といっても上級から下級とピンキリですし、仕事は多岐にわたります。皇族の方々の身の回りのお世話はもちろんですが、掃除や洗濯、お客様のおもてなしや書類仕事などもありますね。皇族の方々への贈り物の選別をしたり渡しに行くのも私達の仕事になります。分かりましたか？」

「ではまず客室の片づけをしてみましょうか。シーツを引っぺがしたりゴミを回収するだけなのでそれほど難しくないですし」

「「はい」」

にこやかに笑い、ウルカさんは私達を伴って客室の方へ向かっていった。

さすがに皇城に泊まれる身分の人が使う客室なだけあって一部屋一部屋が広くて豪華だ。といっても、ゴテゴテした内装というわけではなく品がいい感じ。さすがだね。

さあ作業に取りかかろうとしたところで、先程別れた他のグループの子達もこちらにやってきた。

私達とは別のグループの子達を引率してきた侍女さんがウルカさんに声をかける。

「あらウルカ、あなたもここだったの」

「ええ、今日は客室の掃除はたくさんやることがあるし……ほら、彼女とは鉢会わなそうでしょ？」

「あ、やっぱりそうなんだ。私もよ」

「やっぱそうだよね」

そう言って二人は苦笑を交わす。

彼女……？

誰のことだろう。後でそれとなく聞いてみようかな。

忘れないようにしなきゃと思っていたけど、思ったよりも早くその機会はやってきた。

説明としてウルカさんと一緒に一部屋綺麗にした後、私以外の二人がペアになって一部屋、そして私とウルカさんがペアになって他の一部屋の清掃をすることになった。

ちょうどいい機会だ。

部屋の扉をパタンと閉じ、さあ話しかけようと口を開きかけるとウルカさんの方から私に話しかけてきた。

「シャルさん、一応聞くけどユベール家の縁者の方だったりする？」

「いえ全く。帝都では名前も知られていないほどの田舎貴族なので」

スンとした顔で答えたけど、いきなりユベールの名前が出たことで内心びっくり、心臓はバックバクだった。

「そう。さっき私達の他にいた侍女の中に金髪の子がいたの覚えてる？」

「はい」

たしか、ちょっと勝気そうな顔をした金髪の侍女さんがいたはずだ。

「あの子には気をつけた方がいいかも。元々あんまり勤勉な方ではなかったんだけど、あの子のお姉さんがユベールの分家の方と結婚してからはさらに増長しちゃってね、大人しそうな子に自分の仕事を押し付けるようになっちゃったの。シャルさんは大人しそうな見た目だし、ターゲットにされるかもしれないからなるべく近づかないようにね」

「はい、ご忠告ありがとうございます」

どうやらこれを言うために私と二人きりになったようだ。優しい。

きっとその金髪さんも罰されないギリギリのところでやってるんだろうな……。

「最近はユベールの縁者の侍女が皇妃様への贈り物を横領した罪を他の子になすりつけたことがバレてクビになったから、しばらくは大人しくしてると思うんだけどね。でも、ああいう人に限って自分は大丈夫とか思ってそうじゃない？」

「……そうですね」

多分、というか間違いなくセレスの件だよね。

「まあ、真犯人が罰されたのはいいんだけどその肝心な皇妃様への贈り物がまだ見つかってないんだよね。隠し場所を吐く前に失踪しちゃったらしいし。だからもし皇妃様への贈り物らしきものを見つけたら教えてね」

「はい」

「あ、あと、一応今の話は他の子達に言わないでね」

「分かりました」

もし私が口の軽い人間だったらどうするんだろう。まあちゃんと教育を受けた貴族ならそんな人はなかなかいないか。

私も他の子に言う気は全くないし。リュカオンが人質……狼質？　に取られたりしたらポロッと漏らしちゃうかもしれないけど。

まあ私ならともかく、リュカオンを無抵抗で捕らえるなんてできるわけないけど。国家転覆より難しいんじゃないかな。

そこからは特に無駄話もせず、私達は部屋の掃除に勤しんだ。

「じゃあ回収したものを洗濯場に運びましょう」

「はい」

シーツやタオルなどをカゴに入れて持ち、部屋を出ようとした瞬間、リュカオンからの念話が入った。

『待てシャノン』

『ん？　どうしたのリュカオン』

『何か、嫌なものがそちらに近づいてる』

嫌なもの……？　なんのことだろう。

そして、部屋の扉をほんの少しだけ開けて急に動きを止めた私を訝しんだのだろう、私の肩にウルカさんの手がポンと置かれた。

「シャルさん、どうした――」

「――あら、小さいのがうろちょろしてるわね」

ウルカさんの言葉を遮るようにして、廊下から女性の声が聞こえた。

艶のある色っぽい声だけど、どこか底冷えするような気味の悪さを孕んでいる。なんだか不気味な雰囲気の声だ。

「ああ、そういえば侍女体験というのがあったわね。下級貴族は大変ねぇ。まあ平民上がりの侍女が増えるよりはいいけれど」

きっと廊下に出ていた侍女体験中の子に話しかけているんだろうけど、その声音からは幼い子に対する慈しみなどは全く感じられなかった。

「平民出身の侍女といえば、この前も手癖の悪いのがいたそうね。どんな手を使ったのか、私《わたくし》の家に所縁のある侍女に罪を擦り付けたそうだけれど。おかげでその子は傷心のあまり姿を消してしまったそうじゃない。本当に平民は性質《たち》が悪いわ」

その言葉そっくりそのまま返してやる！　本当に調子に乗った貴族は性質が悪いわ!!

絶対今のセレスの件だし。

そして私は今の言葉で、この声の主が誰なのか見当がついてしまった。

反射的に部屋の外に出ようとすると、ウルカさんに肩を握られて止められる。ウルカさんの方を振り向くと無言で首を振られた。私が抗議しようとしているのを察したんだろう。

ウルカさんの判断は正しく、そのやり取りをしている間に女性は「せいぜい立派な侍女になって私《わたくし》に尽くすことね」と言い、意外にもあっさり去っていった。

……私が出ていってたら事態をややこしくしちゃってたな。周りの子も巻き込んじゃったかもしれないし。止めてくれたウルカさんに感謝だ。

まあセレスの件を曲解してるのは許さないけど。

「ウルカさん、今の人は……」

「うん、シャルさんも見当がついてるかもしれないけど、彼女はヴィラ・ユベール。ユベール本家のご令嬢よ」

——出たな、悪の親玉の一味。

絶対にシャノンちゃんが成敗してやるんだからね!!


ヴィラ・ユベールのカツカツとしたヒールの音が聞こえなくなってから、やっとウルカさんの手が私の肩から離れた。

そして私達が廊下に出ると、私以外の二人が青い顔をして震えていた。

怖かったんだね。

声だけでも威圧感たっぷりだったし、なんだか気味が悪かったもん。なんの心の準備もなく絡まれた二人はどれだけ怖かったか。

気分一つで自分の家なんて潰せてしまうほどの相手だけど、何で機嫌を損ねるか分かんないもんね。

震える二人を抱きしめてよしよしと背中を撫でてあげる。

言われた内容だけなら暴言とまではいかないかもしれない。ただ、心の底から二人を見下してたのが声音からでも察することができた。

私の方から姿は見えなかったけど、きっと態度も虫を相手にするような酷いものだったんだろう。

そうじゃなかったらあの内容でここまで怯えることはないはずだ。

思わぬハプニングがあったので、今日はもうお開きになった。

洗濯場までシーツやらなにやらを届け、私達は帰路につく。

他の二人と別れた後、誰もいないところまで来ると目の前にリュカオンが現れた。

「シャノン、お疲れ様」

ほら乗れ、と言わんばかりに頭を下げるリュカオン。イケメンすぎる。

もちろん遠慮なく乗らせていただきます。

リュカオンに乗った瞬間、押し寄せてきた疲労感のせいで全身から力が抜ける。力の抜けた私は、跨ったままリュカオンの上に寝そべるようにしてその首に抱きつく体勢になった。ただ、そんな体勢でもリュカオンの安定感は失われることはない。

「リュカオン、色々と話したいことはあるんだけど、とりあえず離宮に帰ってから話すね」

「ああ、それがいいな」

それからリュカオンは超特急で離宮へと帰ってくれた。もちろん私をずり落としたりせずにね。

離宮の玄関を開くと、使用人全員が集まって私を出迎えてくれた。

「ただいま」というと全員が「おかえりなさい」と返してくれる。うんうん、これだよこれ。温かいなぁ。

本来の使用人との関係ってこうだよね。

うちの子達の優しさが身に染みる。

寒暖差で風邪ひきそうなくらい。……あ、そんなこと考えてると本当に風邪ひきそうだからやめておこう。今のなしなし。

私は頭の中に浮かんだ考えを必死に振り払う。

のんきにそんなことを考えていると。いつの間にか自分の部屋に到着していた。早いね。

そこからの展開も早く、セレスによって光のスピードで着替えさせられた後、ルークによる診察と、酷使された私の筋肉に対するケアが行われた。深窓の姫君だったシャノンちゃんの筋肉にとっては皇城で歩き回るだけでも重労働なのだ。

短い間だったけど体力作り頑張ってよかった。やってなかったら途中で倒れちゃうところだったよ。

あ、ちなみにオーウェン達はいつも通り部屋の外でオロオロしてた。

ベッドの上に座ると、念のためにと毛布でグルグル巻きにされる。

うんうん、まだ寒いもんね。……って、みんなリュカオンの過保護さがうつってない？

ルークによってまだ熱が出ていないことを確認された後、やっとリュカオンと話をする準備が整った。

いや〜、ここまで長かった。

私的にはさっさとリュカオンと話したかったんだけど、私の診察が終わるまでリュカオンは頑なに口を聞こうとしてくれなかったのだ。

私の性格をよくお分かりで。

割と一つのことに集中しちゃうタイプだから、リュカオンとの話に夢中になっちゃったら体調確認に対する返答とかが疎かになっちゃう。リュカオンはそれを心配したんだろう。

出鼻はくじかれちゃったけど、これもみんなの優しさだ。

さて、何から話そうか。

セレスの持ってきてくれた紅茶で喉を潤した後、私達はようやく話し合いを始めた――のだ。

私の部屋にはオルガ以外の全員が集まっていて、各々が好きな場所に座ってこちらを向いている。セレス達は立ったまま話を聞く気だったみたいだけど、なんだか落ち着かないから座ってもらった
紅茶で喉を潤し、私は口を開いた。

「まずはセレスの件について少しだけ情報が得られたから話しておくね。……その前に、リュカオンって念話以外のこっちの音は聞こえてるんだっけ？」

「ああ、遠見の魔法を使うのと同時にシャノンと聴覚を共有している」

「もうなんでもありだねリュカオン」

神獣さんすごいや。

「じゃあリュカオンは知ってると思うけど、セレスを陥れた犯人は一応処分を受けたみたい。……ただ、私への贈り物の在り処を話す前にどこかに逃げちゃったらしいんだけど」

「そう、ですか……」

複雑そうな面持ちのセレス。そうだよね、もっと早く分かってたらセレスは皇城を辞さなくても

すんだし、犯人が失踪したっていうのも何だか後味が悪い。

正直、今の生活でも十分だから結婚祝いについては割とどうでもいいけどね。ただ贈ってくれた人達のことを考えると全く捜さないのも申し訳ない気がする。

「ただ、冤罪は晴らされたはずなんだけどヴィラ・ユベールがなんだか不穏なことを言ってたんだよね」

「ヴィラ・ユベールと遭遇したのですか？」

「あ、いや、遭遇したというか扉越しに声が聞こえてきたの。姿は見てないよ。それで私と同じグループの子がヴィラ・ユベールに絡まれて怯えちゃったから今日は早めにお開きになったの」

「お帰りが早かったのはそういうことだったんですね……」

セレスやオーウェン、ジョージなどの皇城で働いていた面々は納得顔だ。

「彼らの平民や使用人の見下しっぷりは酷いですから。子どもがいきなり遭遇したら怯えるのも無理はないでしょうね。……あ、すみません、話が逸れちゃいました。それで、ヴィラ・ユベールはどんなことを言っていたんですか？」

「えっと……セレスが手を回したせいで自分の家に所縁のある侍女が罪を被せられたみたいなことを言ってたの」

これは今思い出しても腹立たしい。

自分の家の権力を考えれば平民出身のセレスがそんなことをできるはずないって分かってるはずなのに、あたかもそれが真実みたいに吹聴するなんて……！

「ユベールの言いそうなことですね……」

呆れ半分、悔しさ半分といった感じで言うセレス。

「うん、だからセレスはまだ皇城には戻らない方がいいかなって」

そう言うと、セレスがきょとんとした顔でこちらを見てきた。

「皇城に戻るとは……？」

「え、だって冤罪が晴れたなら皇城に戻りたいものじゃないの？　お飾りどころか皇妃とも信じてもらえない私のところにいるよりは。だけどユベールがそんなことを言ってる状態だとまだ危険だから、せめて私宛の贈り物が見つかってセレスが犯人じゃないってことが完全に証明できてからがいいと思うけど——ふぇ？」

「ひ、ひゃひふふの」

セレスは「失礼します」と言った後、私の頬をむぎゅっと摘まんだ。

「シャノン様、私は貴女にお仕えすると決めているんです。いいですか？　皇妃ではなくシャノン様にお仕えしたいんです。私が皇城に戻るのはシャノン様が皇城に住まわれる時です。分かりましたか？」

「ひゃい」

とってもよく分かりました。

セレスは私のことが大好きなのね。

心がほっこりしました。

「私の知る限り、平民出身の使用人にここまで心を砕いてくださるのはシャノン様だけですよ」

「え、この国の貴族って使用人を見下すのが普通なの？」

「あ、いえ！　違いますよ!?　ここまでお優しい方に出会ったのは初めてって話です。陛下がお優しいこともあって、使用人をあからさまに見下すのはユベール家とその周辺くらいです」

セレスが慌てて言い募ってくる。

そこでリュカオンも口を開いた。

「我は遠見の魔法を使っていたからヴィラ・ユベールの姿は見えていたが、たしかに酷い態度だったな。あれは人を見る目じゃなかった。まるで無機物を見るような、不気味な目をしていたぞ」

そりゃああの二人が怖がるわけだね。今までそんな視線を向けられたことなんてなかっただろうし。

「あとはユベールと縁のありそうな侍女の件か」

「あ、そうそう！　そうだった。お姉さんがユベールの分家の人と結婚した侍女さんがいるらしいんだけど、関わらない方がいいかな。それとも何か知ってるかもしれないから近づいて探ってみる？」

「いえ、近づかない方がいいかと。その侍女には心当たりがありますが、姉が分家の者と結婚した程度ではろくな情報も持っていないでしょうし、問題にもできないような小さな嫌がらせが好きな方なので」

彼女と関わるのはやめておいた方がいいかと、とセレスが言う。それには周りのみんなもうんうんと頷いて同意していた。

私ってば愛されてるね。

ただ、私が関わらなくてもその彼女の受け持ちになっちゃった子はいるわけで……。う～ん、どうやらターゲットを決めるタイプらしいし、侍女体験の子が標的にならないこともあるか。まあ状況によって関わるかどうかは判断しよう。

話が纏まると、オルガが食事ができたことを伝えに来た。

「微妙な時間ですが、今日はシャノン様がお疲れだと思うので。早めに寝ても大丈夫なように今のうちにお腹いっぱい食べておいてください！　みんなもいいか？」

「ああ、もちろんだ」

オーウェンがオルガに答える。他のみんなもうんうんと頷いていた。

するとリュカオンが私の頬にスリッと鼻先を擦り付けてくる。

「シャノンは愛されてるな」

「えへへ」

そうだね、だから私もみんなに恥じない主でいないと。

私の目指すところとは真逆の場所にいるヴィラ・ユベールのことを思い出しながら、私はそんなことを思った。

オルガの予想通り、早めの夕飯を食べた私はお風呂に入るとすぐに眠ってしまった。それはもう、朝までぐっすり。

そして今日は侍女体験二日目だ。

リュカオンと別れ、昨日と同じように皇城に入る。

昨日は怯えきっていた二人もすっかり元通りになり、ウルカさんのもとで侍女用の備品の整理をしていた。

その時だった——金切り声が聞こえてきたのは。

「ねぇあんたなにしてんの！　これ昨日やっておいてって言ったわよね？」

何事かと、ウルカさんを筆頭に私達は声のした隣の部屋に移動した。隣の部屋は私達のいた倉庫とは違い、侍女が書類仕事などをする部屋だ。

そこには、昨日ウルカさんに気をつけろと言われた女性がいた。金髪を肩上の長さで切り揃えている彼女は腰に手を当て、侍女体験の女の子の一人を叱りつけている。

「この書類の整理やっておいてって言ったよね？」

「い、いえ、でも、何も教えてもらってなくて……」

可哀想に。叱られている女の子は完全に委縮してしまっている。

「なに、言い訳する気？」

「……」

叱られている子以外の二人に口を挟めるはずもなく、ただ横に立って怯えていた。

「メリアさん、何をしてるんですか」

「あらウルカ」

　メリアと呼ばれた侍女は一瞬気まずそうな顔をした後、すぐに開き直って言った。

「仕事をやっていなかったから叱っただけよ。あなたには関係ないわ。なに？　私に指図する気？」

　その言葉にウルカさんが口を噤んでしまった。力関係はメリアの方が上なのだろう。

　私はギュッと目を閉じる。

　ごめんセレス、せっかく助言してくれたのに、関わらないっていうのは守れそうにないや。だって、私は皇妃だから。

「――初日で書類の整理なんてできるわけないじゃないですか。しかもやっておくように言ったって、その間あなたはどこにいたんですか？」

「シ、シャルさん！」

　ウルカさんがサッと顔を青褪めさせてこちらを見る。私と同じグループの二人もヒッと小さい悲鳴を上げて私の方を見ていた。

　メリアの青い瞳がギョロッとこちらを向く。

「あなた、何が言いたいわけ？」

「何も教えてもらっていないのだから書類の整理なんてできなくても当然。むしろあなたの方が職務怠慢なのではないかと言っているのです」

「ふぅん、シャルっていったわね。家が潰れてもいいの？」

「自分の仕事を侍女体験の子に押し付けたことが侍女長さんにバレてもいいならお好きにどうぞ」

そもそもウラノリアなんて家、帝国には存在しないし。というか私は仮にも皇妃なので私の家を潰したら皇族――この帝国が潰れることになってしまう。国家転覆をしますって言っているようなものなんだけど、まあ私の正体は知らないからね、広い心で大目に見てあげよう。

するとメリアはグッと言葉を詰まらせた。やはり本来は自分でやらなければならない仕事だったんだろう。

この人、こんなんでよくここまで皇城侍女やってこれたな……あ、ここまで調子に乗り始めたのは最近なんだっけ？

思わずシラーっとした顔でメリアを見ちゃう。メガネと前髪で隠れてるから分からないだろうけど、シャノンちゃん滅多にこんな顔しないからね？　レアだよ。

「――っ！　今すぐあなたの体験を中止にして将来皇城侍女になれなくしてあげてもいいのよ？」

「ですから、侍女長さんに全て報告してもいいのならば好きにしてくださいと申し上げてます」

そもそも私は皇妃だから皇城侍女になれなくてもなんの問題もない。

というか、姉がユベールの分家と結婚した程度でこの人に家を潰したり侍女の採用の可否を決められるような権力があるのかは疑わしいしね。むしろ脅し文句として出まかせを言っている可能性の方が高いんじゃないだろうか。やだ、シャノンちゃんってば頭が冴えてるわ。

帰ったらリュカオンに褒めてもらっちゃおっと。

緊迫した空気が流れる中、私の脳内は呑気なものだった。

まあ、私と他の子達じゃあ事情が違うもんね。他の子達にしてみればメリアの言葉を疑わしいと思っても可能性はゼロではないから逆らえない。貴族としての教育を受け、家のためにとここまで来ている子達は余計にそうだろう。

さて、どう出るかな。

「ふん、強がっちゃって。ウルカ、この三人もあなたが担当しなさい」

「へ？」

そう言ってメリアは自分が担当していた三人をウルカさんの方に突き出した。その中にはもちろん、先程までメリアに叱られていた子も含まれている。

「その代わりに私はこの生意気な子を教育するから。あ、この生意気なの以外の二人はいらないわ」

そしてメリアが私に向き直る。

「いいこと？　あなたの度胸に免じて譲歩してあげるわ。これからの約二週間、逃げ出さずに毎日来て私の言いつけたことをこなせたらあなたの家には手を出さないし、あなたが皇城侍女になるのも邪魔しないであげる」

ほら、これで満足だろうと言わんばかりにほくそ笑むメリア。

……そこまで侍女長さんに言いつけられたくないのかな。

私は何も言ってないのに勝手に交換条件を突き付けてきちゃったよ……。小物臭ぷんぷんだ。

そこで、リュカオンからの念話が入った。

『……シャノン、なぜこんなのに関わった』

『だってあの子が理不尽に怒鳴られてるのを見たら我慢できなかったんだもん。それに、この人が仕事を押し付けてどこかに行っちゃうタイプならむしろ動きやすくて好都合じゃない？　ここは乗っておこうと思う』

『うむ、まあシャノンが決めたのならばそれでいい』

『ありがとうリュカオン』

さすがリュカオン。安心感が半端ないね。リュカオンがついてくれてるだけでなんでもできる気分になっちゃうよ。

「――それじゃあそうさせてもらいますね」

ウルカさん達の心配そうな視線をよそに、私はあっさりとメリアの申し出を受け入れた。

メリアのやっぱり内心ビビってたのねとでも言いたげな顔にはイラッとしたけど、シャノンちゃんは心が広いから許してあげよう。

小悪党から善良な国民を助けられたと思えば安いものだ。

ウルカさんは心配そうな顔をしていたけれど、私は大丈夫というように笑って見せると五人を連れて部屋を出ていった。口パクで何かあったら呼んでと言い残して。

やっぱり優しい人だね。

そして、私はメリアと二人きりになった。

部屋に二人だけになると同時にメリアは私の前にドンと書類の束を置く。

「はい、これ。さっきの子がやってなかった書類。これ仕分けして計算やっといてね」

「……」

さっきの子には仕分けしか頼んでなかったのに私には計算まで押し付けてきたよ。それ絶対外部に漏らしちゃいけない書類でしょ。

私が書類の内容を理解できないと高を括っているんだろう。私には最強の味方、リュカオンがいるとも知らずに。

というか明確な約束もしてないのにどうして私が侍女長さんに言いつけないと思ってるんだろう。メリアは私の度胸に免じて仕事が全部こなせたら家は潰さないでおいてやるって言ってたけど、その中には一言も侍女長さんに言いつけないなんて文言はなかった。

メリアは私が内心は家が潰されるんじゃないかと怯えているのにハッタリをかましているだけだと思っているようだけど、ヤケクソになって私が言いつける可能性は考えなかったんだろうか。手間はかかるけど誓約魔法でもなんでも使えばよかったのに。あ、普通はお城の中じゃあ魔法使えないのか。

私には普通じゃないリュカオンがついてるからついついい忘れがちだ。

「はい」とも「いいえ」とも言わず黙っていると、メリアはまたしても勝手な解釈をしたようだ。

「自信がないようだけど、できなかったら今日で侍女体験は終わりね」

そしてお前の家も終わりだと言ってこないのはやっぱりメリアにそんな力はないからだろう。

まあでも、期間を終えず侍女体験を終わるということはすなわち、皇城侍女への道からはかなり遠ざかるということだ。自分から申し出たならこんな短期間も耐えられない奴に皇城侍女は無理だって判断になるし、担当の侍女にもう来なくてもいいと言われたならよほどの何かをやらかしたということなので当然、皇城侍女からは遠のく。

まあそれは担当の侍女がまともな人だっていうのが前提だけどね。

少なくとも、脅すだけ脅して部屋を出ていった人はまともな人には分類されないと思う。

メリアがどこかに行ってしまったので、私は部屋にぽつんと一人になる。

するとすぐにリュカオンから念話が飛んできた。

『あの娘、変な方向に調子に乗ってるな……』

『うん、ユベールと遠縁になっちゃったのがよくなかったよね。権力でどうにかなると思ってるから、前なら絶対にやらなかったことも平気でやっちゃうんだもん』

好き勝手やっても権力でどうにかしてるっぽい本家のお嬢様を割と近くで見てたらそんな勘違いもしちゃうか。

姿は見てないけど、ヴィラ・ユベールのカツカツとしたヒールの音からも我が物顔で皇城内を闊歩してるところが目に浮かぶもん。

『でもリュカオン、これってこの作業が終わっちゃえば完全に自由時間だよ！』

メリアはこの仕事が私にできると思ってないだろうからどうせ終わりの時間まで帰ってこないだろうし。

本当はこれもやらないで情報収集とかをしたいところだけど、そうするとこの侍女体験《ボーナスタイム》が終わっちゃうからね。

そうとなれば、早速この書類を魔法でもなんでも使って終わらせちゃおう。

『――じゃあリュカオン、この書類どうすればいい？』

『そんなこと我にも分からん』

『……え？』

そんな……！　私の保護者であり良心であり頭脳でありその他もろもろであるリュカオンが分からないなんて……!!

衝撃を受けていると、リュカオンの呆れた声が頭の中に聞こえてきた。

『よく考えてみろシャノン、神獣である我が書類仕事などすると思うか？　しかも我がこちらにいたのはお前達が古代と言っている頃だぞ』

――たとえ我が神聖王国で書類仕事に精通していたとしても今のものとは何もかもが違うわ、とリュカオン。

た、たしかに。

え、どうしよう。

私は頭をフル回転させた。

『……リュカオン、ちょっとセレスのところに行ってくれる？』

『ん？　……ああ、その手があったか』

そう、うちには元皇城侍女がいるのだ。セレスが皇城にいたのはついこの間だし、やり方なんてまだ変わってないよね。

それからは、セレスに教えてもらった通りに書類を分け、計算をし、その結果を所定の場所にシュパパッと書いていく。

うん、この分だと一時間もしないうちに終わりそう。

『……シャノン、そこそこ複雑な計算の割にやけに作業が早いがどんな魔法を使っているんだ？』

『魔法？　やだなぁリュカオン、魔法は使ってないよ。ちゃんと頭の中で計算してるんだから』

『なにっ!?　シャノンお前、暗算できたのか……。しかもかなり高度なことをしてるぞ』

『失敬な！　暗算くらいできるよ!!』

こう見えてもシャノンちゃん、数字には強いのです。

そうして私は、リュカオンも驚くほどのスピードで書類を終わらせた。

「よし、終わりっ」

――さあ、もうここからは自由時間だよ！

『リュカオン、誰か来そうだったら教えてね。特にメリア』

『もちろんだ』

私一人じゃあ人が来るかどうかを気にしながら調査なんてできないからやっぱりリュカオンとは分かれておいて正解かも。

リュカオンは城全体を俯瞰で見られるから構造も人の行き来も把握できてるしね。最高の相棒だよ。私がリュカオンの相棒に相応しいかはおいておいて。

さて、まずは紛失した私宛の贈り物を捜そうかな。

といっても、普通の場所ならもうすでに捜されているだろう。その辺の貴族宛てじゃなくて仮にも皇妃への贈り物だ。失踪した侍女の実家にも捜査の手は及んでいるはず。

ということは、あるでしょ！　隠し部屋!!

物語ならばお決まりの展開だ。

まさか私が嫁ぎ先の国で隠し部屋を捜すことになろうとは。離宮で暇潰しに本を読んでいた頃とは大違いだよね。

気合も入っちゃうってもんだ。

侍女に必要なものは皇城内に揃っているので基本的に大きな荷物を持ってくることはない。しかも来る時には持っていなかった荷物を帰りに持っていたら多少なりとも不審がられるものだろう。

そうなると、やっぱり皇城内のどこかに隠されているとしか思えない。

レッツ隠し部屋探索だ！

『さあリュカオン、隠し部屋を捜すよ！』

『それっぽいのはもう見つけたぞ』

『早っ』

うちの神獣さん優秀すぎる……そうか、リュカオンにはこのお城の構造が俯瞰で見えてるんだもんね。もはやリュカオンにとっては隠し部屋でもないのかもしれない。

『明らかに他の部屋とは配置が違うのがいくつかあるな。皇帝の執務室付近にもあるが……』

『それ多分暴いちゃダメなやつ!!』

中がどうなってるのか気になるけど多分機密文書とかも詰まってるだろう。

旦那様の秘密を守ってあげるのも妻の務めだ。

『一番怪しそうなのだと……侍女室の近くに書類の保管部屋があるだろう』

『ん？　ああ、たしかにウルカさんがそんな部屋があるみたいなこと言ってたかも。でも鍵がかかってるし重要書類も保管されてるから決まった人しか入れないって言ってたよ』

『そこへ向かえ』

『は〜い』

私が今いる書類仕事用の部屋には廊下に出る扉とは別に倉庫に繋がる扉がある。その扉をくぐって私は倉庫に移動した。

倉庫の中には誰もいないのでシーンとしている。

倉庫の中には扉が三つあった。廊下に繋がる扉、そして私が今くぐった書類仕事用の部屋に繋がる扉、そして書類の保管部屋に行くための扉だ。

書類の保管部屋に行くための部屋には、通常の鍵に加えて四つの数字に合わせないといけないダイヤル式の南京錠が付いている。

結構厳重だ。

『これ壊しちゃってもいいの？』

『馬鹿、侵入したことが一発でバレるであろう。ちょっと待ってろ』

『は〜い』

素直に待ちます。余計なことはしません。

少し待っていると、ドアノブの鍵穴からカチャリと音がした。

『南京錠の方は自分で開けろ。遠隔で物を動かすのは少々疲れる。番号は上から５３９８だ』

『了解！』

そっか、城内の構造も見られるんだから鍵穴とか南京錠の内部も見られちゃうよね。やってることは同じだし。

南京錠のダイヤルを合わせると、南京錠はあっさりと外れた。

一応誰にも見られていないことを確認してから中に入る。

うお〜、潜入らしくなってきたね！

扉を開けた先にあったのは小部屋だった。真っ暗だったので手探りで明かりをつける。

その部屋には小さな棚がいくつか設置されており、そこには真新しそうなファイルや書類などが整頓されて入っていた。

そして、私が入ってきたのとは別の扉が目の前にあるのでその先がメインの保管部屋なんだろう。

そちらには鍵は付いてないけど、なんかやけに厳重だな。

目の前の扉を開けると、そこもやはり真っ暗だった。窓がないからだろう。

こちらもやはり手探りで明かりをつける。

「――わぁ」

思ったよりも広い部屋に、私は自然と声を漏らしていた。

ちょっとした図書館みたいだ。

中には普通の本棚や移動式集密書架まである。棚についたハンドルをクルクルしてレール上の本棚を動かすあれだ。知識としては知ってたけど実物を見るのは初めてかもしれない。

『シャノン、我の言った通りに棚を動かせ』

『うん』

魔法の力を借りつつ、ハンドルをクルクルして本棚を動かす。

にしてもこの書架、天井ギリギリまであるから結構圧迫感があるな。私の身長が小さめだから余計そう感じるのかもしれないけど。

『リュカオン、それでどこに隠し部屋の入り口があるの!?　今露わになった壁？　それともこの書架自体に入り口が隠されてたり……』

『天井だ』

『……へ』

リュカオンの言葉に私は上を見上げた。うん、一見なんの変哲もない白い天井だ。

『まさか壁でも移動本棚でもなく天井なんて……。絶対魔法使わなきゃ分かんないよ……』

『隠し部屋を捜すなら普通はいかにも怪しいその二つからだろうしな』

よく見たら目の前の本棚には不自然なファイルの空きがあるし、ここを梯子代わりにして上ればいいんだろうか。

不自然なファイルの空きって言っても、天井に入り口があることを知った上で見たらしいて言えば不自然かな？　ってレベルだ。

『リュカオン、この棚を梯子代わりに上ればいいの？』

『ああ、上れそうか？』

『ええと、それはできそうだけど、そんなはしたないことをしてもいいのかな……』

本棚に足をかけるなんて、シャノンちゃんちょっと抵抗があるよ……。

『……そういえばシャノンは生まれながらの姫であったな』

『リュカオンよくそれ忘れるよね』

私は自分がお姫様だって忘れたことはないけど。

『非常事態だから今は大丈夫だ。我にも見られたくないというなら今だけは遠見を切っておこうか？』

『あ、それは大丈夫』

それはそれで不安だし。

私は意を決して本棚に足をかけた。

自分の二倍くらい高さのありそうな本棚に足をかけ、よじよじと上る。

『……シャノン、大丈夫か？』

『だ、大丈夫……』

身体能力が著しく低い私にとって、本棚を梯子代わりに上るのは難易度が高かった。そういえば私、本物の梯子も上ったことなかったね。なにせお姫様なので。

ようやく天井に手が届きそうなところまで来たけど、もうヘトヘトだった。

ゼェハァと荒ぶる呼吸が止まらない。

『シャノン、天井の入り口はこちらから開けるか？』

『え、そんなのリュカオンが疲れちゃうじゃん。それに隠し部屋の扉は自分で開けてなんぼ――』

なんぼでしょ、と言いかけて私はふと自分の手元に視線を落とした。

私の小さくて白くて華奢な両手は一生懸命本棚にしがみついている。この状態で私は片手を離せるだろうか……否！

『……リュカオン、お願いします』

『承知した』

私は断腸の思いでリュカオンにお願いした。

私が非力だったせいでロマンが犠牲になったのだ。くそぅ。

一見なんの変哲もない天井を見ていると、突如天井の一部が正方形の形となって上にへこみ、横にスライドした。

おお、これはこれで魔法の扉みたいで面白い。

本当は何か決まった手順があるんだろうけど、そこはリュカオンの力でサクッと割愛だ。

必死によじ登り、天井の穴の中に入る。

『うわ、真っ暗だ』

『魔法で明かりをつければいいだろう』

『あ、そうだね』

リュカオンの助言通り、私は魔法で右手に明かりを灯した。

『あれ？　意外と埃っぽくないね』

天井に入った瞬間から埃だらけで咳が出ることを覚悟したけど、咳は出なければ周りを見ても目で見えるような埃は転がっていない。

『割と出入りが多いのかもしれんな』

『そうだね』

こんな狭い通路まできちんと掃除されてる感じがするもん。

天井裏の狭い通路をはいはいで進む。そして少し進むと、前ばかりを見て、下を見ていなかった私の右手は空を切った。

「ふぇ？」

ドサッ！

幸いにも落ちた先には柔らかい何かが敷いてあり、そこまで高さがなかったのも幸いして負傷は逃れた。

『シャノン！　大丈夫か!?　怪我は!?』

『だ、大丈夫。ちょっとびっくりしたけど怪我はないよ』

そう言って今にも駆けつけてきそうなリュカオンを止める。

それよりも、もしかして、ついに隠し部屋に到着したのでは!?

尻餅をついていた私はスクッと立ち上がり、魔法で部屋全体を照らした。

そこには――

「わぁ……！　なんかいろいろ置いてある!!」

簡素なテーブルの上には高そうな宝石が等間隔に並べられていた。まるで小さな美術館だ。

……もしかして、この宝石、なくなった私への贈り物だったりしない？

どれもかなりいい品っぽいけど、まあ見事に高そうなのばっかり盗んだもんだね。

そして私は周りをぐるりと見回す。

隠し部屋だけあって広さは私の寝室よりも狭い。部屋の中にあるのは、宝石の置いてあるテーブルと椅子、そして小さな引き出し付きの本棚だ。

……一番大事なものをしまうとしたら引き出しだよね……。

そう思って引き出しの取っ手に手をかけようとした瞬間――

『あ、シャノン！　メリアが戻ってきそうだ!!』

『え!?』

なんてタイミングだ。というかメリアが帰ってくるのが予想以上に早い。絶対終業時間ギリギリまでサボってから戻ってくると思ってたのに!!

どうしようどうしよう。

私はパニックになりつつも頭を働かせる。

とりあえず、この部屋のことは一旦持ち帰ろう。まだここに失踪したユベールの縁者の侍女が犯人だっていう決定的な証拠があるかは確認できてないし。それに、いくらユベールの関係者とはいえど一人でこの隠し部屋を見つけたか作ったかして使用していたとは考えにくい。ほぼ間違いなくこの隠し部屋にもユベール本家が関わってるはずだ。

今考えなしにつついても藪蛇になりそうだし、侵入したことがバレるのはまずい。今はとりあえずこのままにして退却しよう。

そう決めると、私は全速力で来た道を戻っていった。

これまでの人生で一番俊敏に動いた気がする。

集密書架の位置や南京錠などを全て元通りにし、最初にいた書類仕事用の部屋に戻った。

「――ふぅ」

扉に寄りかかり、深く息を吐く。今まで無意識に呼吸を止めていたみたいだ。

呼吸を整えていると、メリアが部屋に入ってきた。

「あら、なんだかやけに疲れてるわね」

メリアは私がとっくに終わらせた書類に視線を移すと、にんまりといやらしい笑みを浮かべた。

必死にこの書類を終わらせたせいで私がくたびれているのだと思ったようだ。

「随分必死に終わらせたみたいね。やっぱり家を潰されてもいいなんて強がりじゃない」

演劇のような動作でやれやれと首を振り、ハッと鼻で笑うメリア。

……なんか、無性にイラっとした。疲れてるからかな。

もうこれは一発くらい殴ってもいいんじゃないかって気になる。

まあ、私が全力で殴ったって猫パンチよりも弱いんだけどね。

にゃぁ。

＊＊＊

隠し部屋を見つけた日から二日が経った。

今日も今日とてろくに説明もされていない仕事を、いちゃもんをつける隙すらないくらい完璧にこなす。

メリアは何もしなくても自分の仕事がどんどん終わっていくので上機嫌のようだ。だけど、調子に乗ったメリアが次から次に雑用や仕事を押し付けようと周りをちょろちょろしてくるので、隠し部屋に行く時間がなかなか取れない。

はやく調べたいのに!!

心の中で地団駄を踏む私。

しかも、侍女体験の終業時間の少し前に私を皇城の出口まで連れていき、私が皇城から出るのをジッと見張っているのだ。私が誰かに助けを求めたりしないようにだろう。

それなのに侍女体験の子をわざわざ皇城の出口まで送ってあげる優しい侍女を周囲に向けて演出しているから性質が悪い。しかもリュカオン曰く、私が皇城から出てもしばらくはその場に留まり、私が戻ってこないことを確認しているらしい。

ここまで人が嫌がることをできるのは本当に才能だよね。是非その才能を活かせる職場で働いてほしい。犯人に自白させる人とかぴったりじゃない？

少なくとも侍女は向いてないから辞めた方がいいと思う。というかお給料が無駄なので皇城を辞めてユベール家とかに行ってほしい。

まあ、そのユベール家も今は新しい使用人を雇ってくれなさそうとのことだけど。

昨日、私が作業をしている間に横で呑気にお茶をしていたメリアがぼやいていたのだ。ユベール家はこの前、結構な人数の使用人を補充したようだからしばらく新しい使用人は雇われないだろうと。

皇城じゃあ権力者とお近づきになれないから自分がユベール家に転職しようとしたんだったか、身内をユベール家で働かせてもっと強い繋がりを手にしたかったんだか忘れたけど、とにかく何かぼやいてた。念話でリュカオンと話してたからあんまり聞いてなかったんだよね。

……そういえば、これまでの人生でこんな奇怪な人には会ったことなかったかも。

私の離宮にいた侍女達はみんな優しかったし、人間もできた人ばかりだった。ばかりと言うか、贔屓目を抜きにしても全員が素晴らしい女性だったと思う。おかげで私もこんないい子に育ちました。えっへん。

あ、ウラノスの侍女達のことを考えたらなんか寂しくなってきちゃった……。

ウラノスの侍女――は無理だからせめてリュカオンに会いたい。

ふわっふわの毛皮に頬ずりして顔を埋めたい。

その旨をリュカオンに念話で伝えてみた。

『何⁉　よし、今すぐ向かおう』

『向かっちゃダメでしょ』

『だが、寂しくて泣いているシャノンをそのままにしておくわけには……』

『泣いてはいないから』

いつの間にかリュカオンの脳内では私が寂しさに泣き喚いていたらしい。

脳内は騒がしいけど実際は無表情で手を動かしてますよ。やだシャノンちゃんてばとっても器用。

『今日帰ったらいっぱいむぎゅっとさせてくれればそれでいいよ』

『うむ、頑張っているシャノンには我の毛皮を存分にむぎゅっとさせてやる』

『あと吸わせてね』

『す、吸う……？　よく分からぬがまあいいだろう』

神聖王国にはモフモフを吸う文化はなかったのかな。

あ、でも吸うのはモフモフだけじゃないね。ウラノスの侍女達もよく私のこと吸ってたもん。何がいいのか、「姫様を吸うと元気が出ますわ～！」と言っていた。

当時は何を言っているのかよく分からなかったけど、侍女達が元気になるならとニコニコしながらされるがままになっていた気がする。

そんな私も今では立派なリュカオンスモーカー。人生なにがあるか分からないね。

とりあえず頭の中でリュカオンを吸っておく。そのおかげかは分からないけど、頭の冴え渡った私はあっという間にその日の作業を終わらせた。

帰った後、思う存分リュカオンに甘えたのは言うまでもない。


そして次の日。

前日に頑張ったおかげでメリアが仕事を押し付けに来る回数は大分少なかった。

ここ数日、ただ黙々と仕事をこなしているのを見てメリアは私がきちんと約束は守るタイプの人間だと判断したらしい。どこかに行ってから戻ってくるまでの時間も徐々に長くなっていった。

うん、今ならいけそう。隠し部屋再チャレンジだ！

意を決し、私は再度隠し部屋へと向かった。

一度行ったことのある場所なので前回よりも短い時間で隠し部屋に到達する。身体能力は前回と変わっていないので相変わらず本棚を梯子代わりにして上るのには苦戦したけど。

隠し部屋に到着し、明かりをつけて中の様子を確認した私は思わず声を上げた。

「――え？」

なぜなら、部屋の中にはイスやテーブルなどの家具だけしか残っていなかったからだ。

テーブルの上に乗っていた宝石や、棚に入っていた書類などは、いつの間にか綺麗さっぱりなくなっていた。

さっぱりとした隠し部屋を見た瞬間、私は全力で踵を返した。

背中を冷や汗が伝い、心臓がドクドクと慣れない鼓動を打つ。

やばいやばいやばい。なんで空っぽになってるの!?

厳密には家具だけは残ってたけど。でも、肝心なものは全てなくなっていた。

来た道を全力で戻りながら私は考える。

前回忍び込んだのがバレたってこと!?　いや、でもそれならユベールからの接触があるはずだよね……。

じゃあ私だとは分からなかったけど、誰かが侵入したのはバレたってこと？　そんな痕跡残した覚えないけどなぁ。

というかほとんど何も触ってないし。

『リュカオン、私が忍び込んだことを気取られたんだと思う？』

『いや、シャノンがいたという痕跡は残っていないはずだ。我も気を付けて見ていたし、シャノンが隠し部屋に入ったところを見た者もいなかった』

『だよねぇ』

気づかないところで何かまずいことしちゃったかなぁ。

とにかく旦那様の邪魔になってないことを祈ろう。

ちょっと派手に動きすぎちゃったし、しばらくは少し大人しくしてようかな。

ズリズリと半ば滑り落ちるように本棚から下りながら、私はそんなことを思った。

隠し部屋に着けばあっさりユベールの悪事の証拠とか、重大な秘密とか見つけられちゃうものだと思ってたけど、現実って難しいね。

書類仕事用の部屋に戻ってきた頃には、もう私はへとへとだった。抱き込むようにして椅子の背もたれに体重をかけ、椅子に腰かける。

疲れた……。

体力的にもだけど、せっかく隠し部屋を見つけられたのに何も得られなかったというのが精神的にも疲労を感じさせる。こんなくたびれた十四歳、世界で私だけじゃないかな。

椅子に座って休んでいると、メリアが仕事の進捗状況を確認しにやってきた。

「――うん、終わってるようね」

さらっと確認すると、メリアは紙の束を机の上に投げ置いた。

「あ～あ、あんたがいなくなったらこの楽な日々も終わっちゃうのね」

そうぼやくメリア。

「和平の記念式典の準備が始まる頃にはあんたはもういないし、また仕事を押し付ける相手探さなきゃ」

「……記念式典……？」

メリアのクズ発言は一旦置いておく。それよりも気になることがあったからだ。

和平って、ウラノスとのことしかないよね……？

「なぁに、あんた貴族なのに情報に疎いのね。いいわ、今日は機嫌がいいから教えてあげる。ウラノス王国との和平を記念する式典がもう少し先にあるのよ。まあ、ユベール派の私からすると記念でもなんでもないんだけど。それにこの国で開催されるから絶対準備で忙しくなるだろうしね。な～んでウラノスの奴らのために忙しくしないといけないんだか」

後半の愚痴はさらっと聞き流す。

そっか、ユベール家はウラノスを敵対視しているから、そのウラノスとの和平を記念する式典は喜ばしくもなんともないよね。

ただ、私にとっては朗報だ。

だって、和平の記念式典なら来るはずだ。――ウラノス王国の国王である伯父様が。

私が知っている中でユベールを凌ぐ権力の持ち主はこの国の皇族、そしてウラノスの王族だ。王である伯父様なんてその最たるものだろう。

ユベールのせいでウラノスとこの国は揉めてたっぽいし、ユベールを潰すためならば力を貸してくれると思う。

ただ、その式典、私呼ばれるかな……？

普通ならまず間違いなく呼ばれるはずだけど、今の状況は普通ではないのでかなり怪しいところだ。

まあ呼ばれなくてもどうにかして助力を仰ぐつもりだけど。伯父様とコンタクトがとれるなら何も式典中じゃなくてもいいし、どうにかして滞在場所にでも忍び込んじゃえばなんとかなるはずだ。

だって伯父様は私の顔を知ってるもの。

うん、ユベールと決着をつけるとするならそこだね。

多分、皇帝もその辺りで何か行動を起こすんじゃないかな。

よしっ！　それじゃあ私ももうちょっとできることを頑張ってみよう。

先程までの疲れた顔とは打って変わって元気になった私にメリアは首を傾げていたけど、私はそんなこと気にも留めずに今後のことを考えていた。

【皇帝視点】


「あ～疲れた」

座ったまま伸びをして筋肉を伸ばす。

あ～やだやだ、俺だってまだ若いのに肩こりとお友達だよ。

「体力お化けの貴方が疲れるわけないでしょう」

「脳筋の君は知らないかもしれないけど疲労にも種類があるんだよ。俺が今言ってるのは体じゃなくて頭を使ったがゆえの疲労。アンダスタン？」

「相変わらず人をおちょくるのが好きですね」

自分の方が先に仕掛けてきたのに分が悪くなったら睨んでくるのはどうかと思うよ側近君。

俺が辺境で魔獣と戦ってた頃からの部下だし、気心も知れているから笑ってすませてあげるけど。心の広い主でよかったね、本当に感謝してほしいよ。

もしも先代の側近が同じことを先代にしていたら、一発でクビを言い渡されていただろうから。

「――それで、進捗はいかがなんです？」

「露骨に話逸らしたね。言い負かされたのが悔しかったの？」

「気づいてるなら黙って話を逸らされてくれませんかね。そんなデリカシーのないことばかりしてるとモテませんよ」

「いや、俺お前と違って既婚者だし。別にモテても……ねぇ？」

おっと、そろそろ本気で怒りそうだからやめておこう。まあ今のも半分くらいは自業自得だと思うけど。

「さて、お前をイジるのはこのくらいにしておいて、そろそろ真面目な話をしようか。進捗は順調、だけどあともう一押しがなかなかうまくいかないって感じかな」

もちろん、これは対ユベールについての話だ。

確実にユベールの息の根を止めるにはもう一押し欲しい。もちろんそのための根回しもしてるけど、これがなかなか進まない。

なにせ、相手は皇帝である俺と同等かそれ以上の権威を持つ、うちの国教の教皇だ。

教皇については謎に包まれており、いろんな噂が飛び交っている。だが、噂の真相を確かめようとする者は滅多にいない。いや、恐れ多くてそんなことはできないと言った方が正しいだろうか。

小さい頃、出来心で教皇の秘密を暴いてやろうとしたら兄さんにこっぴどく叱られたものだ。

それほど国民から畏敬の念を抱かれている存在だ。味方にすればこれ以上心強い存在はいない。

だが、なにせ教皇は俗世と完全に隔絶されている。公の場に姿を現すことはまずないし、政治に口を出してくることもない。

むしろ国政に関わるのは避けているように思える。

そこに在るだけで権威を持ち続ける存在、そんな存在だからこそ味方にできたら破壊力は抜群だ。

「──まあ、頑張って口説き落とすよ」

「結婚して一年も経ってないのに浮気ですか」

「ものの例えって知ってるかい？　第一、教皇は男でしょう」

それも確実ではないけど。ただ教皇についての噂の中では一番信憑性が高いんじゃないだろうか。

まあ、男でも女でもどっちでもいい。俺のお嫁さんはあの子ただ一人だからね。

早くユベールに引導を渡してあの子が過ごしやすい国を作ろう。

――和平記念式典の日までに、全ての準備を整えてみせる。

＊＊＊

離宮に帰った私は部屋着に着替え、ボフンとベッドに飛び込んだ。明日は侍女体験がお休みの日なので一旦ゆっくり休もう。

そんなわけで久々に髪と瞳の色も戻してもらう。

そしてメガネを外し、髪の毛も解くと白銀の髪がサラリとベッドに散らばった。

そして私はベッドの上をよじよじと進み、リュカオンの上にのしかかる。そして目立たない顔にするために少しだけしている化粧を落とそうと、くしくし顔を擦ってたらリュカオンが魔法で落としてくれた。ありがとう。

リュカオンに抱きついたままダラダラとしていると、部屋の扉がノックされた。そしてルークとセレスが入ってくる。

「シャノン様失礼します。体調をチェックさせてくださいね～」

「は～い」

私はむくりと起き上がりルークと向き合う形でベッドの縁に腰かける。するとすかさずリュカオンが背もたれになってくれた。

リュカオンができる狼さんすぎる……!!

さり気ない気遣いが行き届きすぎてシャノンちゃんビックリだよ。

「熱っぽい感じとかはしませんか?」

「うん、大丈夫」

「それはよかった。うん、顔色もいいですね」

ルークが逐一体調をチェックしてくれてるし、オルガが栄養面からも私に合ったサポートをしてくれているおかげでちょっとずつ健康になってる気がする。ウラノスにいた頃よりは運動もしてるしね。

「――にしても、本来の姿のシャノン様は神々しさ増し増しですね。人間でここまで神々しいのってシャノン様と教皇様くらいじゃないですか? 教皇様のお姿なんてもちろん見たことないですけど」

「教皇様? 誰それ」

なんか新しい人出てきたね。

「この国の国教、ミスティ教の教皇様です。僕達の神獣、神聖王国信仰もこのミスティ教からきてます。そんでもって、そのミスティ教の教皇様は滅多に表舞台に姿を現さないのでその正体は謎に包まれているんですよ。だから本当か分からない噂話も多いんです」

「へぇ、どんなの？」

「教皇様の目は真実を見通すとか、実は教皇様は二人いるとか、教皇様が一言お声を放てばその周囲一帯が浄化されるとか」

セレスが楽しそうに教えてくれる。

「絶妙に都市伝説感のある噂話ばっかりだね」

そう言うとルークは苦笑した。

「さすがに僕も全部は信じてないですけど、中には全て信じている人もいますね」

「へぇ、誰か真実を確かめようとはしないの？」

「そんなの畏れ多くてできませんよ」

「ルークでもそう思うの？」

信仰心はあんまり強くなさそうだけど。

「はい、これはもう刷り込みみたいな感じですね。たとえお目にかかったことはなくても、小さい頃から教皇様は尊い存在だって言われて育ってきてますから」

ルークの言葉にセレスがうんうんと頷いている。

「帝国の国民はみんなそんな感じ？」

「そうですね。謎が多くてミステリアスなところも民衆に人気な理由です。なので教皇様について詳《つまび》らかにしようとする無粋な人は周囲から白い目を向けられます。それも教皇様について調べようとする人がいない理由の一つですね」

「……」

教皇様、大人気だね。

民衆からの好感度も高いっぽいしうまいことやって味方にできないか考えてたから、今のルークの話は釘を刺されたようでちょっとバツが悪い。

すると、ルークが微笑んで言った。

「――ただ、シャノン様が教皇様について知りたいのなら調べられるとよいと思いますよ」

「え？」

私はハッとしてルークの目を見た。

すると、ルークはいつも通りの穏やかな微笑みを浮かべて私を見返してくる。

「教皇様は皇帝陛下と同等の権威をお持ちの方です。味方になっていただけるならこれ以上の人はいないでしょう」

「え、でもいいの？　教皇様について調べるのはアルティミア帝国の人にとってはマナー違反なんでしょ？　私、ルークとかセレス達には嫌われたくない」

「「ぐぅっ……!!!」」

素直な気持ちを吐露すると、ルークとセレスが同時に胸の辺りを押さえた。さすが兄妹、リアクションがピッタリ同じだ。

「セレス、僕達はとんでもなくかわいらしい主に仕えたね……」

「そうだね兄さん。絶対に生涯お仕えしましょう」

「もちろんだ」

何かを分かり合ったらしい二人。

そしてグルンとこちらを向き、セレスが言った。

「たしかに私達は教皇様を尊敬していますが、それ以上にシャノン様が大好きなのです！　シャノン様が決めたことならどこまでもついていきますし、教皇様のことを調べたくらいではシャノン様のことを嫌いになったりしません!!」

「うんうん」

熱弁するセレスとそれに同意するように何度も頷くルーク。

う、うれしい……。

内側から溢れ出てくるこの喜びをどうしていいか分からなかったので、とりあえずリュカオンに抱きついておいた。私の気持ちを察したリュカオンがスリッと尻尾で背中を撫でてくれる。

そこで、ふと思いついたようにセレスが言う。

「あ、もし教皇様のことを調べるんでしたら神聖図書館に行くのがいいかもしれません。可能性は低いですが、もしかしたらあそこなら少しくらい何か書いてある本があるかも」

「神聖図書館？」

「教会本部の近くにある図書館です。教会本部の成り立ちとか、ミスティ教関連の書物が集められているそうです。一応一般にも公開されているんですけど、ちょっとした山の上にあるのと教皇様のことについて調べるのが割とタブー視されているのもあって基本的には誰も近づきません」

行こうとしたら教皇様について探ろうとしてるのかと白い目で見られること間違いないですし、とセレス。

「リュカオン様の力をお借りすれば人に見られないように図書館に向かうことも可能なのではないですか？　人目があるのは山の入り口だけで、あとは普通に木々の生い茂った山らしいですし」

「そうだね！　ちょうど明日は休みだし、さっそく図書館に行ってみようかな。リュカオン付き合ってくれる？」

「当たり前だ」

そんな当たり前のことをわざわざ聞くなと言わんばかりのリュカオンに好きが止まらない。教皇様よりも何よりも、うちの神獣さんがいっちばん尊いね。

リュカオンに跨って離宮のみんなに手を振る。

「じゃあ行ってくるね～」

今日はちょうど侍女体験がお休みの日だから、教皇様のことを調べにリュカオンと二人で神聖図書館に行くのだ。

隠蔽の魔法を自分達に施し、門の外の人気《ひとけ》のない場所まで転移すると、リュカオンが力強く地面を蹴って駆け出した。

ものすごいスピードで周囲の景色が変わっていく。

それに伴って私の髪の毛もそよそよと靡《なび》いた。風に靡いているのは白銀じゃなくて茶色い髪の毛だ。今日も髪と瞳の色は変えているから。だけど、伊達メガネはしてないし化粧もしていない。だって基本的には誰も近づかない場所に行くんだし、そんなに丁寧に変装しても……ねぇ？

リュカオンも大きさはそのままで、一応色だけは変えている。

スゥっと息を吸い込んで冷たい空気を肺に取り込む。

今は冬だし、雪も積もっているからまだまだ寒いけどきっちり防寒してきたからそこまで辛くはない。リュカオンがとんでもないスピードで走っているので、本当なら冷たい空気がビュンビュン当たってくるはず。だけど、リュカオンが風よけの魔法を使ってくれてるみたいで、私が感じるのは心地のいいそよ風だけだ。

久々に思いっきり走れたからか、心なしかリュカオンも楽しそうにしている気がする。

「リュカオン、本当はもっといろいろ出かけたり広いところを走ったりしたいよね。いつも離宮に閉じ込めちゃってごめんね？」

「ふん、我をその辺の犬っころと一緒にするな。我ももう若くはないし長距離を走るのなどたまにでいい」

本気で言っているのか私に罪悪感を感じさせまいとそう言ったのかは分からない。だけど、なんとなく後者なんじゃないかなと思う。

「ところでリュカオン、図書館までの道は分かるの？」

「もちろんだ。我に抜かりはない」

「さっすがリュカオン。頼りにしかならない狼さんだね」

そう褒めると、リュカオンは何も言わなかったけど嬉しそうに三角形の耳をピクピクさせてた。

頼りになる上にかわいいなんて、うちの神獣さんは最強だね。


神聖図書館があるという山も、リュカオンにかかれば平坦な道のようにスイスイ進んでいける。

ちょっとばかし雪が積もっていたとしても全く意に介した様子はないし、誰にも気づかれずに山に入るのもスムーズだった。

白い帽子を被った木々の間には一応道があった。ただ、基本誰も近づかないという話の通り、使われてないからほぼ自然に還ってたけど。

しばらく山道を進んでいくと、白くて大きな建物が木々の間から見えてきた。

「あ、あれじゃない？　――っ!?」

建物を指さした瞬間、何かの魔法が発動した気配がした。そしてあっという間に私の周りを真っ赤な魔法陣がロープのように取り囲む。

「な、なにこれ!?　動けない!!」

完全に何かの魔法によって拘束されてしまったようだ。

「シャノン!?」

「リュカオン、ここは私に任せて先に行って！　リュカオンと過ごした日々、楽しかったよ……クッ……」

「ふざけている場合か」

スンッと呆れた顔になるリュカオン。

その視線の先にいる私は赤い魔法陣に囲まれてぷらんと空中に浮いている。ぷら下がりシャノンちゃんだ。

うごうごしてみても魔法陣が外れる気配はない。

「外れない……」

「当たり前だろう。魔法で拘束されているのにただの力で外れるものか。というかシャノンはかなり貧弱だから普通の拘束だって解けな——」

その時、サクッサクッと誰かが雪を踏みしめる音が私達の耳に飛び込んできた。

誰かの足音が聞こえてきた瞬間、リュカオンが口をピタリと閉じて押し黙る。

そして、誰かが私のところまでやってきた。

「——おや、警戒魔法陣が発動したので来てみたら、随分とかわいらしい子が捕まってますね」

それは、神官服を着た男性だった。

顔を上げると、あまりにも整った顔がそこにあって驚く。私がこれまで見た中で一番綺麗な顔をしているのはフィズだけど、そのフィズに負けないくらい綺麗な顔をしたお兄さんがそこにはいたのだ。

紺色の髪が雪景色の中でよく映えますね。

お兄さんの顔面に驚いていると、なぜか向こうも私の顔を見て驚いたようにその瞳を見開いていた。

そして、その藍色の瞳からポロリと雫が零れる。

「!?」

急に泣き出したお兄さんに私とリュカオンはギョッとした。

私は拘束されて未だに宙ぶらりんのままだし、初対面のお兄さんは急に泣き出すしで、これって一体どういう状況?

いやいやそれよりも、自分よりも年上の人が泣いちゃった場合ってどうすればいいの?

ちらりとリュカオンを見たけど、リュカオンもどうしていいか分からないような微妙な顔をしていた。あ、そういえば他人と遭遇したらその時は一応しゃべらないでおこうって事前に話してたね。

となると、ここでリュカオンの助力は期待できない。

私だけでなんとかお兄さんを泣き止ませてこの拘束を解いてもらわないと……!

私を拘束している魔法陣はお兄さんが管理してるみたいだし、きっと魔法陣の解除もできるだろう。まあ最悪お兄さんの目がない時にリュカオンに解いてもらってとんずらすればいいんだけど。

ただ、なるべく騒ぎにはしたくないので穏便に魔法陣を解除してもらえるならそれが一番だ。

「おにーさん!!」

栓が壊れたかのようにぽろぽろと涙を零し続けるお兄さんの視線をこちらに向ける。

えっと、えっと、泣いた人を泣き止ませる方法……そんなの教わってないよ……!

「………べ、べろべろばぁ?」

手は拘束されているので顔を隠すこともできず、私はちろりとベロを出してそう言ってみた。

結果として、全く効果がなかったのは言うまでもないだろう。こんな力ないベロベロバーじゃあ赤ちゃんも泣き止んでくれない。

もちろんお兄さんの涙も全く引っ込まなかった。むしろ溢れ出してくる涙の量がちょっとだけ増えた気すらする。

あ、私はなにもしない方がいい感じだね。

お兄さんが泣き止むのをただ待つこと数分。やっとお兄さんが泣き止んでくれた。

「すみません、取り乱してしまいました。なにせ外の方と会うのが久しぶりだったので」

「外の方って、お兄さんはあの図書館に住んでるんですか？」

「はい、一人で図書館の管理をしています。ですが、なにせ滅多にお客さんがこないのでずっと一人ぼっちなんですよ。久々にお客さんが来たのでつい感極まってしまいました」

そう言ってフワリと笑うお兄さんの微笑みは、背景の雪景色も相まって一枚の絵画のようだった。

涙を拭って視界がクリアになったからか、お兄さんの視線が私をグルリと取り囲む魔法陣に移る。

なんでこの警戒用らしい魔法陣が発動したかは分からないけど、このお兄さんなら話せば分かってくれそうだ。よし、怪しい者じゃないってアピールしてみよう。

私はおずおずと口を開いた。

「あの、決して怪しい者ではないのでこの拘束解いてくれたりしませんかね……？」

「ああ、もちろんです。むしろすぐに解かないどころか目の前で泣いてしまってすみません」

意外なほどあっさりとお兄さんは魔法陣の解除に取りかかってくれた。なんか逆に肩透かしだ。

「こんなにあっさり解放しちゃっていいんですか？　私があの図書館の白い壁に落書きをしに来た極悪人だったらどうするんです？」

「ふふ、その程度のイタズラで極悪人だと言ってる子に何かができるとは思いませんよ」

笑われてしまった。だけど馬鹿にされた感じはしないので悪い気はしない。

「最近教会本部の方で物騒な騒ぎがあったらしく、念のためこっちも警戒魔法陣を強化したんですよ。禁忌魔法の残滓にも反応してしまうくらい。だから君にも反応しちゃったんですね。びっくりさせちゃって申し訳ない」

「……え？」

謝罪は別にいいとして、今聞き逃せないこと言ってたよね？

禁忌魔法の残滓？

「私、禁忌魔法なんて見たことも使ったこともないです」

「うんうん、それは分かってますよ」

だからこうして君を拘束している魔法を解除しているでしょう？　とお兄さん。

あれだ、このお兄さん、言葉が足りない系の人だ。

「私、呪われたりしてます？」

「……呪われてはいませんね。むしろ全身から愛を感じますよ。きっと君はとても愛されている人なんでしょう。まあ、いきすぎた愛というのは時には呪いにもなりますからそう言った意味では呪われていると言ってもよいのかもしれませんが……」

「？」

「ふふ、まあ君に危険があるものではなさそうですよ。かなり精度を上げたので、禁忌魔法を使った人とすれ違ったりしただけかもしれませんし」

「はぁ……」

お兄さんの言葉を私はコテンと首を傾げながら聞いていた。

この人、詩集とか愛読してそうだな。反対に私は詩集とかを読んだら眠くなっちゃうタイプ。でもウラノスにいた頃、枕元には詩集が置いてあったよ。眠れない夜に読むとよく眠れるのだ。

兄さんはそれ以上説明する気はなさそうで、黙々と魔法陣の解除をしていく。

……まあ身の危険はなさそうだしいっか。

私は難しいことを考えるのはなるべく避けたいタイプだ。


「――はい、解けました」

お兄さんが言い終わるのと同時に私の足が地面に着いた。ただいま大地。

「ありがとうございます」

「いえ、こちらこそお客様に大変失礼しました。さあ、寒いので中に入ってください。そちらの聖獣くんも」

待ち疲れたのか、毛繕いをしているリュカオンをちらりと見遣るお兄さん。

そして、私達はようやく神聖図書館に足を踏み入れることができた。

「――わぁ」

図書館内は壮観だった。

さすが図書館、壁一面が本で埋まってる。あんなに上の方まで。どうやって取りに行くんだろう。

壁だけでなくフロア全体にずらりと本棚が並んでいる。

本棚もオシャレだし、壁に埋め込まれている本棚は天井付近まであるしで、非日常的な空間にワクワクが止まらない。

ずっと外にいたから冷えただろうと、私達はまず小部屋に案内された。

移動先の部屋には本棚はなく、家具はソファーとテーブルのみで来客用の部屋のようだった。普段は客が来ないから、この部屋を使える日がきて嬉しいとお兄さんはニコニコしている。

「あったかいお茶を淹れてくるので待っていてください。あ、後で本を探す時は席を外すので安心してくださいね。何を調べているのかなんて初対面の人間に知られたいものではないでしょうから。もちろん本の場所が分からなかったらお答えはしますけど」

そう言ってお茶を淹れに別の部屋に行くお兄さん。

世間離れしたような感じだけど、教皇様のことを調べるのがタブー視されていることは知っているようだ。

ただ、私達の目的はうっすら察してそうだけど特に何も思ってなさそう。この図書館に閉じこもってるみたいだし、世間一般の人とは感覚が違うのかな……？

そんなことを考えながらソファーに座り、膝かけ代わりに膝の上に乗せたリュカオンの頭を撫でてお兄さんを待つ。ぬっくぬくだ。

上半身を屈めてリュカオンの首にむぎゅっと抱きつき、その匂いをスンスンと嗅ぐ。

図書館内もリュカオンもあったかいからついつい眠くなっちゃう。だけどそれを何とか堪え、私はお兄さんが戻ってくるのを待った。


ソファーに座って待っていた私に微笑まし気なお兄さんの声がかけられる。

「ふふ、起きてください」

「──ふぁ!?　ね、寝てませんよ!?」

ちょっぴりうとうとしてただけで。……涎は出てないよね？

お兄さんにバレないようにこっそりと口元を確認する。よし、セーフだ。

あぶないあぶない、お兄さんが戻ってくるのがもうちょっと遅かったら完全に寝ちゃってるところだったよ。

「はい、お茶をどうぞ。あったまりますよ」

「あ、ありがとうございます」

あったかい紅茶が入ったティーカップを受け取る。

このまま飲むと火傷しそうだからふーふーした後、紅茶を一口含む。

「──っ！　おいしいです！」

「それはよかった」

ニコリと神々しいまでの笑みを見せてくれるお兄さん。

肥えていると自覚のある私の舌を唸らせるとは、このお兄さんなかなかやるね。

あまりにも美味しいのでちびちびと紅茶を飲み続ける。

「ちょっとしたお茶菓子も持ってきたのでよかったら食べてください」

「ありがとうございますお兄さん！」

「いえいえこちらこそ。人とお茶をするなんて大分久々なので僕も嬉しいです」

「人とお茶をするのが久々って……お兄さん、そんなに長くこの図書館にいるんですか？」

「はい、具体的な年齢は黙秘しますがこれでも結構な年なので」

そう言って笑うお兄さんはどう頑張っても二十五歳くらいにしか見えない。だけどお兄さんの口ぶりからするとそれよりは確実に上だろう。

実際は何歳なのか気になりすぎるね……。

ほぇ～と口を開いていたら口内が乾いてしまったので紅茶で潤す。そしてお兄さんが持ってきてくれたクッキーを一口食べた。

「あ、こっちも美味しいです！」

「それはよかった。僕の手作りなんですよ」

「え!?　上手ですね」

こんなにお顔もよくて知的でお茶とお菓子作りまでできるなんて、天はこのお兄さんに何物与えたんだろう。

「昔はよく弟に作ってたんです」

「へぇ」

昔はってことは、今は弟さんとは一緒に住んでないのかな。一人でこの図書館の管理をしてるって言ってたし、多分そうなんだろう。まあ、深くは追及しないでおこう。

それから少しお兄さんとお茶の時間を楽しんだ。

話の内容は本当になんてことない雑談なんだけど、なんだか楽しくて思ったよりも話し込んでしまった。

なんだろう、既視感というか親近感があるんだよね。絶対今まで会ったことはないのに。不思議。

――さて、そろそろ調べものに行かないと。帰るのが夜になっちゃう。

「そろそろ本を見てきますね」

「はい、行ってらっしゃい。僕はここにいるので、もし用があったら呼んでください」

「ありがとうございます。行こうリュカオン」

リュカオンを伴って本が大量に置いてある部屋に移動した。やっぱり壮観だ。

「さて、まずは教皇様について調べようか」

「そうだな」

リュカオンと手分けして教皇様について書かれている本を探す。

結果から言うと、やっぱり噂レベルの話が書かれているようなものしかなかった。それもセレスが言ってたような「実は教皇は二人いる」とか、「教皇様は真実を見通すから教皇様の前で嘘は通用しない」といった眉唾もののような内容のものばかり。

考えてみれば、そりゃあ教会の管理下にある図書館だし、あまり情報を知られたくないという教皇様の意を汲んでるか。基本的に人は来ないとはいえ一般公開されてる図書館だし。

「はぁ、仕方ないね。せっかく来たんだし、ちょっと他の本も見てから帰ろうかリュカオン」

「そうだな」

教皇様についてほんの少しだけ書かれていた本を元の場所に戻し、再びリュカオンと二手に分かれて本棚を見て回る。

すると、あるタイトルが私の目に留まった。

『なぜ古代神聖王国は滅亡したのか』、というタイトルだ。

リュカオンは神聖王国が滅んだ理由を語らない。それは私が聞かないからっていうのもあると思うけど、やっぱり触れられたくないことでもあるんだろう。

相棒であり保護者みたいな存在のリュカオンの秘密を勝手に調べるのは違うよね。

そう思って私は本に伸ばしかけていた手を引っ込めた。

読書用のテーブルがある場所に戻ると、リュカオンが本を読んでいた。リュカオンの前脚だとかなり本は読みづらいと思うけど、器用にページをめくっている。

「リュカオン、何の本を読んでるの？　……って、なんか物騒なの読んでるね」

「さっきシャノンが引っかかった魔法陣のこともあって少し気になってな。我が知らぬ間に禁忌魔法の種類も随分と増えたものだ」

そう言ってリュカオンが視線を落とした先のページには禁忌魔法の一覧が載っていた。

オーソドックスな相手を呪い殺す魔法、寿命を延ばす魔法、遺伝子情報を組み替える魔法、相手の記憶を取り出す魔法、などなど、物騒な魔法が満載だ。

一覧を見てるだけで怖くなり、ついつい身震いしてしまう。

「どうした？」

「いや、なんか怖くなっちゃって」

「す、すまない！　我がこんな本を読んでいたからだな。ほら、ないないないしたぞ」

リュカオンが魔法で本を元の場所に戻す。

ないないって、リュカオンは私のことを何歳だと思ってるんだろう。

最近リュカオンの過保護さが加速してる気がする……。

それから何冊か本を読むと、そろそろ帰らなきゃいけない時間になった。

「結局、収穫はなしだったねぇ」

「だな」

しょうがないね。

教皇様を味方にできたら強いと思ったんだけどな～。まあ和平の記念式典まで時間はあるし、その機会は虎視眈々《こしたんたん》と狙っていこう。

「じゃあお兄さんに挨拶をして帰ろうか」

「ああ」

最初に案内された部屋に戻ると、兄さんが本を読みながらくつろいでいた。

「お兄さん、私達はそろそろ帰りますね」

「ああ、もうすぐ夕方ですもんね。お家の人も心配するでしょうし、早く帰った方がいいでしょう」

お兄さんはそう言うと立ち上がり、出口のところまで私達を見送りに来てくれた。

「もしよかったらまた来てください。おいしいお茶をごちそうしますよ」

「いいんですか？」

「もちろん。ここで一人はなかなか寂しいんですよ。たまにでいいのでこの老人とお茶飲んでくれると嬉しいです。茶飲み友達……というと、初対面では距離を詰めすぎですかね？」

「ちゃのみ……ともだち……」

もしや、私は今友達を手に入れようとしてるってこと!?　ついに私にも友達が……!!

「なる！　なります！　茶飲み友達!!」

はい！　と手を挙げて宣言する。

するとお兄さんはとても嬉しそうに笑ってくれた。

「ふふ、じゃあこれからよろしくお願いします」

「はい！」

お兄さんに手を振り、私達は帰路についた。

リュカオンに乗りながら私はニマニマと笑う。

「えへへ、私にもついにお友達……」

「よかったなシャノン」

「うん。……あ、でもお兄さんの名前聞き忘れちゃった」

せっかくお茶飲み友達になったのに。

「また今度会った時に聞けばいいだろう。奴はずっとあそこにいるそうだし」

「それもそうだね」

……にしても、たまにはこの老人とお茶を飲んでくれると嬉しいって言ってたけど、お兄さん絶対老人って年ではないよね。

一体何歳なんだろう。

そんなことを考えながら、私は離宮に着くまでリュカオンに揺られていた。

図書館から帰ってきた夜、リュカオンに抱きついてベッドに横になりながら考える。

そういえば私、そもそもユベール家のことあんまり知らないな。

今日は教皇様のことを調べたけど、まずは敵であるユベールのことをもっと知るべきなんじゃない？

うん、そんな気がする。

明日はまた侍女体験の日だし、もっとユベールについての情報を集めよう。

「リュカオン、明日も頑張ろうね」

「……お前は頑張りすぎだ。我はシャノンの体調が心配でならないぞ」

そう言ってリュカオンは自分の腹毛の下に私を抱き込む。

「えへへ、リュカオンはどんどん過保護になってくねぇ」

「シャノンは意外にも頑張りすぎる性質だからな。その分保護者である我が大事にしてやるのだ。ルーク達も同じ気持ちだろう」

「ふふ、みんな私のこと大好きだね」

「ああ、我らは皆シャノンのことが大好きだ。だからくれぐれも無理はしないでくれ」

「分かってるよ。リュカオンに救われた命だし、今私が死んじゃったらまたウラノスと帝国の関係が悪化しちゃうかもしれないしね」

するとリュカオンははぁと溜息をついた。

「今話しているのはそういうことじゃない。お前が自分を大事にしないと我らが悲しい。だから自分を大事にしてくれ」

「……そっか。リュカオン達が悲しいのはよくないね」

みんなが悲しいのはよくないから、今日はもうゆっくり休んであげることにしよう。疲れが溜まってるのは事実だし。

そう思って目を瞑ると、私はスコンと眠りに落ちてしまった。


次の日。

私は侍女用の書類仕事部屋で一人ぼやく。

「よくもまぁ、こんだけ人に押し付ける仕事が湧いてくるよね」

そんな私のぼやきにリュカオンからの返事が飛んできた。

『シャノンが完璧にこなすからあの小娘ができる奴だと思われ、さらに仕事を任されるようになっているのだろう。内容も大分高度なものになってきているしな』

『私がいなくなった後どうなるんだろうね。そうだ、最終日にちょっとしたイタズラをして置き土産にしちゃおうか』

『賛成』

リュカオンもメリアには苛ついていたから即答だった。

メリア、あなた知らない間に神獣さん敵に回してるよ……。完全に自業自得だけど。

まあ、まだ最終日じゃないし調べたいことはあるから黙々と仕事をこなす。すると、メリアがバンッと乱暴に扉を開けて部屋に入ってきた。

マナーも何もあったもんじゃないね。

「ユベール本家の皆さまが皇城にいらっしゃるそうよ！　急いで化粧を直さないと」

書類なんか見向きもせずに大慌てで化粧を直しにかかるメリア。

「……メリアさん、ユベールの方々とお話しするお約束でもしてるんですか？」

「そんなのしてるわけないでしょ！　お子ちゃまには分からないだろうけど、視界の端に美しい侍女がいたらついつい話しかけたくなるものよ」

お子ちゃまでも分かる、メリアは恋愛小説の読みすぎだ。本を読むのは意外だったけど。

「私ってば最近できる侍女として話題だし、お声をかけられる可能性はゼロじゃないわ」

できる侍女として話題なのは十割私とリュカオンとセレスのおかげでしょ。頭の中でついツッコミを入れちゃう。

どうやら、メリアはこれから皇城に来るユベール家の視界の端にちらちら入り込みに行くらしい。その貪欲さをもっと別の場所で発揮できなかったのかな……。

ついついスンとした顔を向けちゃいそうになるのを必死に堪える。

あ、そうだ、せっかくユベールの話題になったし、何か聞き出せないかな。

「ユベールのどなたの目に留まりたいんですか？」

「はぁ？　そんなのダリル様に決まってるでしょ？　ユベール本家の後継ぎよ？」

あ、そういえば今日の朝セレスに聞いたな。朝は時間がなくてそこまで詳しくは聞けなかったけど、ユベール本家の家族構成は当主夫妻とその子どもが男女一人ずつだって。女の方はこの前声だけ聞いたヴィラ・ユベールで、男の方がそのダリルって名前の人なのか。

ユベール家ともなればとっくに婚約者とかいそうだけど、何らかの事情でいないのか婚約者を捨てて自分を選んでくれることを夢見てるのか、どっちなんだろうね。

浮かれ切ったメリアの様子を見ているとどっちもありえそうだ。

「ヴィラ様も美しいものには目がないっていうし、もしかしたらヴィラ様の専属としてユベールで働けるかも。それはそれで悪くないわ……」

化粧を直しながら妄想の世界にトリップするメリア。

最近人外レベルに顔の整ったお兄さん達を立て続けに見ているせいか、メリアがそこまで美しいとは思えない。いつの間にか目が肥えちゃったようだ。なんかごめん。

「ヴィラ……様はそんなに美しいものが好きなんですか？」

「ええ、高価で美しい宝石をいくつも持っていて、それを一日に何時間も眺めるのがご趣味だそうよ」

おお……いい趣味してるね。

「ご自身も美の追求には余念がないからとても美しい方よ。ヴィラ様の周りにいらっしゃる使用人の男性達も美しい方ばかりだし」

使用人の男性達って、もしかして自分より綺麗な女性は許せないタイプなんじゃ……。あはは。

心の中で私は乾いた笑いを漏らす。

『シャノン、乾いた笑いが顔に出てるぞ』

『なんと』

どうやら顔にも出ちゃってたみたいだ。慌てて表情を取り繕う。

幸い自分の顔に夢中なメリアには見られてなかったようだ。

「――じゃあ、私はユベールの皆さまの通られるところを張りに行くからあんたはその仕事よろしく～」

ひらひらと手を振り、メリアは部屋を出ていった。

先程とは打って変わってシーンとした室内。そこでリュカオンからの念話が入った。

『シャノン、どうする？』

『もちろん、決まってるでしょ。敵の親玉達の顔、拝みにいこうじゃないの!!』

メリアが十分離れたのを確認し、私はコッソリと部屋を出た。

リュカオンにガイドをしてもらい、こっそりとユベール家が見えそうな場所へと向かった。

どうやらまだ皇城には来ていないらしいので、三階の窓から目だけをひょっこりと覗かせて正面玄関前を見張る。

幸い私の周りには人はいない。

ユベール一家が来るとの情報が行き渡ると、皇城内の人の行動は二分した。

積極的にユベールの目に留まろうとする人達と、できるだけユベール一家が通りそうな場所から遠ざかる人達。皇帝派かユベール派か分かりやすいね。

しばらく窓から外を見ていると、一際豪華な馬車が正面玄関から少し離れた場所に止まる。装飾が明らかに豪華すぎて一発であれがユベール家の馬車だって分かった。馬も毛並みがツヤツヤしてとっても立派な馬だし、他の貴族の馬車とは格が違うね。

御者が恭しく馬車の扉を開けると、中から青年が出てきた。

「ぬぁっ!?」

出てきた青年を見た瞬間、私はまぬけな声が出ると共に全身の毛が逆立つのを感じた。あまりにも不気味な圧を感じたからだ。私が猫だったら尻尾が一回りどころか三回りくらいボサっと太くなっていたことだろう。

今出てきた赤い髪をした青年、多分あれが嫡男のダリルだろう。顔は整っているけどフィズや神官のお兄さんに比べるとその差は歴然だ。まああの二人が規格外すぎるんだけどね。

そして、ダリルのエスコートでドレスを着た女性が出てくる。自分の髪と同じ、鮮烈な緋色のドレスを着た女性――ヴィラ・ユベールが。

ヴィラが出てきた瞬間、再び全身にゾワッとした悪寒が走り、同時に背中に冷や汗が伝う。

一見ただの麗しい兄妹なのに、どうしてだろう。結構距離はあるはずなのにダイレクトに圧を感じるし……。

ユベールを出迎えている人達を見てみると、私と同じように嫌な気配を感じてそうな人はいなかった。

え～、私なんか鳥肌が立ちすぎてもうすぐ羽が生えてきそうなくらいなのに……。私がユベールを敵認定してるからそう感じるだけかな。

自分を抱きしめるようにして腕をさすりながら私はそんなことを思う。

その後、ユベール家当主と思わしき壮年の男性が出てきたけど、やっぱり不気味な感じがするの

全てのようだ。

するると、当主を先頭にして三人は皇城の方に歩き始めた。これで皇城に来たユベール家の面子は

は拭えなかった。ただ、当主よりはヴィラの方が圧は強かった気がする。不思議だ。

『――にしても、夜会でもないのに随分派手なドレス着てるねぇ』

ヴィラが着ているドレスは胸元ががっつり開いているデザインの、明らかに夜会用としか思えないものだった。赤い髪もハーフアップの形で複雑に編み込んでるし。

『皇城に来る時はいつもあんなドレス着てるのかな』

『……そうらしい』

ややあって、リュカオンから返答があった。セレスに聞いてくれたんだろう。

『ふ～ん、珍しいお嬢様だね』

真昼間の皇城に来るのに夜会用のドレスを着てくるなんて珍しいお嬢様だ。他にそんな人はいないからかなり目立つのに。

美しいものが好きらしいし、いつでも一番綺麗な格好でいたいとかそういうことなのかな……？

ユベール一家が皇城に入って見えなくなると、私の鳥肌はやっと治まった。

『ふぅ、鳥肌が立ちすぎて鳥になっちゃうところだったよ』

『正に杞憂だな』

冷静だねリュカオン。

さて、ユベール家の顔も拝んだことだし、私は元の部屋に戻ろうかな。

侍女用の書類仕事部屋に向かって歩きながらリュカオンに念話を飛ばす。

『――リュカオン、敵は私達が思ってるより強大かもしれないね』

『……なぜそう思った？』

『ん〜、なんとなく。だってあの人達、なんか怖い』

今まで人を見ただけで恐怖を感じることなんてなかったのに……。

『たしかに我もこの前妙な不気味さを感じたな』

『そういえば言ってたね』

『だが何、案ずることはない。シャノンには我がついているであろう。最強の矛であり盾である我が』

念話だから見えないけど、リュカオンがむんと胸を張っているのが声音から伝わってくる。

『ふふふ、そうだね、私には世界一頼もしい狼さんがついてたや。じゃあ夜中のお手洗いも怖くなっちゃったら一緒に来てくれる？』

『任せておけ』

『冗談だよ』

そこはさすがにね。シャノンちゃんももう十四歳ですし、一人でお手洗いくらい行けます。

だけど、リュカオンのおかげで少し尻込みしていた気持ちが奮い立った。

――最強の相棒《リュカオン》が一緒なら、私はあのおっかない人達にも立ち向かえちゃうよ。

意気揚々《いきようよう》と出ていったメリアは苛ついた様子で戻ってきた。目論見《もくろみ》がうまくいかなかったのが態度で丸分かりだ。にしても、視界の端にチラチラ入ってユベール家の人間とお近づきになるって作戦、本気で言ってたんだ。

私もそこそこおバカさんだけどメリアもなかなかだね。自己評価が高すぎると思う。

がさつな所作で椅子に腰かけたメリアは私がどうしたのかと聞くまでもなく、勝手に話し始める。

「あーあ！　なんでお声がかからないのよ!!　おっかしいなぁ、ヴィラ様とは目が合った気がしたんだけど」

「……」

世間知らずの私でも、さすがに目が合っただけで高貴な人からお声がかかるわけないっていうのは分かる。

『この分だと本当に目が合ったかも疑わしいね』

『いや、少しだけそちらを見ていたが本当に一瞬目は合っていたぞ。ただしヴィラという女はメリアを睨んでいたが』

『おおぅ……』

ヴィラにはある意味目は付けられてるね。一体なにしたんだろう。

『メリアは何か目立つようなことでもしてたの？』

『ユベール家の目に留まろうとして廊下を何往復もしていたな。だが、人は多かったし他にも同じようなことをやっている者もいた。そんな奴らがいることもユベールの者達は知っているだろう』

『そうだよね、皇城に来るのは今回が初めてじゃないだろうし』

『ヴィラは自分の美しさには自信を持っているようだし、周囲の者からの賛辞の声が聞こえると嬉しそうにしていた。羨望を集めるのが好きなんだろう。だから、自分の美しさに見惚れることもなく、己のアピールに腐心していたメリアを煩わしく思ったんじゃないか？』

『ありそう……』

メリアも自分の容姿にはかなり自信があるようだし、なんなら実際はヴィラよりも自分の方がかわいいくらいは思っていても不思議じゃない。

リュカオンの言う通り、自分のアピールに夢中でちっとも羨望の眼差しを向けてこないメリアに苛立ったんだろうな。

『どっちもめんどくさい性格だねぇ』

『ああ、できればどちらも関わりたくないタイプだな』

げんなりとした様子でリュカオンが言う。

その後はメリアの愚痴をさらりと聞き流して書類仕事に精を出した。

＊＊＊

そして、あっという間に侍女体験最終日になった。

タイムオーバーかぁ。

正直、まだまだやりたいことはあるけど仕方ない。隠し部屋がなぜからっぽになったのかはまだ謎のままだし。未だに何のアクションもないということは、私が侵入したことは本当にバレていないんだろう。じゃあ、あそこの荷物はどうして移動されたんだろう……。

ただまあ、セレスの件がどうなったのかは確認できたし、和平の記念式典のことやユベール家についての情報収集もできたしよしとしよう。

さて、今日は侍女体験の最終日、つまり何をしてもいい日だ。

散々私をいいように使ってくれたメリアにちょっとばかしお灸を据えてから去ろうと思います。

今日も朝一から「あ、この仕事今日中に終わらせますって言って引き受けちゃったからやっといてね」と大量の仕事を押し付けてきた。

なぜ自分から引き受ける……。

そう思いながらいい加減に書類の空欄を埋めていく。書類の端っこに猫ちゃんの絵なんか書いちゃったりして。もはやメリアは書類を覗き込んでくることすらしないので落書きも余裕でできちゃうのだ。

試しにど真ん中に大きく猫ちゃんの顔を書いてみる。だけど、近くで雑誌を見るのに興じていたメリアは全く気づかなかった。

……なんか、ここまで何の反応もないとイタズラのしがいもないね。

バレなくてちょっぴり残念というか、肩透かしを食らった気分だ。

そしてしばらくすると、メリアが思い出したように雑誌から顔を上げた。

「――そうだ、あなたこれからも私の下で働きなさい」

まるで決定事項のようにそう言うメリアにびっくりしちゃう。

皇城侍女を採用する権限なんかなさそうなのにどうしてそんなことが言えるんだろう。多分、何も考えずにこのまま便利な駒を使い続けたいって思っただけなんだろうな。

――ただ生憎、私は駒は駒でもクイーンなのだ。

私はメリアに向けてニッコリと笑う。

「もちろん――お断りに決まってるでしょ!!」

私は今までやっていた書類をメリアに投げ渡した。お行儀は悪いけど今だけは許してほしい。

そして、書類がメリアの手に渡ると同時にインクで書いた文字を魔法で全て消した。なので、書類は朝手渡されたままのまっさらな状態に戻ったってわけだ。

書類を見たメリアは頭の上に疑問符を浮かべ、そのまま書類を何枚も捲って確認する。

「え？　なんで？　なんで何も書いてないの!?　あんた、もしかして書いてるフリしてたのね!?」

鬼のような形相で私を睨んでくるメリア。

メリアにはどんなに睨まれても、ユベールに感じたような底冷えするような恐ろしさはなかった。

あと、書いてるフリじゃなくて実際に書いたものを魔法で消したんだけどメリアは気づいていない。お城の中じゃあ基本的に魔法は使えないもんね。

もちろん書類に書いた内容は全てでたらめだ。どうせ消すのに真面目にやるなんてもったいないもん。シャノンちゃんはお姫様だけどちゃんともったいないの概念はあるのだ。

この書類を今からメリア一人でやったって……いや、たとえ他の人に手伝ってもらったって今日中には終わらないだろう。

あ、ちなみにこの書類達が今日中に終わらなくてもなんとかなるものだっていうのは確認ずみだよ。メリアがこっぴどく怒られるくらいですむだろう。

性格は悪いかもしれないけど、これは私からのちょっとした意趣返しだ。散々いいように使われたんだからこれくらいは許してほしい。

「あんたっ――!!」

怒り心頭のメリアをよそに、私はガラリと窓を開けた。

そして、振り返ってメリアに言う。

「じゃあ、怒られないようにせいぜい頑張ってくださいね」

他の人に責任を被せようとしても、メリアが自分から引き受けた仕事ならそれもできない。

怒鳴りつけてきそうなメリアが口を開く前に、私は窓から飛び降りた。

「!?」

メリアは私が飛び降りたことに驚いて腰を抜かしてしまったようで、窓から外を覗き込んでくる様子はなかった。

それもそっか、魔法が使えない状態で結構な高さの窓から飛び降りる人なんかいないもんね。

だけど私は魔法を駆使し、難なく地面に着地した。

そしてリュカオンにも協力してもらい、誰にもバレないように離宮に帰る。

こうして、侍女体験をしていたシャルは忽然と姿を消したのだった。

＊＊＊

「ふぅ～」

リュカオンと一緒に離宮に戻り、私は深く息を吐いた。

「おかえりなさいませ」

玄関をくぐるとセレスが真っ先に出迎えてくれる。

「ただいま」

離宮に帰ってきて安心した私は――全身から力が抜けた。

フッと力が抜けた私と床が激突する前にリュカオンがその間に滑り込んでくれる。おかげで床に体を打ち付けるのは免れた。

ありがとうリュカオン。

「シャノン様!?」

セレスの声で、私を出迎えようとしてこちらに向かってきていた他のみんなが一斉に駆け寄ってくる。

深刻そうな顔をするみんなを安心させるように私はへらりと笑ってみせた。

「だいじょ～ぶだいじょ～ぶ、安心してちょっと力が抜けちゃっただけだから」

リュカオンによりかかったままそう言ったけど、みんなの顔は晴れなかった。……あれ？

それどころか、みんなの眉間のシワがより一層深くなる。

「兄さん」

「ああ。シャノン様、失礼します」

「へ？」

ルークの呼びかけでオーウェンがヒョイッと私を抱き上げた。

そしてオーウェンがリュカオンを見る。

「リュカオン様」

「ああ、連れていってくれ」

「はい」

オーウェンはリュカオンの言葉に返事をするのと同時に離宮の中を全力疾走し始めた。その後ろをリュカオンやルーク達が走ってついてくる。

なにこれ、追いかけっこ？

私にはよく分からなかったけど、リュカオン達はなにやら通じ合っているらしい。いつの間にそんなに仲良くなったんだろう。ちょっと羨ましいな。

にしても、オーウェンは私を抱っこして廊下を全力疾走できるくらいには筋力も回復したみたいでよかった。

「オーウェン、筋力も大分回復してきたんだね。私を抱えてるのにこんな速く走れるなんて」

「……シャノン様が軽すぎるんです。それに、まだ元通りには程遠いですしね」

「そうなの？」

十分すぎる気がするけど、オーウェンの目標はもっと高いところにあるらしい。

「はい、ですが当初よりは大分筋力が戻ってきました。ここまで動けるようになったのも全てシャノン様とリュカオン様のおかげです」

「全てってことはないけどね」

私は苦笑する。

この短期間でここまで走れるようになったのはひとえにオーウェン自身の努力のおかげだ。


そんな話をしていると私の部屋に到着した。

まだ私の体からは力が抜けたままなので、オーウェンがそっとソファーの上に私を置いてくれる。

そして、男性陣を追い出すとセレスが光の速さで私の着替えをさせてくれた。

化粧を落とし、髪と瞳の色も戻せばすっきりさっぱり元のシャノンちゃんの完成だ。

離宮に帰ってきたことで安心したのか、体がだるくてまだ動けないのでセレスが私をベッドまで移動させてくれた。意外と力持ちだね。

「はいシャノン様、今のうちに水分と栄養摂っておきましょうね〜」

そう言ってルークがお水と食事を持ってきてくれた……んだけど、どうしよう、あんまり食欲ない……。

そんな私の心を読んだようにルークが言う。

「食欲はないと思いますけど、食べられるうちに少しでも食べておきましょう」

「え、別に今じゃなくても後で食べればよくない？」

そう言うと、ルークがはぁと溜息をつく。

「シャノン様、このパターンは以前シャノン様が僕達の故郷に来てくれた時と一緒です。つまり、この後シャノン様は体調を崩すと思うのでまだ食べられるうちにごはんを食べておいてください」

「あ、はい」

既にルークは私よりも私の体調に詳しいみたい。さすがお医者様。

言われるがままに食事に手をつける私。

食事が終わると、ルークに体調を確認された。

「……やっぱり微熱が出てきてますね。今日はもう安静にしてください」

「は～い」

ルークに言われた通り、大人しくベッドに横になる。するとリュカオンが隣に潜り込んで来た。

「どれ、我があっためてやろう」

「やったぁ」

あっためてくれるというので遠慮なくリュカオンに抱きつく。

ん～、ぬくぬく。

だけど、いつもよりほんの少しだけ温もりが物足りない気がする。私の体温が上がってきてるせいかな。

布団にくるまってリュカオンに抱きついていると、私はいつの間にか眠ってしまっていた。


どれくらい寝てたかは分からないけど、私は寒気と喉の痛みで目を覚ました。

ああ、熱上がっちゃってるなぁ。

どうやら、私は見事に体調を崩してしまったみたいだ。

結構頑張ったもんなぁ。

気を張ってたから侍女体験中には体調を崩さなかったけど、終わってホッとしたらこのざまだ。

セレスの実家についていった時と何も変わらない。

虚弱体質というのはなかなか治らないようだ。

「……ぅ」

喉が痛くて声も出づらい。

「――あ、シャノン様、起きられました？　お水飲みますか？」

ベッドサイドに置いてある椅子に座っていたセレスに声をかけられる。

ちょっとびっくりしつつも頷くと、すぐにコップに用意してあった水を注いでくれた。リュカオンが背もたれになってくれたので上半身を起こし、水を飲む。

水を飲む時にはやっぱり喉は痛んだけど、乾いた体に水分が染みわたっていく感覚がする。

……もしかして、ずっとついててくれたのかな。

セレスを見ると、ニコリと微笑まれた。

「……せ、れす、ちゃんとねてね……」

「はい、ですが心配なので今日は隣の部屋で休ませていただきます。その隣にはルーク兄さんもいるので、何かあったら遠慮なく呼んでくださいね。すぐに駆け付けますから」

そう言うと、セレスは空になったコップを持って部屋を出ていった。

――嬉しい。

セレス達がすぐに来てくれるということじゃなくて、自分のことをここまで思ってくれる人達が側にいるということが嬉しかった。なんだか、帝国に居場所ができた気がしたのだ。

『リュカオン、うちの使用人はみんな優しいね』

声が出ないから念話でリュカオンに話しかける。

『ああ、みんなシャノンのことが大好きだからな』

『ふふっ』

その後は、本格的に体調が悪化してきたので再び眠りの態勢に入った。

熱が上がってきたせいで寒気はしていたけど、みんなのおかげで心はとてもポカポカだ。

次の日、私の体調の悪さはピークに達していた。

「うぅ……」

「シャノン……可哀想に……」

リュカオンの尻尾がフワリと私の頬を撫でる。

「シャノン様、もう少し部屋を暖めましょうか？」

ルークの言葉にお願いしますという意味を込めてコクリと頷く。

「承知しました。……ところで兄さん達？　毎度のことだけど視界の端でウロウロするのやめてくれない？」

「ルーク、俺達だってシャノン様のために何かしたいんだ。だが、こんなに華奢でか弱い存在の看病なんてどうすればいいんだ？　こんなに弱っているシャノン様に触れようものならうっかり握り潰してしまいそうで心配で……」

こっわ。

オーウェンの後ろで騎士組がうんうんと頷いているのがさらに怖い。

そんなオーウェン達を見てルークがはぁ？　っと言いたげな顔になる。

「昨日は兄さんがシャノン様を抱き上げてここまで運んできたじゃん」

「あれは必死だったし、抱き上げたというよりはシャノン様が軽すぎて手を添えるだけで持ち上がったからな」

「……シャノン様が軽すぎるのか兄さんの腕力が化け物なのか……」

多分後者だと思うよ。

いくら軽くてもシャノンちゃん人間ですし。ぺらっぺらな紙でできてるわけじゃないので。

「――というか、そんなに怖いなら大人しくしてなよ」

「だが、シャノン様のために何かしたい」

「はぁ、だったら兄さん達の熱気でこの部屋暖めたら？」

「その手があったか!!」

「へ？」

オーウェンの言葉にルークがぱちくりと目を瞬かせる。完全に冗談で言ったのに予想外の反応が返ってきたからだろう。

そして、ルークの言葉を真に受けたオーウェン達は部屋の端っこでトレーニングを始めた。私の体調を慮《おもんぱか》ってか声も出さず、ただ黙々とトレーニングをする。

「……」

その光景に呆気にとられる私とルーク、そしてセレス。一瞬体調の悪さが全部吹っ飛んじゃったよ。

「どうっ！　ですかっ！　シャノン様っ！　あたたまりっ！　ましたか？」

右手の人差し指だけで腕立てをしながら尋ねてくるオーウェン。

う～ん、あったまったというよりは暑苦しいかな。

だけど、オーウェン達のおかげで一時《いっとき》体のだるさを忘れることができた。

＊＊＊

あれから数日は熱を出して寝込んでたけど、みんなの献身的な看病のおかげで、今日ようやく復活を果たした。

「ふっかつ！」

「うむ、元気なのはいいことだが病み上がりなんだからあまり無理はするなよ」

「は～い」

リュカオンの忠告に素直に返事をする。

「ところでセレス、和平記念式典の招待状とかは届いてない？」

「まだ届いてませんねぇ」

「そっかぁ」

まあ招待状がなくても乱入するからいいんだけどね。伯父様にさえ会えれば私の身分は証明してくれるし。

「どんなドレス着てこうかな……」

式典だしビシッと決めた方がいいよね。

独り言のつもりの呟きだったんだけど、セレスがピクリと反応した。

「ドレス……もしかして着飾っていかれるので？」

「え、うん、そのつもりだけど」

あれ？　なんかまずいのかな……。

セレスの反応で私はにわかに不安になった。

「もしかしてダメだった?」と聞こうと口を開きかけると同時にセレスが言う。

「ついにシャノン様を存分に着飾らせられるのですね!!」

パアッと瞳を輝かせてセレスが言う。

「あ、うん」

「ドレスはどんなのにしますか? 髪型は? あ、アクセサリーも決めないとですね……!」

おお、セレスがノリノリだ。まさに水を得た魚。

「──そうだシャノン様、予行演習してみませんか?」

「予行演習?」

「はい、当日に失敗するといけないのでシャノン様を着飾らせる練習をさせてください。今日、今すぐ!!」

「うん、別にいいけど」

「やったぁ!!」

おもちゃを買ってもらった子どものように喜ぶセレス。

ここまで喜んでもらえると私としても嬉しい。

そのまま着せ替え人形にされるかと思いきや、私が着替えたのはセレスが厳選した一着だけだった。

セレスが持ってきたドレスが一着だけだったことに首を傾げていると、セレスが苦笑する。

「シャノン様は病み上がりなのでそんな着せ替え人形にするなんて真似できませんよ。それに、シャノン様の体力はかなり控えめなので、侍女として徒《いたずら》に体力を削るなんてことはしません」

どうやら、セレスは思った以上に私のことを考えてくれてたようだ。私の侍女さんは優秀だね。

早速、私はセレスチョイスのドレスに着替えた。

「――どう？　似合う？」

「とっっっってもよくお似合いです!!」

「似合ってるぞ」

セレスとリュカオンに褒められて私はご満悦だ。

セレスが持ってきたのは薄氷色のドレスで、ほどよくあしらわれたフリルやレースが上品さを醸し出している。ふわりと広がった形の袖口もポイントだ。

「か、髪の毛も結わせていただいてよろしいですか？」

「もちろん」

セレスが私の髪を編み込んでいる間、私はドレスの上から毛布でグルグル巻きにされていた。

いや、たしかにあったかいけどなんか雰囲気が台無しだよね。

だけどセレスとリュカオンは頑として譲らなかった。二人とも過保護だね。そう言うと二人はこれくらい普通だと言ってたけど。

そして、両サイドの髪の毛がセレスによって綺麗に編み込まれた。

「どう？」

毛布をとり、その場でクルリと回って見せる。

「っっっっっっっっ最ッ高です！！！！」

感涙にむせぶセレス。

そんなセレスを見て、私とリュカオンがちょっとだけ引いちゃったのは内緒だ。

＊＊＊

その日、ユベール本家の邸宅で一人の侍女がヒィッと小さく悲鳴を漏らした。

「ヴィラ様何を……!!」

「はぁ、使用人の分際で私に何度も同じことを言わせないで頂戴」

気だるそうに溜息をつきカツカツと近づいてくるヴィラに気圧され、侍女は後ずさる。すると、カーペットに足をとられ尻餅をついてしまった。

大丈夫？　と声をかけることもなく、ヴィラはただ腰を抜かした侍女に近づいていく。

「事情が変わったから、あなたの記憶を私に差し出しなさい」

「そ、それはっ、禁忌魔法では……!?」

「そうだけど。だったら何？」

心底分からないといったように首を傾げるヴィラ。使用どころか研究することすら法で禁止されている禁忌魔法を使うことに、抵抗感や罪悪感は全くないようだ。

「私が陛下を手に入れるためには必要なことなのよ。あの美しい御方を私だけのものにするの」

まるでそれが決定事項であるようにうっとりと呟くヴィラ。

ヴィラのその様子に、侍女はさらに恐怖心を掻き立てられた。

「きっ、禁忌魔法を使ったら死んでしまいます！」

「あら、大丈夫よ、死ぬまではいかないわ。人が死ぬと後始末が大変だからってお父様がうるさいんだもの」

まるで父親がうるさくなければ人を殺すことをなんとも思わないような口ぶりだ。

「それに、禁忌魔法を発動するのはあなた一人ではないもの」

「え……？」

未だに状況がうまく飲み込めていない侍女に苛立つヴィラ。

「察しが悪いわねぇ」と言ったヴィラは、隣の部屋と繋がる扉を開いた。

その部屋の中を覗き込んだ瞬間。侍女はヒッと声にならない悲鳴を漏らす。

なぜなら、その部屋の中には見知った使用人達が何人も折り重なるようにして倒れていたからだ。

自分と一緒にユベール家に雇われた使用人達が。

「しっ、死んでる……？」

「死んでないわ。さっきも言ったでしょう、人死にを出すとお父様がうるさいって」

ヴィラの言葉で倒れている使用人達を注意深く見ると、たしかに皆胸の辺りが上下していた。

「この者達は何か不手際をしてしまったのですか？」

「不手際？　そんなことしてないわ。だってこれは罰ではないもの。主である私のために命を懸けるのは使用人として当然のことでしょう？」

口だけでなく、ヴィラは本当にそれが当たり前だと疑っていないようだ。

自分達を同じ人間だと思っていないような口ぶりに、侍女は心の底からの恐怖を覚えた。

怯える侍女をよそにヴィラは隣の部屋に向かい、何かを持ってきた。それは、妖しい光を放つ紫色の水晶だ。分厚い布越しにヴィラの両手に載っている。

腰を抜かして動けない侍女の耳元にヴィラの真っ赤な唇が寄せられた。

「大丈夫、ユベール家の禁忌魔法の研究はどこよりも進んでいるわ。絶対に死ぬことはないから安心なさい」

ヴィラはそのまま、甘い毒を注ぎ込むように囁く。

「この水晶にさえ触れてくれれば、ボーナスは言い値で払ってあげるわ。それこそ、一生遊べるくらいの額を。ただし、断ったら――分かるわね」

最後は疑問形ですらなかった。

この時点で、侍女の選択肢は一つしか残されていなかった。

震える手をゆっくりと、不気味な水晶に伸ばしていく。

「そう、いい子ね」

「あっ」

数センチ手前で水晶に触るのを躊躇っていると、最後はヴィラの手に押され、強制的に水晶に触れさせられた。

――瞬間、信じられないほどの脱力感が侍女を襲う。まるで命そのものを吸い取られるような、そんな感覚だった。

床に倒れ込んでもヴィラの視線は光を増した水晶に釘付けだった。床に転がる侍女には興味が失せたとばかりに一瞥もしない。

――ああ、私は仕えるべき主を間違えたんだ。

そこで、侍女はようやく選んだ主が間違っていたことに気が付いた。

ユベール家の黒い噂は知っていたけれど、目先の金に流されてしまったのだ。前の主人に反感を抱いていたこともその決断を後押しした。

――今更気づくなんて……。

その時、侍女の脳裏には一人の少女の姿が浮かんでいた。

わざわざ使用人である自分達のところまで挨拶に来てくれた、小さなお姫様の姿が。

――ごめんなさい、お姫様。

そう思ったのを最後に、侍女の意識は闇に溶けた。

＊＊＊

「――ん？」

何かが聞こえた気がして窓の外を見る。だけど窓からは相変わらずはらはらと降る雪が見えるだけだ。

「シャノン、どうかしたか？」

「いや、何か聞こえた気がしたんだけど……気のせいだったみたい。考えてみたらこの離宮に他の人が来ることなんてないはずなのにね」

「たしかにな」

そう言ってリュカオンがゆらりと尻尾を揺らす。揺れる尻尾をついつい摑みたくなっちゃうけど我慢だ。魅惑の尻尾が視界に入らないように再び窓の外を見る。

そういえば、出ていった使用人達ってどこに行ったんだろう。

皇城に行った時は見かけなかったから、みんな実家に帰ったか他の家に雇われたのだろう。

もうちょっと出会い方が違ったらあの時のみんなともセレス達みたいな関係を築けたのかな……。

なんとなくそんなことを考えてしまった。今さら考えてもしょうがないことだけど。

「どうしたシャノン」

「ん～？　なんでもない」

そう言って何やら調べものをしているリュカオンの背中の上にのしっと乗っかる。

先程からリュカオンはソファーの上で本を読んでいた。そのかわいらしい前脚でページを捲ってるんだから、本当に器用だよね。

「リュカオンさっきから何調べてるの？」

「禁忌魔法についてちょっと、な。どうやら我がいた時代よりも随分発達しているようだったし」

この前神聖図書館で禁忌魔法の本をちょっと読んでたもんね。

この離宮にも書庫はあったから、きっと今読んでる本はそこから取ってきたんだろう。

「ふ〜ん、何か気になることでもあったの？」

「ユベール家に感じた不気味な気配がちょっとな。気のせいにしてはシャノンの怯えようも普通ではなかったし」

「それと禁忌魔法がどう関係あるの？」

そう聞くと、リュカオンのモフッとした前脚がページの上に乗せられた。もしかして指を差しているつもりなのかな。

「ほら、ここに敏感な者は禁忌魔法の気配を感じることがあると書いてあるだろう？」

「うん」

「我やシャノンが感じたのはそれなんじゃないかと思ってな」

……そうかもしれない。あの嫌な感じは絶対気のせいなんかじゃないし。

でも、一応は大貴族であるユベール家がわざわざ禁忌魔法に手を出したりするものなのかな。禁忌魔法は命懸けって聞くし、本人達が使ってるってことはないだろう。ユベール家の周りに不自然な死者が出たら分かるだろうし……。

私が少し不安になったのが伝わったのか、リュカオンがその話題を打ち切った。

「まあ、気を引き締めていく分には問題ない。記念式典にはもちろん乱入するのだろう？」

「もっちろん！」

和平記念式典の十日前になったけど、まだ招待状らしきものは届いていない。このタイミングで招待状が届かないならもう来ないだろう。まあ勝手に行くからいいんだけど。

当日は皇妃としてみっともなくない程度には着飾っていくつもりだ。セレスなんてずっと張り切りっぱなしだし。

今は怯えている場合じゃないと、スゥッと息を吸って気合を入れる。

——記念式典、きっとそこでユベール家との決着がつく。

＊＊＊

いよいよ和平記念式典の当日になった。

今日は着飾るために早起きだ。やる気は十分です。

「セレス、頼んだよ！」

「お任せください!!　シャノン様の魅力を百二十パーセント引き出してみせます！」

セレスもやる気満々だ。若干目が血走ってる気がするけどきっと早起きをしたせいだろう。

むちむちと頬に化粧水を塗り込まれる。

「わぁ、シャノン様のほっぺたもちもちです。毛穴も全然ないし羨ましい……」

私の頬に化粧水やらなにやらを塗り込みながらうっとりと呟くセレス。

「セレス、時間は限られてるから準備は急ぎめでお願いね」

「ハッ！　そうでした、急ぎます」

セレスは一転真面目な顔になり、テキパキと私の準備をし始めた。

——そして、二時間半ほどで私の準備は完了した。

ハーフアップの形に編み込まれた白銀の髪の毛には繊細な髪飾りが着けられていて、この前も着た薄氷色のドレスとの相性が抜群だ。

その場でくるりと回ると、ドレスの裾がフワリと舞い上がる。薄い布だから動きも軽やかだ。だけど決して安くはないので保温性も悪くはない。

「かわいいぞシャノン」

「えへへ、ありがとうリュカオン」

むぎゅっと思いっきりリュカオンに抱きつきたいけどドレスとか髪の毛が崩れそうだから今は我慢だ。

ちなみに、セレスは完成形の私を見た瞬間からうっとりとどこかへトリップしてしまって戻ってこない。そろそろ正気に戻って〜。

だけど、その後部屋に来たオーウェンやルークもセレスと全く同じ反応だった。兄弟だね。

オルガ達も同じ反応だったから血が繋がってるかどうかは関係ないのかもしれないけど。

準備ができた私は使用人のみんなとリュカオンを伴って玄関まで移動した。そしてなるべくドレスの形が崩れないようにリュカオンに跨る。

「――それじゃあみんな、行ってくるね！」

「シャノン様……お気をつけて……」

心配そうな顔のみんなを安心させるように一度頷き、私とリュカオンは離宮を出発した。

離宮には未だ認識阻害の魔法がかけられたままだ。この魔法が発動している間は、外から見ても離宮の中に人影は見えないし、離宮の中の人間の声や生活音も外には聞こえないようになっている。

魔法の範囲外に出てから正面玄関を振り返ってみたけど、やっぱり人の姿は見えなかった。多分まだ見送ってくれてるとは思うんだけど。

「リュカオン、もしかして私、全然離宮に姿がないから逃げ出したとか思われてないかな？」

「……どうだろうな。そもそも我らに関心を持ってこの離宮まで足を運ぶ者がいるとはあまり思えないからな」

「それもそうだね」

この離宮自体辺鄙《へんぴ》なところにあるし。

＊＊＊

今日はいつもより人通りが多かった。今日の式典は一般市民も見に来られるからだろう。参列する貴族に比べたら遠くからにはなっちゃうけどね。

皇城の敷地の隣にある、式典用の広場に向かう人波を縫って進む。認識阻害の魔法を自分達にかけているので、ぶつかったり声が聞こえたりしない限り私達の存在は周囲に認識されない。私は勝手に式典に参加するけど、皇帝かウラノス国王と一緒に登場しないと国民はなんで？　ってなるだろうからね。できれば認識阻害を解くのはこっそり伯父と合流してからにしたい。

『――わぁ、広いね』

思わず念話でリュカオンに言う。

広場は私が想像していたよりも断然広かった。

広場の中心にある白い石畳の場所を囲むように芝生が広がり、さらにその芝生を囲うように石造りの観客席が広がっている。観客席はかなりの人数が座れそうだけどもうほとんどが埋まっている。芝生に設置されている仰々しい椅子達はどうやら参列する貴族達のためのものらしい。こちらはまだほとんどが空席だ。

まあ、貴族は席をとる必要なんてないから早めに来て待つなんてことしないよね。自分達のために用意された専用の席があるわけだし。

さて、伯父様を捜そう。

歩いている最中に漏れ聞こえてきた会話から察するに、何やらトラブルがあったらしくて伯父様達は昨日の夜やっと帝国に到着したらしい。

普通なら親睦を深めるとかの名目でもっと早く来るはずだけど……道でも塞がってたのかな？　まあ、とりあえずは無事に到着してよかった。

伯父様、どこにいるんだろう……。

きっと控室みたいなところがあるはずだから、そこにいると思うんだけど。

リュカオンと一緒に歩きながら周りをキョロキョロと見て伯父様がいそうな場所を捜す。だけどなにせ会場が広すぎるので、気づけば式典開始の十五分前になってしまっていた。

さすがにもう広場の方に来ているだろうと思い、広場の中心部の方まで戻ってきた私達の横をスッと少女が通り過ぎる。

サラリと舞う白銀の髪がやけに気になり、振り向いた先の光景に私は絶句した。

「――え？」

私？

顔も、身長も、髪の色も同じ。鏡の世界から抜け出してきたように私とそっくりな女の子がそこにはいた。そしてその傍らにはリュカオンそっくりな聖獣もいる。

ど、どういうこと!?

『リュカオン、私ってば今夢でも見てるの!?』

『間違いなく現実……のはずだ……』

リュカオンの語尾がいつもより明らかに弱かった。リュカオンも動揺してるんだろう。

これが間違いなく現実だと認識した瞬間、ゾッとするような寒気が私を襲った。

これが夢じゃないなら、これは誰……？

身に着けているもの以外は私と全く同じ彼女、ニコニコと無邪気な笑顔を浮かべているこの子は、一体なに……？

目の前の子は私とは違い、薄桃色のドレスを身に纏っている。よく似合っているはずなのに、今は得体の知れない恐ろしさしか感じない。

ギャラリーも彼女は何者なのかとざわつき始めている。なぜなら、もうすぐ式典が始まるというのに一向に席に着かず、むしろ式典が行われる広場の中心に向かっていっているからだ。

だけど誰も少女に注意することができずにいる。ドレスを見ただけでも高貴な身分の者だと分かるからだろう。下手に注意して厄介事に巻き込まれるのは誰だって避けたい。

それに、堂々と広場の中心にいるからウラノス側の参加者という可能性も否定できず、警備の兵達も自分の判断で注意はできずにいるようだ。多分、今誰かが上の人に確認しに行ってるんだろう。

私とリュカオンはとりあえず認識阻害の魔法を発動させたまま成り行きを見守っている。

すると、ついにゾロゾロと御付きの人達を連れて、私の伯父でもあるウラノス国王が現れた。

とっても美人さんだったというお母様の兄だけあり、もちろんその容姿は優れている。正装をした伯父は、国王としての威厳に満ち溢れていた。

ウラノスにいた頃も顔を合わせたのは数えるほどだけど、それでも小さい頃から見知った顔に安心する。

「――伯父様!!」

…………え？

伯父の姿が見えた瞬間、私のそっくりさんが嬉しそうに伯父に駆け寄った。

「ウラノス国王を伯父様って呼んだぞ。じゃああの子、皇妃様か？」

ギャラリーからそんな声が聞こえてくる。

違う！　あの子皇妃違う!!　あとそれ私の伯父様だから!!　第一私一人っ子だし!!!

一気に頭に血が上る。だけど次の瞬間、そっくりさんのやりたいことが分かり血の気が引いた。

リュカオンが声を荒げて言う。

「シャノン！　こいつはお前に成り代わる気だ！　認識阻害を解くぞ」

「うん！」

ここでとりあえず様子を見るのは悪手だとリュカオンも判断したんだろう。本物ならどうしてすぐに名乗り出なかったんだって話になっちゃうからね。

認識阻害を解くと、観衆の前に私達の姿が晒される。

私とリュカオンの姿が現れた瞬間、困惑のざわめきが場を包んだ。なぜか私のそっくりさんも驚いたような顔をしている。だけど、彼女はすぐに取り繕ってきょとんとした顔になった。……思考が全然読めない。

「――皇妃様が、二人……？」

にわかに緊迫し始めた空気の中、観衆の誰かが呟いた声がやけにハッキリと私の耳に届いた。

顔には出さないけど、伯父様も見分けられないようで、私と彼女を見比べている。もちろん周囲からは分からないようにだけど。ただ、私から見ても本当にそっくりだから外見だけで判別するのは無理だろう。

伯父様は私の顔を知っているから会ったら皇妃だって証明してくれると思ってたんだけど、まさ

かこんなことになるなんて……。

完全に予想外だ。

『シャノン、気をつけろよ』

『うん』

もし私がここに来ていなかったらと思うとゾッとする。

ここにいなかったら、私は知らないうちにこの子に取って代わられていたんだろう。顔を完全に変える魔法なんて普通は使えないし使わない。だから、もし私がここで現れなければこのそっくりさんは何の疑いもなく皇妃であると認められていたはずだ。

考えただけでも恐ろしいね。

だけど弱気になっている場合ではない。お腹に力を入れ、キッとそっくりさんを睨み付ける。すると、そっくりさんは怯えたように伯父様の後ろに隠れた。

白々しい！　白々しいよ!!

シャノンちゃんはこんな美少女に睨まれたくらいで怯えるタマじゃないし、盾にできるほど伯父様と親しくもないぞぉ!!　こちとらずっと離宮に閉じこもってたんだからなぁ!?

だけど、今のそっくりさんの行動で少しだけ安心もした。記憶や人格はコピーされてないって分かったからだ。

私はそんなことしないからそいつは偽者だよって言いたいけど、今この場には伯父様も含めて私の性格を知っている人が誰もいない。伯父様とはそこまで関わりがないのが悔やまれる。

つまり、別の方法で私が本物だと証明しなければならないわけだ。

はぁ、あのペンダントが盗まれちゃったのは痛かったなぁ。

あれがあれば一発で私が本物だって証明できたんだけど。あ、でも盗まれたって言われたら意味ないか。現に私も盗まれちゃってるわけだし。

にわかに緊迫し始めた空気の中、最初に口を開いたのは伯父様だった。

「——いつの間にか私の姪が増えているな。それとも、片方は私の姪に化けた狐なのか……」

伯父のその言葉にもそっくりさんはどこ吹く風だ。徹底してるね。私に成り代わるのは諦めて女優にでもなったらどうかな。

そして、そっくりさんが口を開く。

「伯父様、信じてください！　私が本物のシャノンです。後から出てきたあの子が偽者なんです！　だって、どこからか姿を現して……何か怪しい魔法を使ってるに決まってます！」

私のぷりてぃーふぇいすを完璧にコピーしてくれちゃって。一体どんな魔法を使ったんだか。隣にいるリュカオン擬《もど》きも気になるところだ。

「それはあなたでしょ……！」

こちらを睨んでくるそっくりさんをキッと睨み返す。私の顔だから睨んでも全く迫力はないはずなのに、やはりその体からは得体の知れない不気味なオーラが伝わってくる。

なんだ！　やんのか！　こっちにはリュカオンがいるんだぞ!!

私は精一杯威嚇をしたけど、どうやら相手には伝わらなかったようだ。微塵も怯んだ様子がない。

『シャノン、お前が威嚇してもかわいらしいだけだぞ』

『ぐぅ……。ところでリュカオン、どうして念話なの？』

『ここで大っぴらに神獣だと言うと反感を買いそうだからな。まだ大人しくしておく』

『なるほど』

最初の頃に反感を買いまくった経験が生きてるね。

だけど、私を本物だって証明する方法がなかなか思いつかない。元々伯父頼みだったからなぁ。

その頼りの伯父も、冷静を装ってはいるけど内心は動揺しているはずだ。見た目じゃ私達、完全に見分がつかないもん。

いつの間にか兵達が私達を囲んでいたけれど、どちらを捕まえればいいのか判断しかねているようだ。適当に捕まえても二分の一の確率で偽者を当てられるけど、外したら本物の皇妃を捕えることになっちゃうもんね。リスクが大きすぎて誰も動けないでいる。

『リュカオン、会場の反応的にはどんな感じ？』

『まだ困惑している者がほとんどだな。だが、ちらほら聞こえてくる話し声からするにあちらを本物だと思っている者の方が多そうだ』

『やっぱり？』

『ああ。ウラノス国王に駆け寄る姿は自然だったし、突如現れた我らを怪しんでいるようだ』

『うへぇ……』

完全に劣勢だ。

ピンチだけど、ここで押し切られちゃったらもう挽回する機会はないかもしれない。今が踏ん張り時だ。背中を伝う冷や汗も無視無視。お姫様は汗なんてかかないから。

そこでふと、真実を見通すという教皇の噂話を思い出した。結局会うことも仲間にすることもできなかったけど。

あ〜、教皇様を仲間にできてたらな〜。

噂の真偽はついぞ分からなかったけど、半ば神格化されている教皇様の言葉をこの国の人が疑うとは思えないし……。

——って、ねぇ兵士君達？　なんでみんなしてジリジリこっちに寄ってきてるの？　偽者はあっちなんですけど。

誰かが「あんなに威厳のない子が皇妃様のわけない」ってコソコソ話してるのが聞こえた。

やっぱり威厳か。威厳がないからなのか……。

シャノンちゃんちょっとショックだよ。そして全く同じ見た目なのに偽者の方がオーラがあるって民に判断されたのもショックだよ。

「——ふっ」

そっくりさんも同じ呟きが耳に入ったのか、私にしか見えないようにこっそりほくそ笑んでた。

ねー!!　今の誰か見た!?　見てないの？　私あんな性格の悪そうな顔しないんですけど!!

一瞬で元の顔に戻ってしまったため、その顔を見たのは私とリュカオンだけだったようだ。上からも絶妙に表情が見えない角度だったたし。

若干私が不利なまま膠着状態に突入しようとした時、ハッキリと通る声がその場の空気を切り裂いた。

「――皇帝陛下がいらっしゃいました‼」

「「！」」

その場全員が声のした方を向いた。

皇帝陛下……顔を合わせるのは結婚式の時以来だ。いや、正確に言えば結婚式の時も顔は合わせてないいんだけどね。私は分厚いカーテンを被っていたから。あれ絶対遮光だよ。

初めて旦那さんの顔を拝むのがまさかこんな奇妙な状況になるなんて思ってもみなかった。

そして、ついに皇帝陛下が姿を現した。

「――へ」

陛下の顔を見た瞬間、私はまぬけな声を上げる。だけどその声はそっくりさんの嬉しそうな声にかき消された。

「陛下！」

伯父の後ろに隠れていたそっくりさんが皇帝のもとに駆け寄っていく。その嬉しそうな姿を私は冷静に見守っていた。そっくりさん、面食いなのかな……。

白髪に水色の瞳をした陛下はかなりお顔が整っていた。私が今まで会った人間の中でもトップクラスの美貌だ。そっくりさんの目がハートになっちゃうのも頷ける。

彼女が皇帝の腕に手をからませようとすると、皇帝が軽く手で制す。それに彼女はどうして？と言いたげに首を傾げる。我が顔ながら、なかなかかわいいな。

そっくりさんから一歩離れ、皇帝は冷静に言った。

「どうやら奇妙なことになっているようだね。いつの間にか我が国の皇妃が増殖していたようだ」

あれ？　皇帝って私の顔知ってたっけ？　よく皇妃って分かったね。事前に騒ぎの内容の報告を受けてたのかな。

「まあ、それは冗談として、どちらかが皇妃に化けているようだな」

「陛下！　私が本物です！　信じてください!!」

祈るように手を組み、上目遣いで皇帝を見上げるそっくりさん。

『あざといな』

『あざといね』

念話でリュカオンと言い合う。

かわいさで皇帝の信用を勝ち取ろうとしてるのが手に取るように分かった。

「――なにあの子……」

「皇妃様があんなことするかしら」

そう思ったのは私達だけではないようで、そんな呟きがギャラリーの方から聞こえてくる。

私の顔をしてるだけあってたしかにかわいいけど、どうやら女性達からは不評みたいだ。

女性達の呟きを聞いたそっくりさんから、一瞬だけスッと表情が抜け落ちた。すぐににこやかな表情に戻ったけど、その表情の恐ろしさにゾッとする。

絶対内心ブチ切れてるよ……。

化けの皮からちょいちょい見え隠れする本性が怖すぎる……。シャノンちゃんホラー苦手なのに。

だけど、そっくりさんはギャラリーの女性達の言葉にもめげなかった。

「陛下、私嘘なんかついていないんです……」

うるうると目を潤ませ、再び皇帝を見上げるそっくりさん。器用だね。

どうやったらそんなすぐに目を潤ませられるんだろう……。

私もやってみたけど全然涙は出なかった。からっからだ。

『……シャノン、急に目を見開いてどうした……』

『なんでもない』

私にあざとい仕草はハードルが高かったらしい。

私がリュカオンとそんなやり取りをしていると、皇帝が私のそっくりさんを見下ろした。そして全人類がうっとりするような微笑みを浮かべてそっくりさんに問いかける。

「君、本当に嘘ついてないの？」

「は、はい！」

そっくりさんも目がハートだ。皇帝にメロメロなんだね。

「そう。……そっちの君は？」

皇帝の視線がこちらに向いた。

「私も嘘なんかついてません。私が本物のシャノンです」

「嘘よ！　だって——」

「君、ちょっと静かにしようか」

皇帝が何かを言おうとしたそっくりさんを制止する。

「あくまでどちらも本物だと主張するわけだ」

皇帝の問いかけに、私とそっくりさんはコクリと頷く。

すると、皇帝はちらりと私の方を見て周囲には分からないほど素早くウインクをした。

……もしかして皇帝、私達の見分けがついてる……？

なんとなくそんな感じがした。仮にも皇妃が増えたにしてはやけに冷静だし。何か目的があって、あえて分からないフリをしているのかもしれない。

「どちらが本物なのか証明する前に、もう一人ゲストがいるからその方を先にお呼びしよう」

皇帝のその言葉に観衆が再びざわめき出す。

それもそうだろう、どうしてこのタイミングでゲストを呼ぶのか分からないもん。

「お越しください」

皇帝がそう呼びかけると、再び十人ほどの集団が現れた。その先頭を歩いている人はベールを被っているのでその顔は見えない。背格好からして男の人だと思うんだけど……。白くて高そうな神官風の服は体のラインが出ないのでいまいち分かりにくい。

あれは一体誰なんだろうと思う私とは対照的に、民はすぐに当たりがついたようだ。

「ベールの方の後ろを歩いてるの……あれって枢機卿達だよな……」

「ああ、俺枢機卿が誰かの後ろを歩くの初めて見た」

「ってことはあれ……」

枢機卿を従わせられる立場にいる存在、それはただ一人だ。

——教皇様だよな……。

そんな呟きがどこからか聞こえてくる。

ベールの人の正体を察した民達は次々に膝を折り、跪き始める。誰に言われることもなく、自主的に。

教皇さんが心の底から民に敬われているのがよく分かる光景だった。

教皇さんだと思われる人からはどことなく神聖なオーラを感じるから、この国出身ではない私にも跪きたくなる気持ちは分かる。私は皇妃だからできないけど。

そっくりさんはどうするんだろうと思いちらりと見てみると、彼女は信じられないものを見る目で教皇さんを見ていた。その口が小さく「なんで……」という形に動く。声は出してないけど。

なんでっていうのは、どうして表舞台には決して顔を出さない教皇さんがここにいるのかってことかな。それとも別の意味が込められているのか……。

「なぜここに私がいるんだ、とでも言いたげな顔だな——ヴィラ・ユベール」

「！」

そっくりさんの方を見て教皇さんが言った。

瞬間、会場が一気にざわめき出す。

「ヴィラ・ユベールってユベール家のあのお嬢様か!?」

「全然印象が違う……」

「もしかして、ヴィラ・ユベールが皇妃様に化けてるのか……？」

そんな声が耳に入ったのか、そっくりさんが慌てて弁明する。

「ち、違う……！　私は本物で――――！」

「教皇猊下のお言葉を否定するおつもりですか」

教皇さんの後ろに控えていた枢機卿の一人が、そっくりさんの言葉に食い気味に反応した。

枢機卿の一人、黒髪の男性がそっくりさんをまっすぐ見据える。

「噂の通り、猊下の瞳は真実を見通します。そして猊下にはこの場で嘘をつく理由がない。この意味、もうお分かりですよね？」

真顔のまま表情をピクリとも動かさずに言い放つ男性。

それに気圧されてか、そっくりさんがうぐっと言葉に詰まる。

おおおおお！　いいぞいいぞ！　もっとやれ～！

すまし顔のままの私の内心は拍手喝采だ。場の空気を読んで表情は変えてないけど、シャノンちゃんは全力で枢機卿さんを応援しております。

完全に形勢逆転したけど、そっくりさんはしぶとかった。

「その方が本物の猊下だという証拠は……？」

その質問に黒髪の枢機卿さんが不快そうに片眉をクイッと上げる。

「我ら枢機卿がこうして従っている。これ以上の証拠がどこに？」

「たとえ本物の猊下でなくてもあなた方が従っているように見せれば本物のように見せかけることは簡単なのでは？」

「――枢機卿も軽く見られたものですね。我らの頭は誰にでも下げるほど軽くはありません。枢機卿としての矜持がありますので、教皇猊下以外の後ろに付き従うことはありません」

どうやらそれは有名な話らしく、多くの人が黒髪の枢機卿さんの言葉にうんうんと頷いている。

「貴女こそ先程からこちらのお方を偽者だと決めつけているようですが、それこそどこに証拠が？

――まるで、猊下がもうこの世にはいないことを知っているような口ぶりで、それこそ不思議なのですが」

「！」

これまでそっくりさんが貼り付けていた無邪気そうな笑みが引きつる。

お？　なんだなんだ？　何が起こってるのか分からないけど私はそっくりさんを追い詰めているっぽい枢機卿さんを応援するばかりだ。

枢機卿さんがんばれ～!!

フレッフレッと心の中で枢機卿さんを応援していると、無意識に両手が小さく動いてしまっていたらしい。

そんな私を皇帝がこっそりと微笑まし気に見守っていたと、後にリュカオンから教えてもらった。

黒髪の枢機卿さんと私のそっくりさんが睨み合う。

先に口を開いたのは枢機卿さんだった。

「実は、私達は猊下が既にこの世にいないと思っている方々には心当たりがあるんですよ」

「心当たり……？」

怪訝そうに呟くそっくりさん。

たしかに、そっくりさんがあそこにいる教皇さんを偽者だと断定しているのは不思議だ。ギャラリーがなんの疑いも持たないくらいに神聖なオーラを教皇さんは纏っている。それに、枢機卿なんて特に信仰心が篤い人だろうし、偽者の教皇さんのためにここまでムキになるとは思えない。

そっくりさんが何も言わないので枢機卿さんはそのまま話を続ける。

「少し前、教会本部に不審者が侵入しようとしたことがあったんです。かなりの手練れでしたが、我々教会にも腕に自信のある者は少なくないので難なく捕えることができました」

「……は？」

枢機卿さんの言葉に、そっくりさんが蚊が鳴く声くらい小さく反応した。心なしか少し顔色も悪くなった気がする。

「平和的に話し合ってみると、どうやらその不審者は暗殺を依頼された者だったんですよ――あろうことか、我らが教皇猊下の暗殺を」

そう言った黒髪の枢機卿さんの声には明確な怒気が込められていた。そして、教皇さんが害されようとした事実に観衆からも怒りの声が上がる。

「捕えた暗殺者と穏便に話し合った結果、その方は教皇猊下を暗殺したと思い込んでくれました」

ん？　どういうことだ？

『リュカオン、なんで話し合っただけで暗殺者さんが教皇さんを暗殺したと思い込むの？』

『……シャノン、そこは深く考えるな。奴はオブラートに包んで話しているだけだ』

『あ、なるほど』

権力のあるところには闇もあるって話だね。帝国の国教ともなれば暗殺者からスルッと話を聞き出したり、思考をちょこ～っと弄っちゃう秘術もあるわけだ。この藪は蛇しか出なさそうだから突くのはやめておこう。

シャノンちゃんまだ十四歳だし。

『深くは考えないことにするよ』

『それがいい』

リュカオンがよくできましたとでも言うように尻尾で私をポンポンと叩く。

枢機卿さんのターンはまだ終わらない。

「もちろん、プロの暗殺者でしたから依頼人がいます。彼は快く依頼主を教えてくれましたよ。ユベール家当主だとね」

「そんな……！」

「彼は依頼を達成したと思い込んでいますから、もちろん達成報告に向かいました。そして報告に向かった彼を尾行するとユベール本家の邸宅に辿り着いたんですよ。――当主、貴方は彼を快く迎え入れていましたね？」

枢機卿さんが視線を向けた先には、騎士達に囲まれたユベール家当主とその息子、ダリルの姿があった。

ウラノス王国を嫌っているユベール家は不参加のはずなのに、どうしてここにいるんだろう……。

そう思っていると皇帝が説明してくれた。

「和平記念式典なのに欠席とかいうふざけた真似をしてくれたユベール君達だけど、話を聞きたいから連れてきてもらったんだよ。……娘も招集したはずなんだけど、どうして来てないのか説明してもらおうか？」

前半は私に向けて、後半はユベール家の当主に向けての言葉だ。

「我が娘は体調を崩して伏せっております。それでも出向けとおっしゃいますか？」

「君達はたかがささくれでも体調不良って言うでしょ。それに、元気なのに貴族の義務とも言える式典への出席をサボろうとした君達がそんなこと言う？」

ハッと鼻で笑う皇帝。完全にユベールを煽ってる。嫌いじゃないよ、その対応。

「まあいいや。せっかく来たんだから猊下を狙った暗殺者が君のところに依頼達成報告をしに行った件の弁明でもしてけば？」

投げやりに話を振る皇帝。

それに不満気に顔を歪めつつもユベール家の当主が口を開こうとしたけれど、それは私のそっくりさんの声によって遮られた。

「──そんな！　ユベール家の方々が教皇様を暗殺しようとしたなんて……！　私、怖い……」

「……は？」

そっくりさんの言葉に唖然としたのは、私達だけじゃなくてユベール家の二人もだった。

ヴィラがユベール家の二人と一緒にこの場に現れなかったことからしても、私の姿に化けているのはヴィラ・ユベールで間違いないはずだ。

ヴィラ・ユベールがユベール家を切り捨てるような発言をした……？

ヴィラはユベール家のために動いていると思ってたから、今の発言には驚いた。それはユベール家の二人も同じみたいだけど。

二人目を見開いて私のそっくりさんの方を見ている。だけど、そっくりさんはどこ吹く風で一度も二人の方を見ようとはしない。

ヴィラ・ユベールは一体何がしたいんだろう……。

実家をも容赦なく切り捨てるその姿に、恐怖と同時に寒気を覚えた。

『おいおいこの娘、いとも簡単に家族を切り捨てたぞ……』

リュカオンもドン引きしてる。ふわふわな毛も若干逆立っちゃってるよ。

さり気なくリュカオンを撫でて逆立った毛の流れを直してあげる。よし、元通り。

すると、これまで黙っていた教皇さんが口を開いた。

「──なるほど、まだ自分が本物だと言い張るつもりか」

「……」

そっくりさんは何も言わない。だけど、表情がその通りだと主張している。

「そうか、ではまずはそなたが偽者だと証明することから始めようか」

教皇さんの言葉にそっくりさんの体がピクリと反応した。だけどすぐにやれるものならやってみろとでも言うような態度になる。肝の据わり方が尋常じゃないね。まあ、そもそも仮にも皇妃に成り代わろうとしてる人だもん、それくらい肝が据わってないとそんなことできないだろう。

このそっくりさんを完全に下すには、なかなか骨が折れそうだ――

にしても、教皇さんはそっくりさんを偽者だと証明するって言ってるけど、一体どうするつもりなんだろう。

内心首を傾げていると教皇さんの顔がこちらに向いた。ベール越しだから、顔は輪郭がぼんやりと分かる程度だ。

「――と、その前に、これは小耳に挟んだ話なのだが皇妃様は神獣様と契約していると言っていたそうだ。二人は一見全く同じ狼を連れているが、それは聖獣か？」

「！」

何気なく切り出されたそれは、私にとって一番されたくない質問だった。

どうしよう……。

リュカオンを神獣だと言った瞬間に何人もの人に態度を変えられたのが私の中ではちょっとしたトラウマになっている。

私がどう答えようか迷っているのを感じ取ったのか、そっくりさんは先んじて教皇さんの質問に答えた。

「はい、私が連れているのは聖獣です。ここに来た当初はこの国のことに疎く、早く馴染もうとしてこの子のことを神獣だと言ってしまったんです。この国の方々がどれだけ神獣様のことを大切に思っているのかを知った今では反省しかありません……」

しおらしく言って瞳を潤ませるそっくりさん。庇護欲の誘い方がうまい。

「そうか、君はどうだ？」

私が答える番が来た。

ど、どうしよう……。

すると、私の背中がポンと叩かれた。皇帝だ。

「大丈夫だよ。素直に答えたらいい」

皇帝は私を落ち着かせるように微笑む。その微笑みに勇気をもらった私は腹を括った。

リュカオンを見ると、コクリと頷かれる。

「――私の契約しているこの子は、正真正銘の神獣です」

言った！　言ってやったぞ!!

拳をぎゅっと握りしめ、ふんっと息を吐く。だけど、そんな私をそっくりさんはどこか勝ち誇ったような顔で見ていた。

そして、会場もにわかに騒がしくなる。

「――どういうことだ？　神獣様？」

「本当なのか？」

「いや、さすがに嘘だろう……」

「ってことはさっき素直に謝罪したあちらの方が本物の皇妃様なのか……？」

そんな話し声が聞こえてくる。

また信じてもらえないのかな……。

少し胸がキュッとする。すると、私の背中を大きな手がポンポンと優しく叩いた。皇帝だ。

「大丈夫だよ。見てな」

「え？」

聞き返した私の声は民衆の騒めきにかき消されて皇帝には届かなかったようだ。

皇帝は教皇さん達の方に目配せする。

皇帝の目配せに対してコクリと頷いた黒髪の枢機卿さんは、よく通る声で民衆のざわめきを切り裂いた。

「静粛に！」

その一言で話し声はピタリと止まった。

そして、いつの間にか教皇さんの斜め後ろに戻っていた枢機卿さんが教皇さんに言う。

「猊下、話の続きをどうぞ」

「ああ。――皆、今このそっくりな二人の意見が分かれたのは聞いたな。そこで、私はこの場に来てから今までずっと我慢していたことがあったのだが、それを今させてもらおうと思う」

今までずっと我慢してたこと？　なんだろう。

首を傾げていると、教皇さん達一行はどんどんこちらに近づいてきた。

おおお、圧がすごい。

思わずしゃがんでリュカオンに抱きついてしまった。当然、私の顔は立っている教皇さん達よりも大分下の位置にくる。

だけど次の瞬間、教皇さん達の頭が私達よりも下にいた。

「――え？」

なんてことはない。教皇さん達が私達……というかリュカオンの前に跪いたのだ。いや、なんてことあるよ！

思わず自分で自分の思考にツッコんじゃうくらいに私は混乱していた。

いやだって、皇帝と並ぶほどの権威の持ち主が目の前で跪いてるんだよ？　夢なんじゃないかと思ってリュカオンに抱きつく。あったかい。クンクンと匂いを嗅いでみる。うん、いい匂い。

どうやら夢じゃないみたい。目をくしくしと擦って見ても同じ光景が広がってるし。

「わぁかわいい」

「？」

小さい声で何かが聞こえた気がして上――皇帝を見る。だけど「どうしたの？」と言わんばかりの澄まし顔をされてしまった。空耳だったのかな？

そして私が視線を戻すのと、教皇さんが口を開くのは同時だった。

「――ご挨拶が遅れて申し訳ありません神獣様。お姿を拝見することが叶ったことに我ら一同、幸《こう》甚《じん》の至りにございます」

「うむ」

相手に合わせてかリュカオンも少し仰々しい返事をした――と見せかけてこのお返事の仕方は通常運転だ。

リュカオンももう声を出してもいいって判断したみたいだね。

「し、しゃべった……!!」

「言葉を発する聖獣なんて聞いたことないぞ」

「じゃあ本物の神獣様なのか？」

「いや、ウラノスの特殊な聖獣かもしれないぞ」

「だが猊下が跪かれているんだぞ。それが何よりの証拠じゃないのか？」

教皇さんの行動にギャラリーも混乱を極めているようだ。そして、そっくりさんも。

教皇さんが跪いたことに驚愕したように何度か口をパクパクさせた後、そっくりさんはようやく声を発した。

「そ、そうですよ！　たしかに言葉を発したくらいでは神獣の証拠としては弱いです。失礼ながら猊下が頭を下げたのだって十分な証拠にはなりません!!」

必死に訴えるそっくりさんは、今の発言で信仰心の篤い人達の反感を買ったことには気づいていないらしい。

「……そうか。では、人の姿になることができたら？」

「へ？　そんなことできるわけが……」

「ミスティ教に受け継がれる神獣様についての書の中には、神獣様は人の姿をとることもできると記されている。どんなに特殊な聖獣でも人の姿をとることができないということは周知の事実だ。つまり、今ここでこちらの神獣様が人の姿をとることができたら、それが神獣であるという証拠だ」

そっくりさんを見据えて教皇さんが言う。

だけど、それを聞いたリュカオンは眉間にシワを寄せた。

「なぜそれが教会の書物に残されているのか知らんが、人型になるのは断る。なぜなら、我らはもう二度と人前で人の姿になることはしないと決めたからだ」

どこか悲しみを帯びた、低い声でリュカオンが言い放った。

それを聞いて喜んだのは私のそっくりさんだ。

「ふふ、やっぱりそんなことできないんじゃないですか。やっぱり神獣様と偽っているけどあちらが連れているのはただの聖獣なんですよ」

みんなに聞こえるようにか、一際大きな声でそっくりさんが言った。それに応じて民衆の騒めきも再び大きくなる。

再び私を疑う声が大きくなったことにリュカオンが少し俯く。私はそんなリュカオンの頭をよしよしと撫でた。

「リュカオンがやりたくないことなんてやらなくてもいいの」

人間の姿になれるなんて私にも隠してたことなんだし、どんな理由があるのかは知らないけどリュカオンにとっては絶対のタブーなんだろう。

私はそんなに嫌なことをリュカオンにやらせる気はない。

リュカオンはグッと少し声を漏らすと、大きく息を吐いた。

「ハア～、すまないシャノン、やはり人型になろう。むしろ、我が最初からそうしていればこんなことにはならなかったのかもしれない。ただし、我が人型を見せるのは今回の一度だけだ」

「え？　リュカオンいいよ！　リュカオンに何かあったら……」

「いや、人型になったところで我の体はなんともない。ただ苦々しい記憶を思い出すだけだ」

そう言ったリュカオンの声には、どこか後悔の色が滲んでいた。

決断から行動までが爆速のリュカオンは、私に四の五の言われる前にと思ったのか次の瞬間、眩い光を放ちながら人の姿に変化した。

「！」

眩しさに一度目をギュッと瞑り、光がおさまってきた頃にゆっくりと開く。するとそこには、およそただの人間ではありえないほどの神々しさを纏った男性が立っていた。

リュカオンの毛の色と同じ銀色の髪に、紫色の瞳をした男性を見た瞬間、人々は自然と膝を突いて頭を垂れた。それほどまでに、リュカオンの纏っている神聖な雰囲気は絶対的だったのだ。

――そしてもはや、その場にリュカオンが神獣ではないと疑う人間は誰もいなくなっていた。

私もつい跪きそうになったけど、ふわっと私のお腹に手が回ってきて止められた。

「シャノン、お前まで跪こうとしないでくれ。我が寂しいだろ」

「リュカオン……」

暴力的なまでに神々しい美青年がふわりと私を抱き上げ、自分の片腕に私を座らせる。銀髪の髪に紫の瞳……人の姿だけど間違いなくリュカオンだ。やってることもリュカオン《保護者》だし。

「ずっと立っていて疲れただろう。少し休んでいろ」

「あ、ありがとう」

みんなのつむじを見ながら休めと？　と思ったけど、自分の虚弱さは分かっているのでありがたく休憩させてもらう。

全員が跪いてると思ったけど、そのまま立っていた人間がただ一人いた。私のそっくりさんだ。

そっくりさんはキッと私を睨み付ける。だけどリュカオンも負けじとそっくりさんを睨み返した。

そんなリュカオンの圧に負け、そっくりさんが一歩後ずさる。

「――っ！　わ、私の契約獣だって神獣です！　この国に来たばかりの時に言ったけどみんなに信じてもらえなかったから、どうせここでも信じてもらえないだろうと思ってさっきは嘘をついたんです……」

絶望的な状況なのにそっくりさんはまだ諦めていなかった。そして、奇しくも私が悩んでいたのと同じような言い分だ。

しかし、リュカオンが神獣だと確定されたこの状況においてそっくりさんの言葉に耳を貸す人間

は誰もいない。

追い詰められたそっくりさんは自分の傍らにいたリュカオンそっくりの聖獣をギョロッと見る。

「あんたも人型になりなさい！」

「なにを……！」

そんなの無茶だと私が止める前に、そっくりさんに怒鳴られた聖獣は「キュ～……」と鳴いて魔法を行使した。

だけどもちろん、ただの聖獣が人型になれるはずもない。そして無理に魔法を行使しようとして力尽きたんだろう、リュカオンそっくりの聖獣がバタンと倒れ込んだ。

どうやら気絶してしまったようだ。

次の瞬間、リュカオンそっくりな姿をしていた聖獣は、尻尾の先から徐々に狐の姿へと戻っていった。気絶したことで姿を変えていた魔法が解けたのだ。

「！」

そして現れた狐の聖獣はとてもくたびれていて、私は無意識に息を呑んでしまっていた。

リュカオンの腕から下り、慌てて狐のもとへと駆け寄る。

とてもぐったりとしたその姿は、お腹が微かに上下していなければ生きているのか死んでいるのか見分けがつかないほどだ。相当無理をしたんだろう。

とりあえず死んではいないことに一安心。

――そして、魔法が解けたのは狐だけではなかった。

私のそっくりさんがいた場所に現れた赤い髪の毛をした女性。それは間違いなくヴィラ・ユベールだ。

大人びたその顔立ちに薄桃色のかわいらしいドレスはどこか不釣り合いだった。ヴィラも自分にかかっていた魔法が解けたことに気づいたのか、もはや演技もやめて憎々し気に顔を歪めている。

ヴィラの姿に気づいたギャラリーは再び、思い思いに話し出す。

「あれは……ヴィラ・ユベール……」

「ユベール家の令嬢が皇妃様に化けていたのか」

「大貴族がなんでこんなことを……」

もはやヴィラが私に成り代わるのは絶望的な状況だ。この場にいる誰もが私とヴィラの見分けがついてしまってる。

ヴィラももう足掻いても無駄だと分かったのだろう、もう無理な演技を重ねるようなことはしなかった。だけどその代わりに何を考えているか分からない不気味な笑みを浮かべている。

「ふふ、うふふふふっ――あーあ、うまくいくと思ったのに」

不気味な笑い声が突如止み、ヴィラはどこか投げやりにそう言った。

「てっきりもう本物の皇妃は逃げ出したと思ってたのに。なんでこのタイミングで戻ってきたのかしら……いえ、ずっといたけれど見えてなかっただけかしら。神獣がついているならそんなこともできるものね」

どうやら一応私の動向も気にされてたらしい。いつ見に来てそう思ったのかは知らないけど、セレスの故郷に行っている時の離宮はからっぽだったし、その後は認識阻害の魔法を離宮全体にかけてたからそう思うのも無理はない。

なるほど、私がもう戻ってこないと踏んでたから皇妃に成り代わるなんて無茶な作戦を実行したのか。さっき私が現れた時ヴィラも驚いてたし。

不気味な笑みを浮かべたヴィラが足を進めながら話す。

「それに、まさか死んだと思っていた教皇も出てくるとは思わなかったわ。暗殺者にターゲットを殺したと思い込ませるなんて、一体どんな手を使ったのかしら。教会もなかなか薄暗いところがあるじゃない」

ヴィラの進む先にいた人々がサッとその場から離れたので、空いた貴族用の椅子にヴィラはふわりと腰かけた。

「――さて、今なら特別になんでも話してあげるわよ？」

すらりと長い足を組み、ヴィラはそう言った。

「……なんで私に成り代わろうなんて……。ユベール家贔屓の政治でもしようとしたの？」

「うふふ、いいところを突いてるけれどまだお子ちゃまね。お父様とお兄様はそう説得したけど、私の真の目的はそうじゃないわ」

「じゃあ何？」

そう聞くと、ヴィラは宙を見ながら独白し始めた。

「私はね、何よりも美しいものが好きなの。洋服、宝石、アクセサリー、そして人間も。美しいものは何時間でも眺めていられるし、醜いものはほんの少し視界に入るだけでも嫌」

忌々し気にそう言い放ったヴィラは一転、うっとりとした表情になった。

「そして、私は出逢ったの。この世で一番美しい人間――皇帝陛下にね。一目惚れだった。陛下を一目見た瞬間から何がなんでも、どんな手を使ってでもこの方を手に入れるって、この人の妻になるって決めたの」

言い終わると、ヴィラは鋭い目つきで私を見た。

「だから、何の苦労もせずに陛下の妻の座に収まったあなたが妬ましくて妬ましくて仕方ないのよ」

「言いたいことはそれで全部か」

リュカオンがヴィラを睨みながら言い放つ。

しかし、神獣であるリュカオンに睨まれているにも拘らずヴィラはどこ吹く風だ。

「ええ、これで全部よ。……言いたいことはね」

「？」

なんか不穏な響き……。

嫌な予感がすると思ったら突如、私の眼前にものすごい勢いでナイフが迫っていた。ヴィラが忍ばせていたナイフを投げて魔法で加速させたのだ。

――避けられない……!!

いくらリュカオンのおかげで強い魔法が使えるようになったとはいえ、反射神経までは鍛えられない。

眼前に迫るナイフが、どこかスローモーションのように見えた。

キンッ
「――いやいや、なに人の奥さん殺そうとしてくれちゃってるの」

ギュッと、温かいものに抱き込まれる。

「しかも、俺の目の前で」

そう言って皇帝は足で弾き飛ばしたナイフを拾い上げ、その刃先を見る。

「ご丁寧に毒まで塗布してくれちゃって」

やれやれと言いたげにそう呟く皇帝。

いやいや、今皇帝ってば、一切魔法を使わずに魔法でブーストされたナイフ弾き飛ばしたよ？

一歩間違えたら自分の足に刺さるところなのに、どんな動体視力と身体能力してるんだろう。

絶対にそんな場合じゃないのは分かってるけど、思わず突っ込みたくなっちゃった。

振り返ると、ヴィラは周囲を囲んでいた騎士達によって地に抑え込まれていた。

「ぐっ！　たかが騎士風情が私に触れるなんて……！」

拘束されたままに憎々し気に呟くヴィラ。そんなヴィラのもとにリュカオンが向かっていった。

リュカオンは腕を組み、ヴィラを見下ろす。

「騎士風情とは言うが、そなたの家はもう取り潰しを避けられないだろう。皇妃に成り代わろうとし、衆目の前で皇妃を亡き者にしようとしたのだ。しかも、我の契約者である皇妃を。その罪は重いぞ。……他人に成り代わってまで皇帝の妃になりたかったか」

「ハッ、当たり前じゃない。あの美しい皇帝を手に入れられるのならば少し顔が変わるくらい構わないわ。幸い皇妃の顔も悪くはなかったし」

「その顔になるために何人犠牲にした……」

「あら、殺してはいないわよ。みんな虫の息だけど」

死んでないいんだからいいでしょ？　と、言い放つヴィラ。周囲の人間を自分の願いを叶えるための道具としか思ってなさそうなその姿にゾッとする。

「何故殺さなかった。さすがに良心が痛んだか」

「？　そんなもの痛むわけないでしょう。私は道具を道具として使っただけだもの。道具が死なないように調節したのはお父様がうるさいからよ」

キョトンとした顔でそんなことを言い放つヴィラに心の底から恐怖を感じる。ブルリと震えると、ナイフをポイっと捨てた皇帝が私を抱き上げて背中をよしよししてくれた。

私の背中を撫でながら皇帝が呟く。

「なるほど、どうりで……」

「どうりでって、何がです？」

「ユベール家が禁忌魔法を使っている可能性は我々も気づいていた。だが、ユベール家周りで不審な死を遂げた者はどれだけ探してもいなかったんだ。禁忌魔法は命と引き換えに使うものだ。だから、さすがのユベール家も禁忌魔法には手を出していなかったと俺達は判断していた」

「だけど、違ったんだね」

「うん、どうやらユベール家は命を失うことなく禁忌魔法を行使する方法を編み出したようだね。禁忌魔法は研究も禁止されてるから完全に違法なんだけど。……はぁ、一体何年前から研究してたんだか……」

私を抱えているのとは反対の手で頭を抱える皇帝。そっか、皇帝は長らく辺境で魔獣退治をしてたって言ってたもんね。

皇帝が戻ってきた頃には死者を出さずに禁忌魔法を使う方法は確立されちゃってたんだろうなぁ。

私は労うように皇帝の頭をよしよしと撫でた。

「お疲れ様」

「天使かよ」

皇帝にぎゅ～っと抱きしめられる。

皇帝……これまで労ってくれる人もいなかったのかな……。なんか可哀想。

戯れる私達を見てリュカオンが呆れた顔になる。

「……シャノンを見ているとなんだか気が抜けるな。そんな場合ではないのだが……」

気の抜ける顔でごめん。

リュカオンはコホンと咳払いをすると、話を本筋に戻した。

「そこの当主が娘に人を殺すなと言っていたのは人道的な理由ではなく、禁忌魔法の使用がバレないようにするためだったようだな」

「そんなことは……!!」

「ない、とでも言うつもりか？　娘をあんな風に育てておいて」

「――っ!!」

さすがに娘の発言がやばいっていうのは分かってるらしい。

当主も取り繕ってるだけで、実際は同じような考え方なんだろうなぁ……。

「む、娘は勘当します！　禁忌魔法も娘が我々の知らないところで勝手に研究したことなんです!!」

「……無理な言い訳をするのは血筋だな」

ユベール家の当主を冷たく見下ろしてリュカオンが言い放った。そしてリュカオンはユベール家の当主からこちらに視線を移し、皇帝を呼ぶ。

「皇帝、そろそろ終わらせろ」

「はい」

私を下ろし、皇帝が一歩前に出る。

「我々はユベール家の隠し部屋を発見し、そこにあったユベール家の裏取引などの様々な悪事の証拠、そして行方不明になっていた皇妃の結婚祝いを発見しました」

「「「!?」」」

皇帝のその言葉に目を瞠ったのはユベール家の人々だ。

隠し部屋って、皇城の中にあったあれのことかな？　どうやら皇城内にあったってことは隠すらしい。まあ、皇城の中にあったって知られちゃったら問題だもんね。

私が二回目に行った時、部屋の中はからっぽになってたけど皇帝達が回収してたのか。

「そんなものは嘘だ！」

「なぜそう思うんだい？」

「……」

皇帝が聞くと当主は口を噤んでしまった。

「だんまりか。じゃあ教えてあげるよ。そこにあった証拠品は全て自分達が回収したから、だろ？」

「！」

「残念だけど君達が回収したのは全てこちらが用意した偽物だ。本物の証拠品を全て回収した後偽物にすり替え、ユベール家だけに届くように皇帝がユベール家の隠し部屋を捜しているらしいとの噂を流して偽物の証拠品を回収させたんだ」

そう言った皇帝の下に一人の騎士が駆け寄り、皇帝に何か囁いた。それに皇帝はコクリと頷くと、ユベール家当主の方に向き直る。

「我々が用意した偽物がユベール家の屋敷で見つかったそうだ。ついでに禁忌魔法の使用で弱り切った者達もね」

「……っ！」

当主は何か言おうとした後、諦めたようにがっくりと肩を下ろした。

「禁忌魔法での反撃も考えてたんだろうけど、自分で使う度胸はなかったようだね……」

心底軽蔑したようにそう呟いた後、皇帝はユベール家の人達を連行するよう騎士達に指示を出した。この後どうなるのかは分からないけど、衆目の前でこんな醜態を晒したユベール家はもうお終いだろう。


「——さて、色々騒がせてすまなかったね。気を取り直してウラノスとの和平記念式典を始めようか」

ユベール家の三人の姿が見えなくなった後、皇帝が言った。

「神獣様の契約者である皇妃の祖国との和平だ。きっと、これから両国はより発展していくだろう！」

皇帝がそう宣言すると、観客席から「うおおおおおおおおお！！！！」と歓声が上がった。

神獣《リュカオン》効果は絶大だね。


そして、式典はつつがなく終了した。

「では我々は帰りますね」

黒髪の枢機卿さんが言う。

結局教皇さん達も式典の最後までいてくれたのだ。神獣であるリュカオンも教皇さんも記念式典に参列したので、和平に異を唱える人は大分減っただろう。反ウラノスの親玉であるユベールもあんなことになっちゃったし。

「皆さんありがとうございました」

「いえ、教皇猊下の意思ですので」

私のお礼に対して枢機卿さんがそう言うと、教会の一行はそれ以上の長居は無用とばかりに去っていった。

公の場には姿を現さないって話だったのに何で来てくれたんだろう……。

教皇さん達の後ろ姿を眺めていると、安心したのか足から力が抜けた。

「おっと」

倒れそうになったところを支えられる。

「……あ、ありがとうございます伯父様」

私を支えてくれたのは伯父様だった。

「いや、礼を言われることではない。……シャノン、こちらでは随分苦労をしたようだな」

「いえ、リュカオンがいたのでそこまでじゃないですよ」

「これまでシャノンが恵まれた環境下にいなかったのは皇帝陛下から聞いている。魔獣の瘴気の処理でなかなかこちらに来れず、悪かった」

魔獣の瘴気というのは、こちらに来る時にリュカオンが倒した魔獣のことだろうか。倒したまま放置しちゃったからその後始末が終わるまで道が通れなかったってことか。

……なんか、申し訳ない。まあ私達は後始末をする余裕はなかったってことで許してもらおう。

「一体誰があんな大量の魔獣を倒したのかと思えば、神獣様だったんだな」

「はい」

「……よく、頑張ったな」

そう言って伯父様はぎこちなく私の頭を撫でた。思えば、伯父様に頭を撫でられるのは初めてかもしれない。

「頑張ったシャノンに私と皇帝陛下からご褒美があるんだ……喜んでもらえるかは分からないが」

「？　なんですか？」

伯父様と皇帝からのご褒美……なんだろう。

「──シャノン様」

「！」

聞き覚えのある声に、私はバッと顔を上げた。

顔を上げると同時に、むぎゅっと抱きしめられる。

「アリア……ラナ……」

私を抱きしめた女性二人は、ウラノスにいた頃の侍女だ。

「なんでここに……」

「やっとこちらの国に来れるようになったので、シャノン様のお世話をするべく連れてきていただきました。家庭がある者達は断念しましたが私は独り身なので！」

「アリアはそうかもしれないけどラナは旦那さんいたでしょ？」

「旦那も一緒に連れてきちゃいました!!　この近くに居を構える予定です！」

胸を張ってそう言うラナ。

「こちらの皇帝陛下も色々と尽力してくださったんですよ。最初は帝国内のごたごたのせいでシャノン様が使用人を誰も連れられなかったことを謝ってくださりましたし。……シャノン様、頑張りましたね」

アリアに優しく微笑まれ、頭を撫でられる。

すると、何か温かいものが私の頬を伝った。

「へ……」

手で頬を拭う。何これ、涙？

自分が泣いているのだと自覚すると、次から次に涙がボロボロと溢れ出てきた。

「シャノン様、一人でよく頑張りましたね」

ラナが優しく微笑んで私の頬を撫でる。そこからはもう、我慢できなかった。

「――ひっ、うぇぇぇぇん!!」

それから、私はアリアとラナに抱きついて大泣きした。

なんで泣いたのかは自分でもよく分からない。二人を見て安心したのかもしれない。本当は今まで自分を騙してただけで、知らない土地でずっと心細かったのかもしれない。

――自分でも明確に理由が分からないまま、私は箍《たが》が外れたように大泣きした。

アリアとラナに抱きついて大泣きした後、私は例によって熱を出した。

ずっと気を張ってたから疲れたんだろう。皇妃としてきちんと認められたことだし、ちょっと空気が綺麗なところで療養でもしてこようかな。

ずっと頭を悩ませていた最大の問題がまるっと解決してスッキリしたからか、熱を出していても私の頭は冴えていた。心なしか前回熱を出した時よりも体が楽な気すらする。

私の体が強くなったのかと錯覚しそうになったけど決してそんなことはない。私のお世話のプロフェッショナルが駆け付けてくれたおかげだ。

「シャノン様にこの部屋は少し寒いですわね。もうちょっと温度を上げましょう」

「湿度も上げますね。あ、あとシャノン様のお気に入りの毛布を持ってきましたがどうしますか？あ、喉がお辛いと思いますのでお使いになるなら一度頷いてください」

私はコクリと頷いた。

声すら出さなくていいこの徹底ぶり。体だけは繊細な私の飼育に慣れてるだけあるね。

一瞬にして今使っていた毛布が愛用のものと入れ替えられた。寒さを感じる暇もないほど素早い作業、さすがすぎる。

二人が来てくれたおかげで私は快適だけど、懸念したのはセレスと二人の関係だ。こちらでは私の唯一の侍女で何から何まで面倒を見てくれていたセレス。それなのにアリアとラナがこんなに好き勝手やっちゃって気分を害さないか心配だった。

なにせ、私第一の二人は離宮に帰ってくるや否や挨拶もそこそこに私の療養環境を整え始めたのだ。私は気づかなかったけど、離宮に着いた頃には既に微熱が出ていたらしい。私の体調はそれからすぐに悪化し始めたからラナ達が離宮の使用人とゆっくりと話す暇もなかった。


作業が一段落すると、二人は真っ先にセレスに話しかけた。

「申し訳ありませんセレスさん！」

「後から来た身にも拘らず勝手なことを!!」

ガバッとセレスに頭を下げる二人。

自分よりも年上のアリアとラナに頭を下げられたセレスはアワアワと動揺している。

そしてラナが申し訳なさそうに言った。

「シャノン様のこととなると周りが見えなくなってしまうんです」

「あ、分かります」

分かるんだ。

あっさりと同意したセレスに心の中でツッコミを入れる。こんなことを考えられるんだから、やっぱり今回は結構余裕あるなぁ。

そして、セレスは申し訳なさそうにする二人に鼻息荒く言った。

「勝手なことどころか勉強になります！　私はまだシャノン様の侍女になってから日が浅いので、シャノン様に適した環境などを完璧に整えて差し上げることはできませんでした。侍女は私一人しかいなかったというのもありますが……それは言い訳ですね」

その言葉を聞いた二人は顔を見合わせてコクリと頷いた後、微笑みを浮かべてセレスに向き直る。

「そんなことはありません。セレスさん達がシャノン様のお側にいてくださったと知って私達がどれだけ安心したか。ねぇアリア？」

「ええ、シャノン様は甘えん坊さんですから、一人でこちらに放り出されてどれだけ憔悴しているかと心配していたんです。でも、私達の想定よりはお元気そうでした。きっとそれはセレスさん達がシャノン様を支えてくださっていたからなんでしょうね」

そう言ってアリアがセレスの手を取る。

「これからは一緒にシャノン様の手となり足となり馬車馬のように働きましょう!!」

「はいっ!!」

「はいっ!!」じゃないでしょセレス。

ウラノスにいた頃は「シャノン様吸い」とか言って私をクンクンしてた二人がまともな話してるからおかしいと思ったんだよ。セレスも嬉しそうに返事しちゃってるし。

声を出せないから呆れ顔でただ三人が意気投合したのを見ていると、同じく呆れ顔のリュカオンからの念話が飛んできた。

『シャノン、お前の侍女は少々変わっているようだな』

『なんていうか、自分で言うのもなんだけどあの二人は私命なんだよね』

『この短い間でもそれは重々伝わってきた』

さっすがリュカオン、状況把握力が抜群だね。

そこで部屋の扉がノックされ、ルークが入ってきた。

「シャノン様宛に陛下と教皇様、あとウラノスの国王陛下からお見舞いの品が届いてます。いや〜、三大権力者からのお見舞いなんて畏れ多すぎて運んでくるのに手が震えちゃいましたよ」

一人では持ちきれなかったからなのか、ルークは二段になっている台車に載せてお見舞いの品を持ってきてくれた。中身は高そうなお菓子やジュース、あとはフルーツの盛り合わせだ。

「これなんか幻って言われてるメロンですよ。さっきの今でどうやって手配したんだろう……」

お見舞いの品を見分してルークが何やら呟いている。

皇帝と伯父様はまだ分かるとして、教皇さんからお見舞いの品が届くとは思わなかった。なんか、俗世間とは完全に関わりを絶ってそうな感じだから意外だ。

最低でもお礼のお手紙は書くとしても、はたして届くんだろうか。

……まあ、それは後で考えよっと。まずは体調を回復させないとね。

お見舞いの品に添えられていたメッセージカードには私の代わりにリュカオンが目を通してくれた。

「皇帝とシャノンの伯父は諸々の後始末で手が離せないようだな」

『あ〜、無理もないね。大貴族があんなことになったんだもん』

近い将来ユベール家がお取り潰しになるのは間違いないだろうけど、そこに至るまでの手続きは大変そうだ。

「面倒な手続きは全て兄に任せてシャノンの下に駆けつけたいという旨が簡潔に書いてあるが、まあしばらくはまともに時間もとれないだろうな」

『膿を出し切るなら早い方がいいもんね』

今回の断罪の対象は何もユベール本家だけじゃない。きっと皇帝はこれを機に今までユベール家の威光を利用して甘い汁を吸ってた人達も一気に国の中枢から追い出すつもりだろう。

それがどれだけ面倒な作業なのか、私には想像もつかない。

後始末を手伝えなくて申し訳ないなぁと思いつつも、私は体調を回復すべく眠りについた。

＊＊＊

完璧な看病のおかげで、私は三日で完全復活した。

しかし、伯父様は既に国に帰ってしまっていた。国王がそんなに長い間国を空けるわけにはいかないもんね。ちょっと寂しいけど、お礼のお手紙は受け取ってもらえたみたいだからよしとしよう。

伯父様って全然顔は見せないけどお見舞いの品とかお土産は頻繁にくれるんだよね。一応身内だけど伯父様にどう思われているのかは未だによく分からない。

そんな伯父様は、今回も大きな置き土産を残していってくれた。

「――うおおおおおおお!!」

「おらああああああ!!」

外から聞こえてくる野太い声に窓辺で日向ぼっこをしていたリュカオンがチラリと外を見遣る。

そして呆れたように言った。

「……元気な奴らだな」

「オーウェン達はやっと外に出られるようになったんだから無理もないよ。私が体調を崩してる間は自重してたわけだし」

窓から外を見てみると、オーウェン達と聖獣を連れた騎士二人が模擬戦をしていた。力のオーウェン達と魔法の聖獣騎士二人でなかなか実力は拮抗しているみたい。

みんな楽しそうで何よりだ。

そう、伯父様の置き土産は聖獣騎士二人だ。二人はなんと、私がこちらに来る時に護衛の任務についてくれてた十人の中にいた二人だ。私を守り切れなかったことをずっと悔やんでいて、こちらに来ることを志願したらしい。

希望者はもっといたけど、ウラノスの貴重な戦力である聖獣騎士をそんなに流出させるわけにはいかないってことで二人になったと聞いた。気心の知れた同僚が一緒でよかったと思う。一人で異国に来るのは心細いからね。

そんなわけで、私の離宮には侍女が二人と聖獣騎士が二人、合計四人の使用人が加わった。

全体的に騎士の比率が大きい気がしなくもないけど、まあ許容範囲内だ。

「――シャノン様、皇帝陛下から使用人を増やしてほしいなら言ってほしいという内容のお手紙が届いています」

「う～ん、まだいらないって返しておいて」

「はい」

セレスはさっそく手紙を書きに部屋を出ていった。

ユベール家の目がなくなった皇帝からはよく手紙が届く。それは私の体調を心配するものだったり、状況報告だったり様々だ。

外で模擬戦に興じるオーウェン達を見ながら、私はこの離宮から逃げ出した使用人達のことを思い出していた。

報告書によると、彼ら彼女らはここから逃げ出した後、ユベール家の屋敷で雇われていたらしい。かなりの好待遇にみんな飛び付いたと。同調圧力もあったかもしれないけどね。

現在はヴィラの禁忌魔法に利用されてみんなほぼ死にかけ。禁忌魔法でも死なない方法というのはみんなで負担を分け合うというものらしく、私の離宮にいた使用人達全員が、ギリギリ死なない程度の世話しかされずに見つかった。

だけど皇帝は勝手に離宮から逃げ出した使用人達にご立腹だったから、そのまま各自の実家に帰したみたい。離宮を辞している時点でこちらとは関係ないし、職務放棄をした使用人は皇城を追放され二度と敷地内に足を踏み入れさせないというのが規則らしい。大犯罪者であるユベール家に加担したというのもあり、全く治療もされずに帰されたみたい。あとは各自の実家でご自由にってことだろう。意識がないんだから裁判にはかけられないもんね。

そんなことを考えていると、手紙を書きに行ったセレスが戻ってきた。

「あれセレス早いね。もう書き終わったの？」

「あ、いえ、本日はもう一通届いていたのを忘れてまして。こちらはこの小箱と一緒に届きました」

「へぇ、なんだろう」

私はとりあえず手紙に目を通した。

そこには、ユベール家の悪事の証拠がわんさか出てきたことが書かれていた。トップが捕まった今、統率がとれなくて証拠がボロボロ大放出状態らしい。

「――あ」

手紙には、私のペンダントが見つかったことも書かれていた。あの場で捕えられたヴィラが隠し持っていたのを回収したと。

どうやら、ペンダントを持って逃げ出した侍女からヴィラの手に渡っていたらしい。あの場にも持ってきてたってことはウラノスの王族である証明に使おうと思ってたんだろう。皇帝は私のペンダントが盗まれたことを把握していたみたいだけど、ヴィラは、皇帝は私に何の興味もないって思ってたみたいだからね。

だけど、本物の皇妃である私が現れたことでペンダントを使うのは諦めたらしい。ウラノスの王族の血に反応する仕組みとかがあったら厄介とでも思ったんだろう。そんな仕組みがあるのかは私も知らないけど。もしもそんな仕組みがあったら一発で詰みだからペンダントは出さなかったんだろう。

小箱をパカリと開けると、見慣れたペンダントが入っていた。

お母様の形見が戻ってきたことにホッとする。もう絶対に盗まれないようにするからね!!

とりあえず着けない時はリュカオンに預けておこう。それが一番安全だ。

だけどせっかく戻ってきたんだし、今は着けておく。

ペンダントを首から下げると、懐かしい重さを感じた。

えへへ、お帰り。

嬉しさのあまりその場で小躍りすると、軽く足をつった。

——慣れないことはするもんじゃないね。

＊＊＊

皇帝から贈られてきたロッキングチェアに座って揺られていると、手紙が届いた。もちろん差出人は皇帝だ。

お、今回は状況報告みたい。

手紙に目を通しているとリュカオンが椅子のひじかけに前脚を乗せ、手紙を覗き込んでくる。

「なんと書いてある?」

「ユベール家のことはあらかた片づいたみたい。ユベール家の権威を利用して甘い汁を吸ってた人達の断罪、追い出しもほとんどすんだみたいだよ」

「ほう。思ったよりも早かったな。皇帝がきちんと働いているようで何よりだ」

「働きすぎな気もするけどね」

元々寝る間も惜しんで仕事してたらしいのに。今なんて一時間も寝られてないんじゃないかな。

体を壊さないといいんだけど。

「ユベールの周辺の者達もほとんど処分されたのか。じゃああの憎たらしい侍女は間違いなくクビだな」

「だろうねぇ」

「もし追い出されていなかったら我が追い出してやる」

そう言って意気込むリュカオン。

まあ、好き嫌いを別にしてもメリアは侍女失格だからね。私の最後のイタズラのせいでとっくにクビになってるかもしれないけど。

手紙を読み進めていってもユベール家の具体的な処分は書いていなかった。衆人の目前で皇妃に成り代わろうとした罪、禁忌魔法を研究、使用した罪、他にも非人道的なことを山ほどしていたらしいから、まあ……そういうことだよね。

皇帝は私を気遣って書いていないけど、もう二度とあの人達に会うことはないだろう。

別に可哀想とかは思わない。だけどなんか不思議な気持ちだ。

そして、手紙の最後にはヴィラが従えていた聖獣のことが書いてあった。あの狐の聖獣のことは私も気になってたのでちょうどいい。

リュカオンも気になっていたらしく、身を乗り出して手紙の文字を目で追っている。

どうやら、狐の聖獣は強制的に契約させられていたようだ。それも多分禁忌魔法だろう。

どうりでヴィラとあの聖獣の間には絆みたいなものが感じられなかったわけだ。

聖獣を無理矢理従わせるのも立派な犯罪だし。

ウラノス生まれの私は聖獣を大事にするという考えが染みついているので、手紙を読んで怒りを覚えた。狐の聖獣はすぐに聖獣用の病院に運ばれて今も治療を受けている最中だけど、まだ衰弱しているし人間を見ると酷く怯えて治療がなかなか進まないらしい。

人間に怯えるのは完全にヴィラのせいだろう。狐の聖獣は変化の魔法が得意だから、強制的に私の姿に変える魔法を使わせていたに違いない。

そのことをウラノスからやってきた聖獣騎士に伝えると、二人も酷く怒っていた。

「許しがたいです……！」

「対等であるべき聖獣を物みたいに扱うなんて!!」

普段は比較的穏やかな二人だけどこの時ばかりは怒りを露わにしていた。

元凶がいなくなったことで狐の聖獣を縛る魔法はもう解けているわけだけど、それでもやっぱり怒りは収まらない様子。私も気持ちは同じだ。

「――そこで二人に質問があるんだけど、二人とも聖獣の世話は得意？」

そう二人に問いかけると、二人は力強く頷いた。

その後、私は皇帝におねだりの手紙を書いた。

そして、私からの珍しいおねだりの手紙は喜んで叶えられることになる。

* * *

「キュ〜……」

怯えたように耳をペタンとさせたガリガリの狐が運ばれてきた。

私の要望通り、狐はこの離宮で療養してもらうことになったのだ。皇城周辺に比べたらこっちの方が人も少なくて静かだしね。

狐は逃げたそうだけど衰弱しすぎて逃げることもできなさそう。怯えているからまともにごはんも食べてくれないらしい。

狐は聖獣騎士の二人が張り切って準備した部屋に運ばれた。それをこっそり陰から見守る。

「……キュ？」

部屋の中を見た瞬間、狐が小さく声を上げた。

今までいた環境と全然違うからだろう。

庭に面した大きな窓がある部屋の中には砂場が用意されている。その周りには植木鉢に入った木が何本か置かれている。狐は穴を掘るのが好きらしいのでそこそこ深くまで掘れる砂場だ。頑張っ

て調べてなるべくストレスのない環境を作ってみたらしい。

この狐が何を好むのかは分からないので、一角には寝やすそうなクッションも置いてある。

動物用のキャリーバックからよろよろと出てきた狐は部屋の中をキョロキョロと見回した。

辺りを見回した後、危なっかしい足取りで砂場に向かっていった狐は力尽きたようにそこで座り込む。

それを部屋の扉の陰から見守る私達。

「――砂場、気に入ったのかな」

「ユベールの屋敷には絶対にない環境ですからね。トラウマが刺激されないのかもしれません」

狐を運んできた獣医さんが少しホッとしたようにそう言った。

「ところで、あの狐に名前はないの？」

「……本来聖獣は契約をした時に契約者から名前を付けられますが、ヴィラは付けなかったようですね。そもそもまともな契約ではありませんでしたし、ヴィラがいない今、名前を付けられていたとしても意味はないですが」

「そうなんだ」

いつか、あの子にまともな契約者が見つかったら名前を付けてもらえるといいな。

「医者、あの狐は食事をしたのか」

「し、神獣様!!　いえ、食べていません」

リュカオンに声をかけられたことに感動した後、獣医さんは簡潔に答えた。さっき初めてリュカオンと顔を合わせた時も跪いたりしようとして大変だったんだよね……。

獣医さんの言葉にうむ、と頷くリュカオン。

「では我とシャノンが食事を届けてこよう」

任せろと言わんばかりにモフッとした胸を張るリュカオン。

式典が終わった瞬間に狼の姿に戻ったリュカオンは、今日も今日とてもっふりキュートだ。本人も言っていたように、もう二度と人前で人間の姿になることはなさそうだし、私も強要する気はない。

使用人がいなくなったばかりの頃、リュカオンが料理を作ってくれたことがあったけど、今思うと、あれはこっそり人型になって料理してくれてたんじゃないかな。料理中は私を完全に締め出していたとはいえ抵抗はあっただろうに……。

お腹を空かせた私のためにそこまでしてくれたリュカオンの思いやりに、今更だけど感動した。

――ハッ！　違う違う、今はリュカオンの保護者力に感動を覚えてる場合じゃなかった!!

「食事を届けるのはリュカオンだけの方がいいんじゃない？　ほら、私も一応人間だし狐が怖がらない？」

「シャノンなら大丈夫だろう。それに、せっかく気合を入れてそんな格好をしているのだから」

リュカオンが溜息をつきつつ私の姿を上から下まで見遣った。

「え、これかわいくない？」

「かわいいが皇妃のする格好ではないな」

「えへへ、まあ外でこの格好はしないからセーフだよ」

私は狐を模した服に身を包んでいる。フワフワの生地はしっかりと狐色で、フードには耳もついている。さらにお尻のところにはふんわりとした尻尾もついている徹底した再現っぷりだ。これは着ぐるみというらしい。狐を威圧しない格好は何かなと聞いたら侍女ズが作ってくれたのだ。

そんなわけで、私は狐のお世話をする気満々だった。ただ知識はあまりないのでそこは聖獣騎士の二人の力を借りる。

普段はお世話をされる側の立場なので何だか新鮮だ。

「では皇妃様、これをあの子の近くに置いてきていただけますか？」

「はい！」

獣医さんからミルクっぽいものの入ったお皿を渡される。

「聖獣に必要な栄養素が入ったミルクです。大分弱り切っていますから、まずはこれだけでも飲ませたくて……」

「なるほど、了解。行ってきます」

私はリュカオンを伴って部屋に入った。すると狐がビクッとしてこちらを見る。

そして後ずさろうとするのをリュカオンが止める。

「怯える必要はない。我らはそなたの回復を願っているのだから」

「！」

そこで狐もリュカオンが神獣だと気づいたのか瞳を真ん丸にする。

「我がいるのだからこの離宮は安全だ。これにも悪いものは入っていない」

リュカオンに視線で促され、私はミルクの入ったお皿をなるべく狐の近くになるように置いた。

すると狐の視線がこちらに向く。尊敬するようにリュカオンを見ていたその瞳はこちらを見た瞬間、生温かいものへと変わった。

……なんか、伝わってきたよ……これは、こいつなら勝てるわって思ってる目だね。

生温かい目で私を見た後、狐はよろよろと起き出して栄養たっぷりのミルクを飲み始めた。

どうやら狐の中で私とリュカオンは安全だと判断されたらしい。その意味合いは大分違う気がするけど。私は完全に自分よりも弱いと舐められている。

少しだけ微妙な気分になった私には目もくれず、狐はガブガブとミルクを飲み干していった。


ここが安全な場所だと分かった狐はミルクを飲んだ後、砂場の上でぐっすりと寝た。

スピスピと穏やかな寝息を立てる狐を見て獣医さんが感動している。

「あの子があんなに深く眠ってる……よかった……」

心の底から安堵した様子の獣医さん。本当に狐のことを案じていたようだ。

ここの方が狐の療養に適していると判断した獣医さんはササッと帰り支度を整えた。

「――それでは、食事などのあの子に必要な物資は置いていかせていただきます。私も定期的に様子は見に来ますが、どうかあの子をよろしくお願いいたします」

「はい、任されました！」

獣医さんを安心させるようにポンッと自分の胸を叩く。

とりあえず栄養を摂らせてあのガリガリな体をどうにかしよう。あと、今まで全然寝られてなかったみたいだからゆっくり寝かせてあげたいな。

それから狐は次の日の朝までひたすら、泥のように眠り続けていた。

ヴィラに酷使された後、治療されている時でも周りを警戒し続けてたらしいからもう疲労が限界だったんだろう。

眠り続けていたせいでごはんを食べていない狐が心配で、私はその日隣の部屋で休んだ。もちろんリュカオンも一緒だ。

そして狐が目を覚ます。

「あ、おはよう」

「キュッ!?」

私を見て一瞬ビクッとする狐。だけど昨日も会ったことを思い出したのか徐々に力を抜いていく。

「はい狐さんごはんですよ〜」

胃がからっぽになっているであろう狐に栄養たっぷりのミルクを差し出す。

狐はスンスンと軽くにおいを嗅ぐと、ガブガブとミルクを飲み干していった。

よ！　いい飲みっぷり！

だけどまだ胃は小さいままらしく、狐はすぐにお腹いっぱいになってしまったようだ。

「お腹いっぱい？」

私の質問にコクリと頷く狐。なかなかかわいい。

「よかったよかった。どんどん固形物も食べられるようにしてこうね」

そう言って反射的に狐の頭を撫でそうになったけど、すんでのところで我慢する。近くに来るのは大丈夫でもまだ触られるのは怖いかもしれないからね。私ってばなんて配慮ができるんだろう。

そんなことを考えていると、狐が飲み干したミルクのお皿を回収しにセレスがソッと近づいてきた。そしてそれに狐が気づく。

「ピギャッ‼」

「ぴぎゃ⁉」

セレスが入ってきたことに驚いた狐が変な鳴き声を上げて私の顔面に飛び付き、そのことに驚いた私が変な声を上げた。

すごいよこの狐。かなり弱ってるはずなのに座ってる私の顔の高さまで跳ねたよ。火事場のバカ力ってやつかな。

もちろん、私の小さな顔面ではやせ細った狐の一匹ですら受け止めることはできず、ピョンッと飛び付いてきた狐と一緒に後ろに倒れた。そしてあわや後頭部を床に打ち付けそうになったところをリュカオンの尻尾がふわりと守ってくれる。

「リュカオンありがとう。尻尾痛くなかった？」

「問題ない」

痛くも痒くもないことを示すようにリュカオンが尻尾をフリフリと左右に振る。頑丈な尻尾だね。

なんとか後頭部にタンコブができるのを免れた私はよっこいしょと起き上がる。すると、私の首に狐がシュルリと巻き付いた。

「おぉ……襟巻き狐……」

一瞬首回りを覆うモフモフに喜んだけど、すぐにそれがブルブルと震えていることに気が付いた。

「……あ～、セレスごめん」

「承知しました」

セレスは少しも嫌そうな顔をすることなく部屋を後にしてくれた。

パタンと扉が閉じてセレスの姿が見えなくなった瞬間、狐の震えが止まる。やっぱりセレスに怯えてたのか。

狐もセレスが悪い人ではないというのは分かるんだろう、耳をペタンとさせて申し訳なさそうにする姿はなんだかこっちまで申し訳なくなる。

私はよしよしと狐の頭を撫でた。首に巻きつくくらいだから頭を撫でても大丈夫だろう。

予想通り、狐は私に頭を撫でられても怯えたりはしなかった。

「まあ、怖いのは仕方ないからね。ちょっとずつ慣れていけばいいよ」

「キュ～……」

慣れる日が来るのだろうかと言わんばかりの狐が不安気に鳴く。

そんな風に少し暗くなった雰囲気を変えてくれたのは誰あろう、リュカオンだった。

「――ところで狐、そろそろシャノンの肩から下りてくれ。それ以上乗っているとシャノンが筋肉痛になる」

「?」

狐が首を傾げている間に、リュカオンは狐の項《うなじ》の部分をあむっと咥えて私の肩から下ろした。

「すまんな。シャノンはそこまで重いものを肩に乗せたことがないからどこかを痛める前に下ろさせてもらった」

「……」

狐からの「お前この程度の重さにも耐えられないのかよ」という視線が突き刺さる。

いやいやしょうがないじゃん。こちとら生まれた時からお姫様やってるんだよ？　重たいものなんか持たせてもらえないよ。虚弱なのは生まれつきだし、そんじょそこらの虚弱とは年季が違うわ。

「ねぇ狐さん、私ってば一応かなり高貴な生まれなんだよ？」

試しにそう言ってみると鼻で笑われた。

信じてないなこのやろ～!!

ブルブル震えていた先程とは打って変わって小憎らしい表情だ。

その時、微かに開いていた扉の隙間から廊下の声が聞こえてきた。

「どうしましょう、シャノン様にお皿の片づけをさせるなんて……」

「絶対にそんなことさせたくないけど仕方のないことなのよセレス……!」

「そうよ、これは仕方のないことなの。シャノン様のあの白魚のようなお手手が使用ずみのお皿を運ぶのも。……ああ、なんだか目眩がしてきました……」

「ラナ!　しっかりして!!」

「「……」」


どうやらセレスとアリア、そしてラナが話しているらしい。

みんなの過保護っぷりに私まで目眩がするよ……。

そしてふと狐の方を見ると、今の会話を聞いていたのかドン引きしていた。

狐のドン引き顔……レアだね。

――その表情は一生忘れることはないと思うくらい、私の中で印象に残った。

＊＊＊

少し肉が付き、危なげなく歩けるようになった狐を撫でる。

「毛並みもよくなってきたね」

「キュ」

褒めたんだけど、狐的にはまだ不完全らしく不満そうな顔をしている。

まだまだ伸びしろがあるのね。

少しでも毛並みをよくしてあげようとブラッシング用の櫛を手に取ると、私と狐の間にリュカオンが割り込んで来た。どうやらリュカオンが先らしい。

狐ももちろんです！　と言わんばかりにその場で伏せをして待ちの姿勢になる。

「リュカオン大人気《おとなげ》ないよ」

「ふん、すぐにバテるシャノンが悪い」

「あ、それはごめん」

たしかに最近は狐のお世話で疲れ切っちゃってあんまりリュカオンに構えてなかったかも。そこは素直に反省。

私にブラッシングをされながら目を細めつつ、リュカオンが話し出す。

「そういえばシャノン、茶飲み友達のところへ次はいつ行くのだ？」

「そうだねぇ。狐も元気になってきていろんな状況も少し落ち着いてきたことだし、一度会いに行こうか」

リュカオンの言う茶飲み友達とは神聖図書館で会ったあのお兄さんのことだ。せっかくお友達になったんだからそろそろ会いに行きたいよね。

体調を崩した時にお見舞いをもらったことに対する教皇さんへのお礼の手紙がきちんと届いているかも確認したいし。

「ってことで狐、ちょっとお留守番できる？」

「キュッ!?」

心底驚いたとばかりに目を見開く狐。

「え？　なに狐ってばついてくる気満々だったの？」

「キュ～」

「別にいいけど君、重度の人見知りでしょ？」

狐は不満そうに鳴いた後、部屋の中に置いてあった動物用のキャリーバックを鼻で押して持ってきた。

「キュ〜……」

「……これに入れて自分も連れてけと」

そうだと言わんばかりに狐がコクコクと頷く。

「君、いい根性してるよね」

「まあ我とシャノン以外の使用人にはまだ怯えるし、連れていった方が安心かもしれぬな。神聖図書館のあの者ならまあ、大丈夫だろう」

なぜかあのお兄さんなら狐も大丈夫だとリュカオンは判断したようだ。狐の人に対する怖がり様は結構重症だと思うんだけどなんでそう思ったんだろう。

まあリュカオンが大丈夫だって言うなら大丈夫か。私のリュカオンに対する信頼は絶大だ。

そんなわけで、私とリュカオン、そして狐で神聖図書館に向かうことになった。

以前図書館に行った時と同じ、髪と瞳の色を変えたシャルの姿になる。もちろん服装もそこまで華美ではないものを選んだ。

「……私が言うのもなんだけど、本当にそれでいくの？」

「こやつがついていくと言って聞かんのだから仕方ないだろう」

私とリュカオンの視線の先には風呂敷の中にクルンと納まった狐。顔だけ出た状態で、その頭の上に風呂敷の結び目がくるようになっている。どうやら、そこをリュカオンが咥えて運ぶようだ。

キャリーバックは大きくて邪魔だということでリュカオンが却下した。

「リュカオン大丈夫？　さすがに重たくない？　私が抱っこしてようか？」

「軽量化の魔法を使うから大丈夫だ。シャノンは移動中我から振り落とされないようにしがみつくことに集中してくれ。我としてはそちらの方が心配だ」

「は〜い」

ご心配をおかけします。

準備が整ったので早速出発だ。

狐入りの風呂敷を咥えたリュカオンはとってもかわいかった。子どもを運ぶ親狼のような凛々しさと、おもちゃを咥える子狼のような愛らしさを兼ね備えたリュカオンは最強だ。一度で二度おいしいとはこのことだろう。

狐の散歩も兼ねて皇城の門の外の人気《ひとけ》のない場所をリュカオンがゆっくりと歩く。たまには外の空気を吸わないとね。

少し歩いたところで、私達はある人物と遭遇した。

「――あ」

「やあ」

人気《ひとけ》のないその場所にいたのは、漆黒の髪の美青年――フィズだった。

フィズと会うのはセレスの故郷に行った時以来かな。相変わらずびっくりするほど美形だ。

片手を上げたフィズはにこやかにこちらを見ている。ちなみに狐はフィズの姿が目に入った瞬間風呂敷の中に引っ込んでいった。よく頭まで入れるスペースあったね。

穏やかに微笑むフィズが口を開く。

「久しぶりだね。今日はどこかにお出かけかい？」

「はい」

「そうか、くれぐれも気を付けてね」

「ありがとうございます」

心配してくれたフィズに素直にお礼を言う。

それはそれとして――

「――ところで旦那様？　いつまで他人のフリをするんですか？」

そう言うと、フィズの完璧な微笑が一瞬固まった。

そして次の瞬間、絵画のような微笑みがあちゃ～と言うような、人間らしい表情に変わる。

「やっぱり気づいてたか～」

「当たり前ですよ。式典でバッチリ至近距離から顔を見ましたから」

色しか変わっていないんだから、さすがに顔を近くで見たら分かる。遠目でしか皇帝の顔を見ていない民なら誤魔化せるかもしれないけど。

皇帝にジト目を向けて私は言う。

「それに、なんですかフィズって。ほぼ本名のフィズレストのままじゃないですか」

「いや、まあそれは姫にしか名乗ってないよ。ちょっと気づいてくれるかなって思いもあったけど全然気づかなかったね。ちなみに皇帝の本名を知ったのはいつ？」

「……和平記念式典が終わった後」

皇帝の顔があまりにもフィズとそっくりだったから調べてみたら、分かりやすすぎる名前で仰天した。にしても、旦那さんの名前すら知らなかった私って……。頭の中ではずっと皇帝呼びだったからなぁ。

そう言うと、皇帝の目がアホの子を見る目になった。これに関しては完全に私がアホだったから甘んじてその視線を受け入れましょう。シャノンちゃんはアホだけど潔いのです。

そしてようやく、シャノンとフィズレストとして会話を始めた私達を、いつの間にか風呂敷から顔を出した狐がキョトンとした顔で見つめていた。

風呂敷からひょっこりと顔を出した狐はキョロキョロと私と皇帝を見比べる。リュカオンは大きなあくびをして傍観モードだ。ちなみに、今のあくびで狐が風呂敷ごと積もっている雪の上に落ちた。雪の上だから痛くはないだろうけど、びっくりしたみたいで「キュッ!?」と小さく鳴き声を上げていた。

リュカオンは「すまんすまん」と言い、狐入りの風呂敷を咥えてひょいっと自分の背中に乗せた。

「今はそこに乗っておれ。今はシャノンは乗ってないからな」

そう、色々と積もる話があるので私は今リュカオンから下り、皇帝と隣同士でゆっくりと歩いている。

「――にしても、フィ……皇帝はこんなところで何をしてるんですか？」

「今まで通りフィズって呼んでくれていいよ。どうせほぼ本名だし。あ、あと敬語もいらないから」

「フィズはこんなところで何をしてるの？」

「うんうん、順応力が高い子は好きだよ」

よしよしとフィズに頭を撫でられる。外にいて冷えたのか、私の頭を撫でる手は少しひんやりとしていた。

フィズがただの他人だったらここまであっさり敬語はやめないけど、一応書類上は既に身内だからね。別に敬語なんか使わなくてもいいでしょ。

「ほんの少しだけ時間ができたから姫の様子でも見に行こうと思ってね。それでこうして待ち伏せしてたってわけ」

……待ち伏せしてたんだ。

「なんで私達の行動が分かったの？」

「ふふ、皇帝にはいろんな目があるんだよ。そこの神獣様が教えてくれることもあるしね」

フィズの言葉で私はリュカオンの方に視線を向けた。

「……そういえばリュカオン、セレスの故郷に行った時書置きを残してたよね。あれってもしかして……」

「様子を見に来るであろう皇帝に一応、な」

「そうだったんだ。にしても、リュカオンってばいつの間にフィズと仲良くなってたの？」

「別に仲良くはないが、前にこの男がシャノンの寝顔を――」

「姫の顔をこっそり確認しに行った時に少しだけ話したことがあったんだよ」

リュカオンの言葉を遮るようにしてフィズが言った。

「ふ～ん」

フィズが私の顔を確認しに来てたなんて全然知らなかった。いつ来たんだろう。私は四六時中リュカオンと一緒にいたはずなのに気づかないなんて……不思議だ。

ジッとフィズを見上げるとソッと視線が逸らされた。なんでだろ。まあ突き詰めないであげよう。

「まありュカオンとフィズがいつ会ったかはいいとして、フィズが私の顔を見に来た時にユベール家の監視はなかったの？」

「俺はこう見えても忙しいからね。一日に睡眠時間として割り当てられるのが数時間しかないんだよ。ユベールの監視役もさすがに寝てるだろうと思ってるから、その時間の監視はま～ザルだったね」

クスクスと笑うフィズに一つの疑問が浮かぶ。

「寝てるだろうって、え？　寝てなかったの？」

「うん。ちゃんと寝る日もあるけどね」

やっぱり暗躍したりするのはその時間しかなかったんだよね～、とフィズが軽く言う。

一日中仕事した後に寝ないなんて――

「――ほんとに人間……？」

「そんな表情したらかわいい顔が台無しだよ姫。魔獣退治で辺境に行ってた頃は寝ないで三日くらい戦い続けるなんて普通だったから、これくらいどうってことないよ」

いやどうってことあるよ。

私の旦那さんは人間じゃなかったのかもしれない……。

私は今、宇宙を見た猫のような顔になっているに違いない。

「その時間を利用して侍女の故郷に行った姫に会いに行ったりしてたんだよ」

「あれは私に会いに来てたの？」

「冤罪をかけられちゃった侍女へのお詫びも兼ねてだけどね。ブレスレットは役に立ったでしょ？」

そう言って軽くウインクをされる。お顔が整ってるとウインク一つでも様になっちゃうんだね。

「イケメンはお得だね……」

「姫だって美少女じゃん。鏡見たことある？」

「何度もあるよ。毎回お人形さんみたいにかわいい子が映ってる」

「姫の感性は正常みたいで何よりだよ」

……あっさり肯定されちゃった。なんか逆に恥ずかしい。

「にしても、姫の行動はほんとに読めないね。皇城に入れるようになって何をするのかと思えば侍女に紛れちゃうんだもん」

「それも知ってたんだ」

「うん。姫にそんなことをさせちゃった自分は不甲斐なかったけどね。それでも姫が自分で決めたことだからと思って遠くから見守ってたけど。あ、姫をいじめたあの侍女はしっかり懲らしめておいたから安心してね」

「おぅ……」

小首を傾げ、ニッコリと笑ってそう言う旦那様に少し背筋が寒くなる。するとリュカオンがすかさず尻尾で私の背中を撫でてくれた。さすがすぎる。私の良心。

私はギュッとリュカオンの首に手を回して抱きついた。

「ところで、リュカオンはなんで教えてくれなかったの？　皇帝と繋がってるって」

なんとなく気になってリュカオンに聞いてみる。するとリュカオンはふん、と尻尾を一振りして教えてくれた。

「敵を騙すにはまず味方からと言うであろう。それに、この男とシャノンの仲を取り持ってやるのは癪だったのだ」

「ごめんね姫、俺が神獣様に内緒にしてって言ったんだ。あの頃はまだ姫の人となりをよく知らなかったから、俺と会ったことを人に内緒にするのは無理かもしれないと思ったんだ。でも、姫は俺が思ってるよりもよっぽど頭がよくて、立派な王族だった」

しゃがんで私と視線を合わせたフィズの手がそっと私の頬に添えられる。

そしてフィズの顔から笑顔が消え、真面目な顔になった。

「――姫、改めてこれまでの非礼を詫びさせてほしい。本当に申し訳なかった」

地に積もった雪の上に片膝を突き、皇帝が頭を下げる。

正式な場ではないとはいえ、一国を背負う人の謝罪は大きい。

そもそも私は元からそこまで怒ってないんだけど、ここで怒ってないから謝らなくていいよというのはきっと違うんだろう。

「うん、許すよ。だから頭を上げて」

「！」

そう言うとフィズは顔を上げ、ふにゃりと微笑んだ。これまでの作られたような笑みじゃなくて、人間らしい微笑みだ。

「ありがとう姫。お礼に何か贈りたいんだけど、どこの島が欲しい？　あ、領地でもいいよ」

その辺にあった木の枝で雪の上に帝国の地図を描き出したフィズを慌てて止める。

「そんな気後れしちゃうようなものよりもおいしいお菓子とかがいい。ほら、この前お見舞いで贈ってくれたみたいな」

「物欲がなさすぎる……姫は天使なの？」

「お詫びに土地をあげようとしちゃうフィズの感覚がぶっ壊れてるだけだよ」

真顔で変なことを宣うフィズに、私は優しくそう教えてあげた。

私の歩幅に合わせて隣を歩くフィズが尋ねてくる。

「ところで姫は今からどこに行くの？」

「神聖図書館だよ」

「何しに？」

「お茶飲み友達になったお兄さんに会いに」

「え、浮気？」

ハッとした顔で言うフィズ。なんでそうなる。

たしかに状況だけ聞いたら浮気現場かもしれないけど、私の年齢が年齢だ。というか私はそもそもお飾りだし。

「浮気じゃないでしょ」

「え〜、他の男と二人で会うなんて浮気じゃん」

本気で思ってる様子もなさそうなのにまだ言い募ってくるフィズに、リュカオンがはぁと溜息をついた。

「そなたにはシャノンしか見えぬのか」

「あ、そうだそうだ、激強過保護者がついてたね。狐ちゃんも前より大分回復したようでよかったよ」

フィズが狐に笑みを向けると狐の腰が少し引けた。これはただフィズの底知れなさにビビってるだけだろう。狐にも分かるもんなんだね。

「あら、怯えちゃった。人見知りを克服するのはまだ遠そうだね」

「今のはただ単にフィズに怯えただけだと思うよ」

「え～、傷付くなぁ」

口ではそう言ってるけど微塵も傷付いた様子はない。そういうとこだよ。

「本心を隠すのが癖になっちゃってるんだよね。父親との関係がよくなかったせいかな。それで足元を掬われてもいいことないし」

「それは本当の理由？」

「はは、どうだと思う？」

意味深な流し目で私を見るフィズ。十四歳に向ける目じゃないね。

「な～んてね、今のは本当だよ。これでも姫には誠実でありたいと思ってるんだから」

「どうして？」

「――姫が、国のために命を懸けてここまで来てくれたからだよ」

ああ、この国に来る時に私にあった出来事をフィズは分かってるんだろう。あ、そういえばあの時の聖獣騎士も来てたね。

「神獣様と契約したんだし、君には逃げる選択肢だってあったんだ。十四歳の女の子だ、結婚に夢も抱いてただろう。だけど君は逃げず、こっちに来てからの皇族としてはクソみたいな環境でも腐らなかった。そんな君を俺は尊敬してるんだよ」

そう言って微笑むフィズ。

「正直、これまでのことを考えたらどんな我儘でも聞いてあげたいし、なんでも買ってあげたい。

そうだ、せっかく会えたんだし今のうちに聞いておこうかな。なにか希望はある？」

「あ、じゃあ乗合馬車の乗り心地をもっとよくしてほしい！　せめて国営のだけでも。あれ酷いよ、とっても酔うし、みんななんだかんだ大変な思いしてるんじゃないかな」

皇妃としての権力が使えるようになったらやろうと決めていたことを早速フィズに伝える。すると、フィズは少し呆けた顔をした。

「……姫はどこまでも王族なんだね」

「フンッ、我の契約者だぞ」

なぜかリュカオンが誇らし気な顔をする。

「そうでしたね。よし分かった、乗合馬車の件は会議に出してみるよ。普段から使っている者の意見も聞かないといけないいね」

「！　フィズありがとう!!」

これで馬車酔いからはおさらばだ！　いや、私がまた乗合馬車に乗るかどうかは分からないけど。もしかしたらまたこっそりお出かけするかもしれないからね。

そんな風に話しながらしばらく歩いていると、フィズに時間が来てしまった。

「――おっと、そろそろ戻らないと」

「もう？　忙しいね」

「これでも一応皇帝だからね。馬鹿どもの後始末もまだ終わってないし」

「……なにか私に手伝えることある？」

そう尋ねると、皇帝はフッと笑って私を抱き上げた。

「姫はただ健やかでいてくれるだけで、それだけでいいんだよ」

「健やかで……それはなかなか難しい注文だね」

なにせ生まれつき虚弱なので。

「でしょ？　だから姫はそれに専念しなさい」

「……うん」

私の返答に満足そうに頷くと、フィズは私を地面に下ろした。そしてリュカオンの方を見る。

「――神獣様」

「分かっておる。ここから神聖図書館へは転移で行こう。どこかの誰かのせいで余計な時間も食ったしな」

「あはは、そのどこかの誰かが誰かは全く分からないけどそうしてください」

「……ほんとに憎らしい男だな、そなた」

リュカオンはフィズからプイッと顔を逸らし、私のところまでやってきた。

「シャノン、転移するぞ」

「うん。あ、フィズ、無理はしないでね――！」

最後にそう言い、私達は転移した。

＊＊＊

――シャノン達が転移した後残されたフィズレストは、その場で顔を覆った。

「あ～、お嫁さんがいい子すぎて俺には眩しいなぁ……。どんな育て方したらあんな子が出来上がるんだろ」

そう呟いた後、彼も颯爽とその場を後にした。

＊＊＊

次の瞬間、私達は神聖図書館の前にいた。

色々あったせいか、以前ここに来たのが随分前のことみたいに感じる。前回ので記録されたのか、どういう仕組みなのかは分からないけど今回は魔法陣は発動しなかったね。よかったよかった。

そして神聖図書館の入り口に向けて一歩踏み出すと、中から人が出てきた。

その人物は私達の姿を認めると、大きく目を見開く。

「――あ」

「こんにちはお兄さん」

挨拶をすると、お兄さんは本当に嬉しそうな笑みを浮かべた。

「――お茶が入りましたよ」

前回と同じ、来客者用の小部屋で待っていると、お兄さんが温かいお茶とお菓子を持ってきてくれた。

「ありがとうございますお兄さん」

「いえ、こちらこそ。本当にまた会いに来てくれるとは思いませんでした」

「ふふふ、お茶飲み友達になるって言ったじゃないですか」

「！　……そうですね」

私は早速お兄さんが淹れてきてくれたお茶に口をつけた。うん、あったまる。

――さて、それじゃあ本題に入ろうかな。

「お兄さん、お礼のお手紙は届きましたか？」

「お手紙？　なんのことだい？」

「お見舞いのお礼のお手紙です」

首を傾げるお兄さんに私は言い募る。

「お見舞い？　僕はそんなものを誰かに送った覚えはないけど」

ニコリと笑ってお兄さんはそう言う。なるほど、しらばっくれるつもりだ。

リュカオンに視線を送ると、リュカオンは私にかけている魔法を解いてくれた。瞬間、私の瞳は紫色に、髪は白銀に戻る。

この国では珍しい色彩だけど、私が予想していた通りお兄さんは驚かなかった。

驚かなかったのは、お兄さんが一度この姿の私を見ているからだ。

ジッと見つめると、お兄さんがはぁと溜息をつく。

「……大人は、気づかないことにしたままの方が都合がいいことが色々とあるんですよ？」

「そうなんですね。でも私は子どもなので、隠されると暴きたくなっちゃうんです。……困らせる気は、なかったんですけど……」

「なるほど、子ども心ってやつですね。自分が子どもだったのは随分前のことだったのですっかり忘れてしまいました」

そう言ってお兄さんは笑う。

「でも、本当にただお礼を言いに来ただけなんですよ？　お見舞いの品もそうですけど、避けているはずの表舞台に出てきてまで私達の味方をしてくれてありがとうございました――」

そう、きっとこの人は私を助けるためにあの場に来てくれたのだ。

「――教皇様」

深々と頭を下げて、少ししてから上げる。すると、目の前にあったのは少し眉尻の下がったお兄さんの顔。

「……どういたしまして」

少し困ったように笑ったお兄さんは、観念したようにそう言った。

……やっぱり、お兄さんからはどこか懐かしい気配がする。その気配に加えて、式典の時の騒ぎの最中にベールの下から一瞬だけ教皇さんの顔が見えたから私はお兄さんが教皇さんだと気づくことができたのだ。

「――皇妃様、こちらにも事情があるのでこのことは内緒でお願いしますね？」

そう言いながら長い人差し指を口の前に持ってきてしーっというジェスチャーをするお兄さん――もとい教皇さん。和平記念式典の場にいたオーラたっぷりの人と同一人物とは思えない茶目っ気だね。

「もちろん、このことをむやみやたらと口外する気はないですよ。ここにいる私はただの女の子で、お兄さんはただ神聖図書館を管理しているお兄さんです」

……にしても、フィズといい教皇さんといい権力者っていうのはどいつもこいつも自由に動ける裏の顔を作りがちだよね。……あ、私もか。

そういえば私もしっかりシャルって偽名名乗ってセレスの故郷に行ったり侍女に紛れたりしてたね。人のこと言えないや。

「教皇なのにお兄さんはずっとここにいるんですか？」

「そうですよ。人にバレないように教会の奥深くにいるのは息が詰まってね。その点、ここなら地下室とかにいるよりは開放的でしょ？　人は全く来ませんけど、正体を隠して過ごすには最適ですし。まあ、寂しいには寂しいんですけど……」

そう言ってどこか遠くを見るお兄さん。まるで、何かを思い出しているみたいだ。

「お兄さんの正体を知ってる人って、他には誰がいるんですか？」

「教会の上層部、その中のごく一部しか知りません。そう考えると皇妃様はかなりレアですね」

「……他に誰もいない時はシャノンでいいですよ。そういえば、お兄さんのお名前はなんですか？」

「う～ん、僕はもうお兄さんって年でもないからおじさんって呼んでくれていいですよ。いや、おじ様もありか……？」

「……さすがにおじさんって年ではないでしょう……」

どう見たってフィズよりも数歳上くらいの年だ。顔にはシワ一つ見当たらないし。

「え～、僕としては是非おじ様って呼んでほしいんですが、ダメですか？」

「……それは、ちょっと……」

なんでそんなにおじ様呼びを推すんだろう。そういう趣味なのかな。それとも本当に実は結構な年とか？　……ないね。どっからどう見ても二十代のお兄さんだ。

う～ん、結局名前についてははぐらかされちゃったし、しばらくはお兄さん呼びかな。この美青年をおじ様って呼ぶのは抵抗あるし。お兄さんがなんでそう呼ばれたいのか、理由は分からないままだけどおじ様呼びはとりあえず却下だ。

「キュ～」

「あ、狐」

これまで風呂敷の中に隠れていた狐がモゾモゾと出てきた。これまではお兄さんを警戒するようにしていたんだけど、どうやら大丈夫だと判断したらしい。

「狐もおやつ食べる？」

「キュ」

コクリと頷いた狐の鼻先にお兄さんお手製のマフィンを持っていく。すると、スンスンと匂いを嗅いだ後、パクっとかぶりついた。

うんうん、いっぱいお食べ。

あぐあぐとマフィンを頬張る狐を見てお兄さんが言う。

「……それは、ヴィラ・ユベールに従わされていた子ですか？」

「はい。やっとここまで回復したんです」

「そうですか。密かに心配していたのでホッとしました」

安心したように胸を撫で下ろすお兄さん。

「——そういえば、どうしてお兄さんはあの場に来てくれたんですか？」

頭の中にポンっと湧いて出てきた疑問を口にする。

「ふふ、年甲斐もなくできた小さいお友達を助けたいと思っちゃったんですよね。ユベール家が僕の命を狙ってきたことに僕の部下達もプンプンだったので、そのガス抜きも兼ねて出ていっちゃいました」

プンプン……どこか静謐な空気を纏ってるお兄さんが言うと違和感がすごいけどなんかかわいい。

「本当は暗殺し返すって枢機卿達が息巻いてたんですけど……ほら、教会関係者が暗殺に関与したってバレたらイメージ悪いじゃないですか。皇帝からも協力を求められてましたし、丁度いい機会かなって」

「へぇ……」

暗殺するなんてダメだよ！　って止めるんじゃなくてイメージが悪いから止めたってところがいかにも権力者って感じだよね。

「――って、あれ？　そういえばお兄さんは、いつから私が皇妃だって気づいてたんです？」

「最初から」

「え？」

「最初っからですよ」

そう言って微笑むお兄さん。

なんですと？

その時、私の脳裏には「教皇様の瞳は真実を見通す」という噂話が蘇っていた。

「――な～んてね、どうしてシャノンちゃんが皇妃様だって気づいたのか、いつから気づいてたのかは企業秘密です。教会っていうのは色々と隠し事が多いですから」

「……お兄さん、意外と狸ですね」

「狸ってかわいいですよね」

「……」

むぅ、いいように遊ばれてる……。最初の頃、久々に人に会ったって泣いちゃったお兄さんはどこに行っちゃったんだ……。

むっつりと頬を膨らませると、お兄さんが微笑ましそうに私の頬を見つめてきた。

「ふふ、そうしてるとシャノンちゃんの方が狸みたいでかわいいですね。隣の狐とセットでいい感じだ」

「……私、お兄さんのことが分からなくなってきましたよ……」

「ふふ、これでも教会のトップですから。簡単に分かられても困っちゃいますよ」

そう微笑んでお兄さんは紅茶の入ったカップを口元に運ぶ。

大変絵になりますね。

にしても、本心を見せない微笑みって権力者的には標準装備なのかな。

「……」

ニコッ
フィズとお兄さんの真似をして試しにやってみると、リュカオンが悲しそうな顔をしたのですぐにやめた。

「どうしたのリュカオン」

「シャノンが将来こやつや皇帝のようになってしまったらと考えただけで悲しくなった」

「失敬な」

全く気にしてなさそうな顔でお兄さんが言う。

「……キュ……」

そんなことを話していると、おやつを食べてお腹いっぱいになったのか狐が隣でうとうとしていた。

「お腹いっぱいになったらすぐに眠くなっちゃうなんて赤ちゃんみたいだねぇ。ふぁ〜」

狐につられたのか、私もあくびがでちゃった。そんな私をリュカオンが生温かい目で見る。

「シャノン、お前も人のことは言えぬな」

「うん、私もお腹が満たされてちょっと眠い……」

眠そうな狐を抱っこしようとしたけど私の腕力では持ち上がらなかった。びっくり。

その代わり、寝ぼけた狐が温もりを求めたのか私の上に乗りあげてくる。

そんな狐の重みに負け、私はソファーの上に横になった。

うぅ、あったかい、ふわふわ、いい匂い……。

栄養が行き渡ってきた狐の毛皮は魔性だ。すぐに凄まじい眠気がやってくる。

そして、私の上で納まりのいい場所を見つけた狐はさっさと穏やかな寝息を立て始めた。

寝る一歩手前の私に、お兄さんの優しい声がかけられる。

「ここで寝ても大丈夫ですよ。足もソファーに乗せちゃってください」

「あい……」

お言葉に甘えて靴を脱ぎ、ソファーに足を乗せる。

その後、ふわりとブランケットか何かをかけられたな、と思ったところで私の意識は途切れた。

――意識が途切れる直前、リュカオンの「シャノンもまだまだ子どもだな」という呟きが耳に入る。

まったくその通りでございます。

【リュカオン視点】

ぴったりとくっつき合って眠るシャノンと狐に、教皇がブランケットをかけてやっている。

あれだけの部下を従えて仰々しく登場した男の所帯じみた姿は、やはりどこか違和感がある。

「教皇ともあろうものが甲斐甲斐しいものだな」

「ふふふ、それはお互い様じゃありませんか？　神獣様」

「我は歴としたシャノンの契約獣だ。だがそなたは違うだろう」

「それは――」

「茶飲み友達だから、などとは言わせんぞ」

「……」

そう言おうとしていたのだろう、我がそう言うと教皇が押し黙った。

――さて、ここからは大人の時間だ。

「教皇、子ども達は寝静まったことだし、これからは大人同士の話をしようじゃないか」

我が言うと、教皇は微笑んでその長い足を組んだ。

「神獣様ともあろうお方が、僕なんかに聞きたいことでも？」

「神獣は全知全能ではないからな。そなたに聞きたいことなど山ほどあるぞ」

「へぇ、たとえばどんなことですか？」

「そうだな、たとえばそなたとシャノンの関係とかだな」

そう言ってちらりとシャノンを見ると、狐の胸毛に顔をスッポリと埋めて眠っていた。息苦しくないのだろうか。

シャノンに癒された後、我は目の前のソファーに座る教皇に視線を戻した。

「いくらうちのシャノンがかわいかろうと、たった一度会った者のためにそなたほどの男が行動を起こすとは考えにくい。……そなた、シャノンとどんな関係がある」

すると、教皇は虚を衝かれた顔になった。

「……神獣様ならとっくに気づいているかと思いましたが、案外隠し通せるものですね」

教皇がそう言った次の瞬間、目の前の男からブワッと魔力が解放された。

「なっ――!!」

そして、みるみるうちに教皇の髪と瞳の色が変化していく。我と同じ、銀色の髪とアメジストのような紫色の瞳に。それは、紛れもない神獣の色。そして、教皇からは先程までは全く感じなかった同族の気配を感じる。

この気配は――

「そなたも神獣だったのか……いや、純粋な神獣ではないな。昔、神聖王国人以外の者と結婚した神獣がいたと聞いたことがある。そなたはその子孫か」

「ご名答。祖父が神獣で、祖母が巫女と呼ばれる特別な魔法を使うことができた人間だったそうです」

完全に油断していたとはいえ、この男に神獣の血が入っていることに全く気づかなかった。推測でしかないが、おそらくこの者は神獣の姿と人間の姿をうまく使い分けられるのだろう。今だって、無理に魔法で色を変えた感じはしなかったからな。

「神獣の血……ということはそなた、見た目よりはかなり長生きしているな？」

神獣の寿命は人間とは比べ物にならないほど長い。だからその血が入っているこやつも、見た目は若いがかなりの年数を生きているのだろう。

なるほど、要所要所で年寄りアピールをするわけだ。まあ我よりは断然若いがな。

「さすが神獣様。僕なんかとは頭の回転が違いますね。崇拝されるわけだ」

「ふん、あからさまな謙遜をしおって。あれだけ狂信的な部下を大勢抱えておいて何を言うか。まるで教会はそなたのためにある組織のようではない、か……」

――そうか、そういうことか。

自分の言葉で我はあることに気が付いた。

「このミスティ教は、そなたのために作られた組織なのだな」

そう言うと教皇はニッと微笑む。

「ご名答。さすが神獣様ですね。正確には僕のためだけにではないですけど」

自分にも神獣の血が入っているくせに何を言うか。

「僕達が生まれた頃には神聖王国はもうなかったので、神獣の存在もほとんど迷信になっていました。その中で、神獣の血を引いているのは僕と弟、そして母しか周りにはいませんでした。そんな母も、人間である父が亡くなった後儚くなり、残されたのは僕と弟だけ……」

そして、何かを思い出すように宙を見ながら教皇は語り続けた。

「人よりも長生きな僕達がそのまま生きていたらいつか必ず人間社会から弾き出される。だから僕は、かわいい弟のために生きやすい環境を作ることを決意したんです」

「それが神獣信仰か」

「はい。万が一僕達に神獣の血が入っているとバレてしまっても、神獣が信仰されているならば虐げられることはありませんから。神聖王国そのものも信仰の対象に入れたのは、なんというか、カムフラージュというか……おまけです」

テヘッとおどけたように笑ってみせる教皇だが、なぜだろう、人間年齢でいうとかなり年寄りだと思うと先程とは見る目が違ってしまうな。我が言えたことではないんだが。

そして、こやつは簡単に言うが一から神獣を信仰の対象にするにはかなり時間がかかっただろう。生半可な努力ではなかったはずだ。

そこでふと、先程からちょこちょこと話に出てくる教皇の〝弟〟が気になった。

「そなた、弟は――」

その質問に無言で首を振る教皇。

「そうか……」

「弟はとある女性に惚れたと言ってここを出ていってしまい、その女性との子どもが生まれてしばらくして亡くなりました。弟も神獣の血が入っているので死因はもちろん寿命ではありませんが、納得した最期だったようです……」

「だったようって、そなたが本人と話したわけではないのか？」

「その女性との交際に猛反対したせいで駆け落ちするように出ていかれちゃいまして。まあ、出ていった先はお相手の女性の実家だったんですけど、その女性の国が国でしたし弟には拒否されるしで半ば絶縁状態だったんですよね。あはは」

空気を重たくしないためなのか、教皇は笑ってみせたがその笑いはカラッカラに乾いていた。

「……そなた、もしかしてぶらこんというやつか」

「ブラコン……たしか兄弟が大好きな人に使う言葉でしたよね。そうなんでしょうか？　僕にとって弟は世界の全てだったのでブラコンなんて言葉では足りない気がしますけど……」

「……」

真顔でコテンと首を傾げる教皇にドン引きしたのは言うまでもないだろう。

そんな我の内心に気づいたからなのか否かは分からぬが、教皇がポンッと手を叩いて話題転換を図った。

「——あ、そうだそうだ、随分話が逸れましたけど最初の質問に戻りましょう。たしか僕とシャノンちゃんの関係でしたね」

「ああ」

半ばげんなりとしていた我の耳に次の瞬間、信じられない言葉が飛び込んできた。

「まあつまり、僕から弟を奪った女性がシャノンちゃんの母親なので、僕はシャノンちゃんの伯父ということになりますね」

「はぁ……。——はぁ!?」

さらりと聞き流すところだったが今なんて言った!?

我としたことが思わず教皇を二度見してしまったぞ。

我が驚いたことが嬉しかったのか、教皇がしたり顔になる。

「だから僕言ってたじゃないですか、シャノンちゃんに『おじ様』って呼んでって」

「あの文脈で誰が『伯父様』だと思うんだ!!」

「あはは」

そんな風に、イタズラが成功した子どものように笑う教皇を見ながら我は思った。

――シャノン、どうやらお前の初めてのお友達は血縁者だったようだぞ……。

「はぁ。そなた、シャノンの伯父だったのか……」

我は信じられない思いで目の前の男を見た。

「……ん？　というかそなた、シャノンが自分の姪だといつ気が付いたのだ？　気づくタイミングなんてなかったと思うのだが」

「シャノンちゃんと初めて会った時ですよ」

「ほう？」

「僕の祖母が巫女と呼ばれていたことはさっき言ったと思いますが、祖母は真実を見通す魔法が使えたんです。その力が僕にも受け継がれているんですよ。大分弱まってはいるんですけどね。その魔法を警戒魔法陣が反応したシャノンちゃんに使いました」

まあ、あの場面だったら使うであろうな。しかもあの時はユベール家からの暗殺者が来た後だったから教会全体も警戒していただろうし。

「本来、僕の力ではその人の過去やその周辺の出来事までは視えないはずなんです。そこまで視る気もなかったですし。……だけど血が繋がっているからか、はたまた魔法のイタズラなのか、あの時僕の脳にシャノンちゃんの過去から今に至るまでの情報が一気に流れ込んできました」

そうか、だからあの時様子がおかしかったのか。

「あの時泣いたのは、久々に人と会ったからじゃなくてシャノンの父が自分の弟だと分かったからか？」

「……多分、それもあるかもしれませんね。あの時は感情がぐちゃぐちゃで、自然と涙が出ちゃったんです。でも多分、涙が出た一番の理由は――弟が、命を懸けてシャノンちゃんを生かしたことが分かったから、ですかね」

「……なんだと？　どういうことだ？」

シャノンの父親が命を懸けて……？

そこで、話の流れを打ち切るように教皇がパンッと手を叩いた。

「――っとその前に、僕ばっかりしゃべるのは不公平でしょ？　僕からも神獣様に一つ質問させてください」

「はぁ？　このタイミングでか？」

「はい。このタイミングで、です」

ニコニコと柔和な笑みを浮かべているが、決して譲歩する気がないのが雰囲気から分かる。

仕方がない、ここは年長者の我が譲ってやろう。我やこやつくらい長く生きていたらもはや年は関係ない気もするがな。

「仕方ない、質問してみろ」

「はい」

そこで、教皇の雰囲気がガラリと変わり、表情はそのままで雰囲気だけは真面目なものになる。

「――なぜ、神聖王国は滅びたんですか？」

「……単刀直入だな」

「貴方相手に駆け引きなんかしてもしょうがないでしょ」

そう言って教皇はダラリと力を抜いてソファーの背もたれに体を預ける。

「そうだな、神獣の血が入っているのならそなたには全く関係のない話でもないし……いいだろう、話してやる」

「お願いします」

そして、我は話し始めた。愚鈍だった我らの、罪の話を。

「――神聖王国民は、大の面食いだった」

「……は？」

そこで教皇がポカンと口を半開きにし、何を言ってるんだコイツとでも言いたげな顔になる。

「まあ大人しく聞け。神聖王国民は面食い。そして我ら神獣は神聖王国民が大好きだった。国民性というよりは、血筋というか――まあ、遺伝子レベルで神聖王国民を好ましく思うように我らはできているのだろう。それがなぜかは我にも分からぬが」

「へぇ」

純粋な神聖王国の民ほど好ましく感じるから我らはそういった生き物なのだろう。

教皇にも神獣の血が流れているわけだが、どこか他人事のように我の話に相槌を打っている。それもそうか、こやつが知っているのは神聖王国が滅びた後の時代だしな。

「神聖王国は民の数は少ないながらも我らと手を取り合って国を栄えさせていた。……そうだな、国民の数と神獣の数が同数くらいにはいた気がするな……」

「そんなに神獣がいたんですか。この国の国民がその場にいたら喜びで小躍りどころか大躍りしそうですね」

「だな」

帝国にそこまで長いことといるわけではないが、なぜかその光景は容易に想像できる。まあ、そうしたのはこの男なわけだが。

「神獣と神聖王国民は契約獣と契約者、その関係で長らくうまいことやっていた。だが、神獣は人型になれば漏れなく皆美形だ。面食いの神聖王国民が惚れないわけがない。そして、神獣も神聖王国民ならそれだけで好ましく思ってしまう。……まあ、最初の一組が恋人になったらそこからはものすごい勢いで恋人が成立しまくって、国中が神獣と神聖王国民のカップルで溢れかえった」

そう言うと、教皇が何とも言えない顔になる。だがそんな教皇の反応を無視して我は話を続けた。

「まあ、そんなわけで国民のほとんどが神獣と結ばれるという事態が起こったんだ。そなたの祖父や、一部の王族、神聖王国民は他国の者と結婚した者もいたようだがそれは本当にごく少数だな。……そして、数年後には神獣と王国民の間の子どもが多数生まれ、国中が祝福ムードだった。……だが、我らは気づかなかったのだ」

「何にです？」

「神聖王国民と神獣の血が、恐ろしく相性が悪いということに、だ。神獣と神聖王国民の間に生まれた子どもは、ほぼ例外なく短命だった。まるで呪いのようにな」

――そう、我らは気づけなかったのだ。そして、気づいた時にはもう遅かった。

「血の相性が恐ろしく悪いという原因を突き止めた時には既に遅かった。人口が激減した神聖王国はもはや国としての体を成せなくなり――滅びた。そして我ら神獣は王国が亡びるのを見届けてから神獣界へと還ったのだ。もしまたこちらに来ることがあってももう二度と、人間の前では人型をとらないと誓ってな」

「……そんなことが……。でも神聖王国の人以外との子どもなら大丈夫なんでしょう？　現に僕の母はかなり長生きしたそうですし」

「ああ、そうだ。あと、血が薄い者同士ならば大丈夫だろう」

だが、それは我らの戒めだ。今さら変えるつもりはない。

これで我の話は終わりだ。そういうように尻尾を振り、教皇の方を見る。すると、教皇が考えるように自分の口に片手を当てて言った。

「神獣様、シャノンちゃんは僕の弟の子、つまりは八分の一神獣の血が流れているわけですけど、そんな気配を感じますか？」

「!!」

そこで、我はやっと気づいた。そうか、シャノンの父がこやつの弟となれば、シャノンにもそれなりに神獣の血が流れていることになる。

……だが、我が初対面の時に感じたのは、ほとんど残滓のような、残り香くらいの神獣の気配だった。そして、それがシャノンに興味を持った理由の一つでもある。かなり昔の先祖に神聖王国民以外と結婚した数少ない者がいたのだと思い、その程度なら大丈夫だと思っていたが……。

――そしてシャノンには、うっすらとではあるが神聖王国の王族の血も混ざっている。

嫌な予感がして、我はごくりと唾を飲み込んだ。

「おい教皇、もう一度聞く。そなたの弟が命を懸けてシャノンを生かしたとは、どういうことだ？」

我の問いに、教皇はゆっくりと瞳を閉じ、そして開いた。

「これは、魔法で視えたことですが、シャノンちゃんもその呪いとも言える短命の運命を背負って生まれました。そのことにどうやって弟達が気づいたのかまでは分かりませんでしたが。そして僕の弟……いや、シャノンちゃんの両親は自分達の命と引き換えにシャノンちゃんの寿命を延ばした……」

「……禁忌魔法か」

「ええ。シャノンちゃんに残っている禁忌魔法の残滓はそれでしょう。いえ、禁忌魔法というよりは――親の愛、ですね」

教皇がソッと目を伏せる。

――そうか、だからこやつは泣いたのか。

おそらく、こやつは元々シャノンには複雑な感情を抱いていたのだろう。愛する弟の子でもあるが、こやつ視点だと自分から弟を奪ったシャノンの母親の子でもあるわけだからな。

だが、シャノンの両親は心の底からシャノンを愛し、自分達の命と引き換えにシャノンを生かすことを選んだ。その選択が正しかったのかどうかは、誰にも判断できぬことだろう。

我は狐の毛に顔を埋めて眠るシャノンを見遣った。

「……今生きているこの子は、親の愛そのもの、か」

「ですね。弟達は寿命を延ばすだけでなく、シャノンちゃんの未来に影を落としそうな要因は全て取り払ったのでしょう。神獣の血がほぼ消えているくらい薄くなっているのもその辺りが関係するのだと思います」

「……そうか」

神聖王国の王族で他国に嫁いだ者が過去に数人いた。その血がシャノンの母親に受け継がれていたのだろう。そのことはシャノンの母親も知らなかったはずだ。そしてその母親が、世界を捜しても数人しかいないであろう、神聖王国以外の者と結婚した神獣の子孫と結ばれた。

神獣の血がもっと薄ければ、先祖が特に血の濃い神聖王国の王族でなく一般市民だったら、何の問題もなかった。

──ほとんど天文学的な確率で、シャノンも短命の運命を持って生まれてきてしまったのだ。

「……神獣界に戻る前に、もっと何かすべきだった……そうすればこんなことには……」

すると、教皇が我の呟きにハア、と溜息をついた。

「なってましたよ。こんなこと、誰が予想できるって言うんです？　それこそ、神でもなければ無理ですよ。それに当時、貴方達も周りなんて気にかけている余裕はなかったでしょうし」

貴方はただ力を持った獣なんですから自惚れないでください、と教皇は続けた。この国の者達が聞いたら失神しそうなセリフだが、こやつなりの慰めでもあるのだろう。

「それよりも、僕達はこの子を幸せにすることを考えましょう。僕の弟や……シャノンちゃんの母親の分までこの子を幸せにするんです」

「……そうだな」

そう言ってシャノンを見る教皇の目は慈しみに満ちていた。

──シャノン、そなたは両親に愛されているのだぞ。

シャノンにとっては酷な事実かもしれぬからまだ本人には言えぬ。それは教皇も同じ意見のようだ。

だが、もし将来、シャノンが望むのならばその時は──

グッと目を閉じ、我は覚悟を決めた。

「シャノンは必ず幸せにしてみせよう」

「ええ、シャノンちゃんのためなら教皇としての力を乱用することも厭いません！」

「それは厭え」

自分の影響力を自覚しろ。そなたがあれやこれや出張ってきたら国内のパワーバランスが崩れるぞ。吹っ切れたようにやる気満々の教皇に、我は呆れた目を向ける。

我は、〝もんすたーぺあれんと〟とやらの誕生に立ち会ってしまった気がするぞ……。

ただ、国内でも皇帝と並んで最強の味方がシャノンにできたからよしとするか。

「……そなた、これからどうするつもりだ」

「もちろん、シャノンちゃんを陰ながら支えますよ」

「その先のことだ。シャノンは元々短命の運命だったから、寿命の延びた今でも普通の人間と同じくらいの長さしか生きられぬだろう。……シャノンは、必ずそなたを置いていく」

「……」

そう言うと、教皇は微笑んだまま口を閉じた。その瞳には既に迷いはない。

ああ、とっくにこやつの中で先は決まっていたのか――

「心の支えであった弟ももういませんし、シャノンちゃんの最期を見届けたら僕もこの生を終わらせようと思います。この世界で、人間の理から外れた僕の居場所はありませんから……」

大分生きましたしね、と笑う教皇。

こやつは、既に疲れ切っていたのだな……。

自分達とは似て非なる生き物である人間のコミュニティの中で、迫害されぬように弟を守りながら手を尽くしてきたこやつの苦労はどれほどだっただろうか。

だが、我は教皇の話を聞いて「はいそうですか」で終わらせる気はなかった。

「ふん、何を言っておる。世界はここだけではないぞ。シャノンの寿命の終わりを見届けたら、我はそなたを神獣界に連れていく。神獣の中ではそなたはまだまだ若造だ。暇を持て余した年長者どもにせいぜいかわいがってもらえ」

「——!!」

そう言うと教皇がハッと息を呑む。そして、目を見開いて我の方を見た。

「……置いていって、すまなかったな」

神聖王国が滅亡した理由を知らなかったこやつは我らが神獣界に還っていたことも知らなかったのだろう。あの時は外に行った者達には故郷のことを忘れて幸せになってほしいと考えて何も言わずに神獣界へと旅立ったのだが……。こやつの祖父が伝え忘れていたら神獣界があるということすら知らなかった可能性もある。もし知っていたとしても、四分の一しか神獣の血が入っていないこやつでは自力で神獣界へ飛べたかも微妙ではあるが。

まあ、そこは我が連れていってやるから問題ない。

我はポカンとした顔をしている目の前の男に意識を戻した。この表情だとなんだか幼く見えるな。

頭の中で色々と考えたのだろう、もしくは全く頭が働いていないのかもしれない。長い沈黙の後、教皇がゆっくりと口を開いた。

「…………そう、ですね。全てを見届けたら神獣界でゆっくり暮らすのも悪くないかもしれません……ね……」

そう言って、教皇は微笑んだ。

それは、いつものどこか無機質な笑顔ではなく、木漏れ日のような、心の底からの笑みで――

「うむ」

教皇の言葉に、我は満足げに尻尾をゆらりと振った。

「――まあ、そんな先のことを今から考えても仕方がありませんね。まずはシャノンちゃんの地位を盤石にしないと」

軽い口調で教皇が空気を切り替える。

「まあ、そうだな」

「僕がいるからにはシャノンちゃんに苦労はさせませんよ。なにせ、かわいい弟の忘れ形見ですから。苦労も危険もシャノンちゃんには一切近寄らせはしません」

ニコリと笑ってそう言う教皇からは、なんだか相当こじらせてそうな気配がした。

きっと弟にもこんな感じであったのだろうな……。

「そなたの愛はいささか粘着質なようだな」

「愛なんて絡みついてなんぼですよ」

サラリと言い放つ教皇。

……シャノンの父親がこやつのところから逃げ出した理由がほんの少しだけ分かった気がするな。

口が裂けてもこやつには言えないが。

教皇は尚も続ける。

「シャノンちゃんなんて特にか弱いんだから真綿でそっとくるんであげないと」

「シャノンがか弱いのは体だけだ。中身は芯の通った子だぞ。意外にいろんなことが見えているからな。……少し抜けているところがあるのが玉《たま》に瑕《きず》だが」

「そこがかわいいんじゃないですか」

「……まあ、そうなのだがな」

……こやつは少し、身内に対して盲目的なところがあるかもしれぬな。シャノンの悪いところをどんなに挙げても全て肯定されそうな予感がする。まあ、シャノンにあげつらうほど悪い部分などないのだが。……はぁ、結局我もこやつと同じ穴の狢《むじな》か。

全肯定骨の髄《ずい》まで甘やかし型のこやつと違い、我は少しくらい苦労も味わった方がいいという教育方針だ。だが、シャノンは通常の十四歳では到底味わわない苦労を既に経験している。

……うん、まあ、既に苦労をしているのだからこの先は甘やかしてもいいのではないか……？

結局、我もシャノンには甘々なのだ。

よっこいしょ、とソファーの上に乗り、ぐーっと伸びをする。

「――さて、結構長話をしてしまった。そろそろシャノンを起こすとしよう」

「え!?」

時間も時間なのでそう言うと、教皇は信じられないといったような顔になった後、スンと真顔になる。

「ぐっすり寝ているシャノンちゃんを起こすんですか？　せっかく気持ちよく寝ているのに起こさ

れるなんて可哀想じゃないですか？」

「今起こさぬと食事の時間に遅れる。シャノンが腹を空《す》かせてもいいのか？」

「グッ！　それは……!!」

教皇が言葉に詰まっている間に我はシャノンを起こした。

狐の胸元に顔を埋めて寝ているシャノンの背中を鼻先でつつく。

「おいシャノン、起きろ」

「んー、起きました」

「よし、シャノンは寝起きのいい子だな」

「えへへ」

褒めてやると心の底から嬉しそうな笑みを漏らすシャノン。その純粋さでお前の伯父が浄化されそうだぞ。

両手で自分の顔を覆い、「尊い……」と小さな声で呟く教皇の奇行にシャノンは全く気づかないようで、テキパキ……とはいかないが、帰り支度を整えていっている。

あ、教皇がシャノンの代わりに支度をしようと名乗り出たが断られた。まあ当然か。

狐はまだ眠っている。仕方ない、帰る直前にもう一度起こすか。狐は支度も何もないからまだ眠っていても問題ないだろう。

そして、シャノンの準備が整った。そこそこ遅い時間になってしまったので、帰りはここから転移で離宮まで飛ぶ。

「是非また来てくださいね」

「はい！」

教皇の言葉に元気よく片手を上げるシャノン。

顔には出していないが、シャノンのその行動に教皇がメロメロになっているのが分かる。今までは気づかなかったが、もしかしたらずっとこうだったのやもしれぬな。

我も軽く挨拶をし、寝ぼけ眼の狐も連れて転移をするために力を練る。

そして転移が発動する直前、シャノンが教皇の方を振り返って言った。

「必ずまた来ますからね――おじ様」

「へ？」

教皇が瞳を真ん丸にした次の瞬間、我らは離宮のエントランスにいた。

我は先程の言葉の意味を確かめようとシャノンを見上げる。

「シャノン、今のは――」

「クゥ～ン……」

我の言葉を遮るようにして狐が悲しそうに鳴く。

言葉を中断してそちらを向くと、狐が必死に自分の胸元をペロペロと舐めて毛繕いをしていた。

狐が一生懸命舐めている胸元を見てみると、そこはぐっしょり濡れている。

――そしてそこは、さっきまでシャノンが顔を埋めていた場所で――

まさか、さっきの話を聞いて――

「リュカオン、お腹空いちゃったね」

「シャノ……」

我が話そうとするのとほぼ同時に、シャノンがガバッと両手を上に突き上げた。

「シャノンちゃんいっぱい食べちゃうぞぉ～!!　いっぱい食べて、健康になって長生きしないとね。なんてったって、シャノンちゃんってばみんなに愛されちゃってるから」

そう言って笑うシャノンの目元は、微かに赤くなっていた。

それを見て我は察する。

……全てを、受け止めたのか。

――ああ、シャノン、お前は我が思っているよりもずっと強いのだな……。

いろんな感情が一気に溢れ出し、それと同時に湧き出てきた涙を堪えられたかどうかは、自分では分からなかった。


食堂に向かう途中、我の隣を歩くシャノンが自分のお腹を擦りながら言う。

「食べすぎて太っちゃっても、炙ったら脂肪が消えて元に戻るかな」

「……ただ火傷をするだけだろうな」

「脂肪を燃焼させるって言うから物理的に燃やしてもいいのかと思った」

「んなわけあるか」

いつも通りのかわいらしい発言に拍子抜けする。

もしかしたら何も聞いていなかったのかもしれない。

ともかく、この愛おしくて危なっかしい子はしっかりと見張っておかねばならぬな――

＊＊＊

お腹いっぱいになった私は、どたっとベッドの上に横になった。

そして、私の真似をするように狐が私の隣に横になる。かわいい奴め。

「もう……食べられない……」

「キュゥ～」

「こら、食べてすぐに横になるでない」

保護者リュカオンが鼻先で私達の背中を押し、体を起こさせる。

狐が来てからリュカオンの育児の負担が増えた気がする。狐は自分の部屋があるけど、最近は私達と一緒に寝ることもあるし。

なんだか、家族が増えたみたい……。

そんなことを考えていると、ふとウラノスの伯父様の顔が頭に浮かんだ。

年に一度くらいしか顔を合わせなかった伯父様。お見舞いの品を贈ってくれた伯父様。

――そして、お母様のことを目に入れても痛くないくらいかわいがっていたという伯父様。

相談する気なんかなかったのに、気づいた時には、私の口からポロリと言葉が溢れていた。

「――ねぇ、伯父様は私のことが嫌いだと思う……？」

私の言葉にリュカオンと狐が目を見開く。

二人の反応を見て初めて、私は今の言葉が自分の口から発されていたことに気づいた。

「あ……何言ってるんだろうね、やっぱり今のなし。もっと楽しい話しよ――」

「シャノン」

早々に話題の転換を図ったけどうまくはいかなかったようで、リュカオンが私を呼び止める。

「なぁに？」

「シャノン、我にはウラノス国王……お前の伯父の真意は分からん。もしかしたら伯父にも複雑な想いがあり、顔を合わせることはそう多くなかったのかもしれぬ。だが、シャノンのことを虐げることなどいくらでもできたであろう伯父がお前に用意したのは、十分な物資のある離宮と愛情深く優秀な侍女達だ。……つまりは、そういうことではないか？」

リュカオンの言葉で、私は数少ない、伯父と顔を合わせて話した時のことを思い出していた。

目はあんまり合わなかったけど、伯父の表情は決して私を憎んでいるものではなかった。

「……そっか」

「うむ」

リュカオンが鼻先で私の頬をスルリと撫でる。それだけの行為なのに、暖炉やコートなんて比べ物にならないくらい温かかった。

そこで、私はしんみりとした空気を打ち消すように明るく言った。

「さて、ちょっと暗い空気になっちゃったからもっと面白い話しよ！　たとえばほらっ、お腹の虫は昆虫なのか否かとか！」

「本当にその話したいか!?」

「うん、なんかこういう話してると頭よさそうじゃない？」

「この話題で頭がよさそうだと感じてる時点でそこそこに残念だぞ」

「なぬ」

……まあ、価値観とか基準って人それぞれだよね。


その日の夜は、リュカオンと狐に挟まれてベッドに入った。

狐が「やれやれしょうがないな、一緒に寝てやるよ」みたいな顔をしてるのがちょっぴり癪に障る。自分だって一人で寝てたらたまに寂しくてキュンキュン鳴くのに。私よりも大人ぶってるけど、実は狐の精神年齢は私とそんなに変わらないんじゃないかと名探偵シャノンちゃんは睨んでるよ。

「じゃあおやすみ二人とも」

「キュ」

「ああ、おやすみシャノン」

二人に挨拶をして目を閉じると、あっという間に意識が遠ざかっていく。

――その日に見た夢は、私が生まれた日、両親が涙を流しながら喜び合っている光景だった。

＊＊＊

それから数日後、なんと、フィズが離宮を訪ねてくることになった。しかも正面から。

皇帝と皇妃として堂々と会うのは何だか新鮮だ。

「なんか、フィズと堂々と会うのって逆に疚《やま》しいことをしてる気分になるねぇ」

「人に聞かれたら誤解を生みそうなセリフだが気持ちは分からんでもない」

やたらと毛並みがサラサラなリュカオンが同意してくれた。そして、その隣に座る私も今日はおめかしをしている。なぜなら皇帝であるフィズが来るからと、みんながやたら張り切ったからだ。

セレスは前日からずっとドレスを選んでたし、アリアとラナも久々に私を磨けるということで大はしゃぎ。今日の朝食のメニューもなんだか意識の高そうなサラダとかやたらと栄養価の高そうなパンとかだった。食事に関しては日頃からやってないと意味ないいんじゃないの？

まあ美味しかったからいいけど。

フィズを出迎えるために立ってると疲れちゃうだろうから座って待っていてとのことだったので、遠慮なく応接室のソファーに座ってフィズが来るのを待っている。

外の人が来るので狐は自分の部屋で待機だ。

リュカオンや侍女のみんなと談笑しながら待っていると部屋の扉がノックされた。なので、出迎えるためにぴょこんとソファーから下りる。

そして、ラナが扉を開けるとフィズが入室してきた。

「……おぉぅ……」

きちんと皇帝らしい格好をしたフィズはキラッキラしていた。物理的に輝いてるんじゃないかって思うほど眩しいし、ついつい皇妃らしからぬ声が出ちゃったくらい顔面の暴力がすごい。旦那様のビジュアルのよさに慄いていた私だけど、侍女達が気合を入れて準備をしてくれたおかげで向こうも同じ状態だった。

「姫、とってもかわいらしいね！　どこの天使かと思ったよ。かわいすぎて眩しいんだけどもしかして物理的に発光してたりする？」

「してないけど……」

思考が同じすぎてビックリしちゃう。だけど、私以上にフィズの後ろにいる男の人の方がビックリしていた。

「フィズ、そこのとんでもない顔をしてフィズを見ている人はどなた？」

「ん？　こいつ？　俺の腰巾着」

「側近と言え側近と」

あ、側近さんだったんだ。黒い髪は短く刈り込んでるし、体はかなりガッチリして背も高いから護衛の人かと思った。

「側近さんはなんで、十年来の親友が実は詐欺師だったみたいな顔でフィズを見てたんです？」

「やけに具体的なたとえですね。……いえ、この方がそんな風に人をベタ褒めするのを見たことがなかったので。よく似た他人なのかと思ってしまいました」

「あはは、アダム、辺境で君の命を何回も助けてあげたのは誰だったかな？」

「陛下です。ついでに訓練で俺のことを四十六回半殺しにしてくれたのも陛下です」

「半殺しくらいで一々数を数えてるなんてみみっちい男だね」

「あんたの顔がいいっていう理由だけで四十六回半殺しにされたにも拘らずここまで仕え続けてる俺は聖人ですよ」

うん、二人はとっても仲がよさそう。

話を聞く限り辺境で魔獣退治をやってた時からの部下なのかな。それなら体格がいいのも納得だ。

そしてフィズがこちらを向く。

「姫、こいつはかなりの面食いだから粘着されないように気を付けて」

「そんなことしませんよ。せいぜい納得がいくまで肖像画を何枚も描かせていただくだけで」

「それを言ってるんだよ？」

おお、放っておいたら軽口の応酬が止まらなさそう。

そこでリュカオンが口を挟む。

「シャノン、この男はどうやら絵を嗜むようだな。今度描いてもらったらどうだ」

心なしか目がキラキラしているリュカオン。

「……リュカオン、もしかして私の肖像画欲しいの？」

「欲しい。なんならこまめに残して成長の記録をつけたい」

「思ったのより斜め上の理由だったよ」

なんで私の肖像画が欲しいのかと思ったら、保護者心が疼いただけだった。

神獣であるリュカオンの望みとあれば断られるはずがない。

そんなこんなで、今度フィズの側近さんに肖像画を描いてもらうことになった私。

だけどいざ描くとなった時、「現実の作画がよすぎて絵が負ける!!!」という理由で側近さんが筆を折りかけることになるとは、今はまだ知らない――

話が一段落すると、フィズが一つ咳払いをして話し始めた。

「――さて、そろそろ本題に入ろうか。今日は姫に諸々の報告をしに来たんだ」

「おお、やっと私も脱・蚊帳の外ができるんだね」

「その通りだよ」

フィズがコクリと頷く。その後ろでは、側近さん――アダムは面食らった顔をしていた。

「皇妃様……ストレートですね……」

「それがシャノンのいいところだ」

「えへへ」

どうやら、貴族社会特有のオブラートに包みまくった言い回しに慣れ切ったアダムからすると私の話し方は新鮮らしい。それもそうか、私も離宮に閉じこもってなきゃ貴族社会に揉まれまくってる立場だもんね。これでも一応生粋のお姫様で現在は皇妃ですし。育ち方が若干特殊だったからこんなんになっちゃってるけど。

だけど、フィズはニコニコと何度も頷いている。

「うんうん、素直なのは姫の長所だよね。自分の欲望に素直なのが短所の奴らに姫を見せてやりたいよ。まあ、そんな奴らは全員追い出しちゃったからもう姫の目の届く場所にはいないんだけど」

「追い出しちゃったの」

「うん。不要な奴らを追い出したら皇城内の人員がスッカスカになっちゃったよ。それでも仕事は以前よりもスムーズに回ってるんだけどね」

ユベール家の権力を笠に着て幅を利かせてた人達がいなくなったから仕事がしやすくなったのか。

「それはいいことだね」

「うん、ただ今のままじゃ一人一人の負担が大きすぎるから優秀な人材を補充しなきゃ。皇城内はまだてんやわんやだし、落ち着くのはもうちょっと先かな」

「そうなんだ。フィズも大分忙しいだろうけど、体壊さないでね？」

フィズの体力があるのは知ってるけど、それでも心配……。

そんな私にアダムが言う。

「大丈夫ですよ皇妃様。この人がそう簡単に体なんて壊すはずありません。辺境の森で一週間不眠不休で戦ってもニッコニコしてた化け物ですから」

「あっはっは、たったの一日でバテる君達が貧弱なんだよ」

「んなわけないでしょう」

「私もそれは違うと思う」

死んだ目で言うアダムに私も同意した。

多分丸一日戦い続けたら体力が尽きる人がほとんどだと思う。私なんて最初の一時間で瀕死になる自信があるもん。いや、むしろ一時間ももたないかもしれない。

「ほんと、顔がよくなかったらこの体力おばけの下からすぐに逃げ出してますよ」

「フィズの顔がいいって理由だけで仕え続けてるアダムも私はすごいと思うよ」

本当にそれだけの理由でフィズの側近をやってそうなアダムもなかなかに変わってると思う。本人は自分のことを常識人だと思い込んでそうだけど。変わり者同士お似合いの主従なんじゃないかな。

「そうでしょうか。ハゲた親父の顔を毎日見るよりもこの完成された美貌を毎日拝んだ方がよくないですか？　性格の良し悪しは別にしても、この人毎日ニコニコしてますし。あ、でも皇妃様が俺を引き抜いてくれるというのならば喜んでついていきます」

「う〜ん、それは間に合ってます」

「ガーン」

がっくりと項垂れるアダム。だけど全くショックは受けていなさそうだ。普通に冗談だったんだろう。なんだかんだ二人の相性はよさそうだしね。

「離宮の人手は足りてるから、今は大変なフィズのことを支えてほしいな」

アダムに向かってそう言うと、フィズがいち早く反応した。

「わぁ、うちのお嫁さんマジ天使。アダム聞いた？　今のが天使のお言葉だよ。俺の下で馬車馬のように働けって」

「天使の言葉をいいように改変しないでください」

「俺は天使の意図を汲《く》んでるんだよ」

「それを曲解って言うんですよ」

「二人とも仲いいねぇ」

ほのぼのしちゃう。

私は二人のやり取りをのんびり眺める気満々だったけど、リュカオンはそうではなかったようで、半眼で二人に言い放った。

「そなたら、シャノンの前で漫才を繰り広げる暇があるのならさっさと諸々の後始末を終えてきたらどうだ？　落ち着いた後なら我もゆっくりとそなたらの漫才を観賞してやろう」

「あはは、こちらとしては別に漫才のつもりはないんですけどね。でも姫が笑ってくれるなら芸でもなんでもやりますよ」

「そなたが言うとなんだか恐ろしいな……」

そこで、アダムがフィズの耳元に顔を近づけてコッソリと話しかけた。

「――陛下、そろそろ……」

「ん？　ああ、そうだったね」

アダムに言われて何かを思い出したらしいフィズがこちらを向いた。

「姫に会いたいって人がいるんだけど入れてもいいかな」

「うん？　別にいいけど、誰？」

「ん？　俺の兄さん」

サラリと言い放ったフィズは、扉に向かって「兄さんいいってよ～、入ってきな～」と声をかけた。

ふ～ん、フィズのお兄さんかぁ。

「――ってそれ皇兄では!?」

私が言うのと同時に、部屋の中に入ってきたフィズのお兄さんがダダダッと走って私の前に跪き、深々と頭を下げた。

「すみませんでしたあああああ!!!」

え、皇兄が私に頭下げてるんですけど。しかもものすっごい勢いで。初対面なのにどういうこと？

コテンと首を傾げ、頭上にクエスチョンマークを浮かべていると、フィズが教えてくれた。

「姫の離宮から使用人が全員出ていった出来事があったでしょ？　その時、俺には皇帝としての仕事に集中してほしいから姫の安全の確保は自分に任せてほしいって言われて、姫を見守るのは兄さんに任せてたんだよ」

「ほうほう」

「だけど使用人がいなくなった時、ユベール家を陥れる証拠を集めるためだけに姫の状況を俺に報告しなかったんだ。わざわざ嫁ぎに来てくれた姫に不便な思いをさせてしまったことと、姫の窮状を利用する形になってしまったことを兄さんは謝っているんだよ。もちろん、全てが兄さんのせいってわけじゃない。俺からも、改めて謝らせてほしい。この国に来てからの貴女の待遇、本当に申し訳なかった」

「すみませんでした」

フィズの後に続いてお兄さんにも再び謝られた。

今、私にはこの国の皇族のつむじが二つ向けられている。かなりレアな経験なんじゃないかな。ロイヤルつむじにロイヤル謝罪だよ。

「元々怒ってないから謝らなくてもいいよ。仕方ない状況だったのは分かってるし」

「顔だけじゃなくて性格もいいなんて、姫は何、本当に女神か何かなの？」

「普通の女の子だよ」

「あはは、この子ってば普通の意味分かってないや」

なぜか上機嫌になったフィズに「高い高いしてもいい？」と聞かれたけど丁重にお断りしておいた。だって今きちんとしたドレス着てるから崩れちゃうと困るんだもん。高い高いは今度、もっとラフな格好をしてる時にやってもらおう。

そこで、未だに頭を下げたままのお兄さんが消え入りそうな声で言う。

「……顔を、上げてもいいだろうか……？」

「だってよ姫、いい？」

「もちろん」

顔を上げたお兄さんの顔はフィズそっくりだった。でもフィズよりもどこか神経質そうな感じがするし、何より髪と瞳の色が違う。

フィズは白髪に水色の瞳だけどお兄さんは金髪碧眼の、ザ・貴族って感じの配色をしている。

お兄さんとパッチリ目が合う。すると即座にお兄さんが片手で目元を覆った。

「こんなにか弱そうな子を俺は……」

「うんうん、反省してね兄さん」

「ほんとに気にしなくてもいいのに」

むしろ罪悪感で泣きそうになってるお兄さんの方が可哀想だよ。

「せめてもの詫びとして、食材はかなり質のいいものを手配していたのだが……」

おっと、オルガ絶賛の食材を用意してくれてたのはお兄さんだったのか。

皇族であるお兄さんが言う「質のいいもの」だからかなりの高級品を手配してくれたんだろう。

……ん？　そういえば私、食材の質が分からなかったどころかそれを使って無謀にも料理に挑戦し、失敗したような気が…………。

「お義兄様!!　そんな過ぎたことはもうどうでもいいのです！　大事なのは未来なんですから！

私達はもう身内なんですから仲良くしましょう。私のことはシャノンと呼んでください」

「あ、ああ、シャノン様は元気な子だな……」

「様は要りません。呼び捨てに抵抗があるのならばちゃん付けでお願いします」

「ああ、分かった。シャノンちゃん……」

うんうん、ちゃん付けで呼ばれると心なしか距離が縮まった気がする。

ん？　ということは私もちゃん付けで呼び返すべきなのかな……？　う～ん、何か違う気もするけどとりあえず呼んでみよう。

跪いた状態から立ち上がったお兄さんを見上げ、私は言った。

「――お、お兄ちゃん……？」

「「「!?」」」

なぜか、その場にいた全員がクワッ!!　と目を見開いた。リュカオンまでもがみんなと同じ反応をしている。

とんでもない衝撃を受けたようにプルプルと震えるみんな。

その中で一番最初に口を開いたのはフィズだった。

「ひ、姫、その呼び方はやめておいた方がいいかもしれない」

「ああ。シャノン、その呼び方は破壊力が強すぎるから、無難に『お義兄様』あたりでいいと思うぞ」

フィズの言葉の後、リュカオンが即座に続いて言った。

リュカオンが言うならそっちの方がいいんだろうね。

リュカオンには絶対の信頼を置いているので、リュカオンに言われたことは素直に従います。

「じゃあ、私はお義兄様って呼ばせていただきますね」

「あ、ああ、そちらの方がいいかもしれんな」

そう言ってお義兄様がコクコクと頷く。

「こんなかわいらしい皇妃様にお兄ちゃんなんて呼ばれたら、昔から妹を欲しがってた殿下はただの貢ぎマシーンになっちゃいますもんね」

「アダムお前は黙っていろ」

アダムの肩を叩くお義兄様。だけど体格のいいアダムには全く効いていない。


私と和解をしたお兄ちゃ……お義兄様はホッとしたようにソファーに腰かけた。

やっぱり兄弟だけあってフィズと顔がよく似てるね。二人で並んで座っているとよく分かる。

「ところで、どうしてお義兄様じゃなくてフィズが皇帝の座についてるの？」

あ、聞いちゃいけないことだったかなと言った後で気づいた。

だけど特に気を悪くした様子もなく、お義兄様は私の疑問に答えてくれる。

「それはもちろん、フィズレストの方が皇帝の座に相応しい器の持ち主だからだ。ユベールと懇意にして好き勝手やっていた父に対抗できるのもこいつしかいなかったし」

「俺としては兄さんの方が適性あると思うけどね。真面目だし」

「そんなことはない。皇帝になるには俺は神経質すぎるからな」

ははっ、と笑ってそう言うお義兄様。

いやいや、サラリと言ってるけどそれって結構すごい判断なのでは？

長男だし、お義兄様は一番皇帝の座に近かったはず。なのに国のためを思ってフィズにその座を譲ったってことでしょ？　大変な立場だと分かっていても、いざ皇帝の地位を手放すとなったら誰だって惜しくなるものだろう。皇帝の座を巡ってお家騒動が起こるなんて話も歴史を振り返ってみるとざらにあるし。

フィズを皇帝にするというのは、本当に国のことを思って出した結論だったんだろう。

「俺は辺境で剣を振ってた方が性に合ってたけどなぁ」

フィズが頭の後ろで腕を組んでそう言う。

「何を言う。お前の皇帝の適性はかなりのものだぞ」

「そうですよ陛下。辺境にいた頃は、このままだったら陛下が強くなりすぎて人間辞めちゃうんじゃないかと思ってましたから。それに、こっちに戻ってきてから人間らしい文化的な生活ができて俺は感動してますよ。そのやたらとお綺麗なお顔も辺境で腐らせておくには勿体ないですし」

人間辞めちゃうって、辺境にいた頃のフィズはどんな感じだったんだろう……。あと、文化的な生活ができて感動するって、フィズ達がいた辺境ってどんな場所なんだろう。ちょっと気になる……。

「おいアダム、お前が余計なことを言うから姫の目が好奇心で爛々としてきちゃったじゃないの。姫、こいつが言うほど辺境は酷い場所じゃなかったからね？」

「そうなの？」

「うん、嫌味ったらしい狸親父どもはいないし、適度に体も動かせるから鈍らないし、部下達はみんな従順だったから俺は快適に過ごせたよ」

「……」

ニコリと笑ってそう言うフィズに、私は苦笑いしかできなかった。

鈍い私でも分かるよ。適度な運動って魔獣との戦闘のことだよね？　あと部下達はみんな従順だったって、絶対フィズが力でねじ伏せただけだよね？　だってフィズの後ろでアダムがチベットスナギツネみたいな顔してるもん。

「なぁにアダム、何か言いたそうだね」

「いえいえ、なんでもありませんよ。あなたが部下をシメるのは、部下が道理が通らない言動をした時だけでしたから」

「だよね」

……アダムの顔を見るに、お灸の据え方が相当過激だったんだろうな。

「──まあ、こっちに戻ってきて一番よかったのは世界一かわいいお嫁さんがもらえたことかな」

さらりとフィズが言う。

そんなハッキリかわいいなんて言われたらシャノンちゃん照れちゃう。

ドヤ顔と照れ顔を交互に繰り返していると、フィズが何かを思い出したように話を切り出した。

「あ、そうだ。お嫁さんと言えば、盗まれてた姫の結婚祝いの安全確認が終わったから持ってきたよ」

「おお」

「ユベール家に盗まれてたものだし、嫌だったらこっちで持って帰るけどどうする？　何も仕掛けられたりしてないのは確認ずみだけど」

「う～ん、せっかく贈ってくれたものだから受け取ろうかな」

形式的に贈っただけの人がほとんどだろうけど、人の厚意を無下にするのは忍びない。

ユベール家が何かよくない魔法とかを仕掛けてないのも確認してくれたみたいだし。

「わぁ、うちのお嫁さんってばなんていい子なんだろう。やっぱり見た目だけじゃなくて中身も天使なんだね」

「ですね。陛下、皇妃様を見習った方がいいんじゃないですか？」

「俺もよく絵画みたいとは言われるよ？」

「俺が言ってるのは外見じゃなくて中身の方です」

「あっはっは、お前を解雇しないんだから十分に優しいだろ」

またもや軽口の応酬を始めた二人を見てお義兄様ははぁ、と溜息をついた。

「二人とも、そのくらいにしておけ。皇妃と神獣様の前だぞ」

お義兄様がそう言うと二人はピタリと黙る。

リュカオンは別に目の前でぺちゃくちゃ話されたくらいで気分を害したりはしないけどね。むしろ賑やかだなぁくらいにしか思ってないと思う。

「……あれ？　でもフィズはともかくお義兄様とアダムはリュカオンを過剰に敬ったりはしないんだね？」

「国の中枢にいる者が教会の言いなりになるわけにはいかないからな」

「あ、そっか」

「だが、もちろんアルティミア国民として神獣様を敬う心はあるぞ。なぁアダム？」

「はい、もちろんです」

コクコクとアダムが頷く。

「それに、神獣様も一々大袈裟な反応をされたら疲れるでしょう」

「そうだな。我はただのシャノンの保護者のつもりでいるし、そなたらもそのように接してくれて構わない」

リュカオンが鷹揚に頷く。

そんなリュカオンを見てフィズが微笑んで言った。

「さっすが神獣様、心が広いねぇ」

「そなたに至っては初対面の時から我を敬う気などなかったであろう」

「あっはっは、何せ俺が信じるのは自分の剣の腕だけなんでね」

……フィズって優し気な見た目とは裏腹に結構武闘派だよね。外見は毎日図書館の窓辺で本とか読んでそうな好青年だから、度々出てくる発言と見た目のギャップにビックリする。

いや、別にフィズに大人しさを求めてるわけじゃないけどね。むしろ皇帝なんて敵も多いだろうし、自衛ができるなら越したことはない。フィズは自衛どころか過剰防衛しそうだけど。

「陛下、陛下があまりにも野蛮な発言ばっかり繰り出すもんだから皇妃様が怯えてますよ？」

「え!?」

アダムの言葉にぎょっとしたフィズが俊敏な動きで目の前にあったテーブルを飛び越え、対面に座っていた私を抱き上げた。

私の脇に手を差し込み、猫の子を持ち上げるようにぷらーんと自分の目線の高さまで持ってくる。

「ごめんね姫、怖がらせちゃった？」

「え、ううん。別に。元気なのはいいことだよね」

心配そうに眉尻を下げていたフィズの顔が私の言葉でパァッと明るくなる。

そんなフィズを見てなぜかアダムが笑い声を上げた。

「あっはっは、まさかあの陛下が一人の女の子を怯えさせることにこんな過敏になるとはね」

「当たり前でしょ。姫に嫌われたら俺はショックで立ち直れないよ。勢い余ってお前をボコボコしちゃうかも」

「皇妃様が陛下の言動に怯えなくて何よりです」

コロリと態度を変えるアダム。

というか、フィズはショックの受け方も武闘派なんだね。私の旦那様は意外性の塊のようだ。

「フィズレストが立ち直れなくなるのは俺としても困るな。仕事が滞る」

「弟の精神面よりも国政の心配をする兄さんてほんっとうに真面目だよね」

「皇族としては普通だよ」

「は～あ、冷たいねぇ。俺達は温かい家庭を築こうね～姫？」

未だに私をぷらーんと抱き上げたままニコリと微笑むフィズ。フィズからしたら私の重みなんて枕を持ってるくらいにしか感じないんだろうな。

フィズの言葉にコクコクと頷きながらそんなことを考える。

――そっか、私に家族ができるのか。

まだあんまり実感が湧かないけど、フィズと私は家族になったんだよね。

お父様とお母様が生きていた頃の記憶はないし、伯父様は年に一度しか顔を合わせない。物心ついた頃から胸を張って家族だと言える人が私にはいなかったから、今のフィズの言葉はなんだか無性に嬉しかった。

まだフィズは旦那様というよりもお兄ちゃんみたいな感じだけどね、向こうもきっと私のことは妹くらいにしか思ってないだろう。

そっか、これからはこの賑やかな感じが普通になるのか。

嬉しいなぁ。

「あ、姫が笑ってる。かわいいねぇ」

いつの間にか笑顔になっていたらしい。

そんな私を見るフィズの表情も、いつも浮かべているようなアルカイックスマイルじゃなくて、心からの優しい微笑みだった――

そして、冷たい冬は
終わりを告げる

【アダム（皇帝の側近）視点】

陛下に初めて会ったのは、俺が十六、陛下が十二歳の時のことだった。

「――グァッ!!」

ちょうど日が暮れた頃、俺は魔獣の一撃を浴びて吹っ飛ばされ、背中を木に打ち付けた。

その時の辺境は今よりもずっと魔獣が多く、そして魔獣達は強かった。

当時、自分には剣の才能があると信じて疑わなかった俺は、自分で志願して辺境に向かった。辺境の魔獣退治で手柄を立ててやろうと思ったのもあるが、帝都の汚い貴族の奴らにうんざりしたのもある。

俺は綺麗なものが好きだ。それは人間でも物でも同じ。だから、性根の醜い貴族達が大勢いる帝都にいるのは耐えられなかったんだ。

だが、逃げた先の辺境もそこまでいい場所ではなかった。

場所は辺境の森の中。

木に背中を打ち付けたせいか、痛みでうまく呼吸ができない。だが今は魔獣との戦闘中、呑気に呼吸を整えている場合じゃない。

死に物狂いで肺に空気を取り込む俺の上に、巨大な影が差し迫った。

――ああ、俺、死ぬのか……。

自分の死を覚悟しつつも、俺の手は無意識に自分の剣を握りしめていた。その時何を考えていたかはあまり覚えていないが、まだ生きている仲間達のために目の前の魔獣に一太刀でも浴びせられたらと思ったんだろう。

次の瞬間、俺の前を何かが横切ったと思えば、今にも俺を襲わんとしていた魔獣が地に伏していた。

「……へ？」

「あはは、なにまぬけな声出してるの？　天国にいる気分になるのはまだ早いんじゃない？」

目にもとまらぬ速さで魔獣を下したその少年は、満月をバックにし、天使のような顔で毒を吐いた。

その姿は余りにも綺麗で、実は俺はもう死んでいて、天国に来てしまったんじゃないかと錯覚するほどだった。

そして、少年はそのまま俺達が苦戦していた魔獣をバッタバッタとなぎ倒していく。

まだ身長は150センチを少し超えたあたりといったところか。それに、そのスラリとした体付きのどこにこんな力が眠っているのかと思うほど、少年の力は圧倒的だった。

「――はい」

近くにいた魔獣を数体連続で葬り去った少年が、そう言って手を差し伸べてくる。

未だに座り込んでいた俺に手を貸してくれるつもりなのか。そう思って少年の手を取ろうとした俺の手は――見事に空を切った。

「え？」

俺の手を見事に避けてくれちゃった少年を見上げると、少年は「何してんだこいつ」とでも言いたそうな顔で俺を見下ろしていた。

いやそれ俺のセリフなんですけど!?

そして、少年はハァ、と溜息をついてから言った。

「誰が『お手』をしろなんて言ったの？　剣だよ剣、どうせ動けないんだからその剣貸してくれる？」

「あ、はい……」

綺麗なものには滅法弱い俺。気づけば少年に騎士の命とも言える剣を手渡していた。

まあ、未だに動けない俺が握りしめているよりは少年に使ってもらった方がいいだろう。この少年がいる限り、俺のところまで魔獣は来なさそうだし。

――そして俺の予想通り、周囲にいた魔獣達は全て少年によって駆逐された。

目にも留まらぬ速さで動き回る少年を見て、ただ呆けていた俺を回収してくれたのは俺の二つ上の先輩だ。

俺と同じく、少年に命を救われた先輩はボロボロだったが俺に肩を貸して砦まで連れ帰ってくれた。

「……先輩、あの少年は何者なんですか？」

「ああ、多分彼は我が国の第二皇子、フィズレスト様だ」

「!?」

驚いた拍子に唾が気管に入り、俺は激しく咳き込んだ。

「――ケホッ、なんだってそんなお方がこんなところに？」

「なんでも父である皇帝陛下と折り合いが悪いらしくてな、こちらに飛ばされたようだ」

「……皇族のお家事情も色々と複雑なんですねぇ」

普通自分の子どもをこんな場所にやるか？

あの少年は皇帝陛下にかなり疎まれていると見た。

「だな。使えないボンボンだったらどうしようかと思ったが、あの様子だとかなり腕が立つな。……というか、俺達よりも遥かに強くないか？」

「……」

先輩の言葉に、俺は無言でコクリと頷いた。

正直、あの少年の方が自分よりも強いと認めるのはかなり癪だ。これでも剣の腕には自信があったし。だが、ここまで力の差が歴然だと競うことも馬鹿らしい。

なにせ、あの少年は俺では全く歯が立たなかった魔獣をいともたやすく伸《の》してしまったのだ。

俺が乙女だったら即惚れてたようなタイミングだったな。

――なにはともあれ、俺はお姫様でもなんでもないが、俺を助けてくれたのは本物の皇子様だったようだ。

それからなんやかんやあって、少年は辺境の砦のトップに君臨した。

トップの役職に就いたというわけではなく、誰もが少年を自分達の長《おさ》だと認識したのだ。

まあ、そこに至るまでには本当になんやかんやあった。やはり少年のことを快く思わない者もいたし、温室育ちだろう坊ちゃんに嫌がらせをしようとする奴らもいた。

そして、そんな奴らに少年は穏便に話し合いをする——わけもなく、力でねじ伏せていた。

芸術的なまでに美しい顔が心底不思議そうに、「どうして自分よりも強い相手に逆らうのかな」と言っていた光景が脳裏に焼き付いている。その時は常時アルカイックスマイルを貼り付けていたわけではなかったからな。ニコニコと笑ってそう言われるのも違う気がするが。

だが、常に笑顔を浮かべているからとはいえ、成長した今の方が表情が豊かというわけではない。今は貼り付けたような笑顔がほとんどだが、当時はもうちょっと感情の起伏が顔に出ていたからな。

そして、誰が呼び始めたのかは知らないが、少年のことを皆、「陛下」と呼び始めた。その時はまだ少年の父が皇帝の座に就いていたにも拘らず少年をそう呼ぶのは皇帝陛下に対する不敬だ。だが、辺境の砦にそんなことを咎めるものはいない。それに、自分達の王は少年ただ一人だったのだから。

そんな俺達の王は、俺のことを使い勝手のいい駒だと認識したらしく、俺は気づいたら陛下の側近のような立ち位置となってこき使われていた。

あまりにもいろんなことを言いつけられたので一度、他の奴らにも均等に仕事を分配してほしいと言ってみた。それに対して返ってきた言葉は、「どうして？　君は俺に命を救われたんだから俺のために働くのは当然でしょ？」だ。

見た目は天使だが、中身はしっかりと恩返しを求めるタイプらしい。

そんな風に辺境で独裁を繰り広げていた陛下だったが、兄皇子に呼び戻されて本物の皇帝陛下になっちまった。あの時はたまげたなぁ。まあ、どこか予感している部分もあったんだが。

そして、陛下が従順な部下である俺を手放すわけもなく、俺も陛下と一緒に逃げ出したはずの帝都に戻ってきたわけだ。いや〜、辺境から帰ってくると帝都の便利さにびびったね。痒いところに手が届く道具が勢揃いだし、至るところに店があるから食材や道具の調達もすぐにできる。ドロドロとした貴族達に目を向けなければこんなに快適に過ごせるのかと感動したね。

そして、兄皇子の要請で帝都に戻ってきてからの陛下は、常に微笑を浮かべたまま仕事をする機械のようだった。

ただ国のために淡々とすべきことをこなす、そんな存在。

だが、陛下が皇帝の座についてから帝国はいい方向に舵を切り出した。その最たる例がウラノス王国との和平だ。

人としては多少の問題はあるかもしれないが、陛下は他人のために行動ができる人なのだ。顔も知らぬ国民然り、砦の者達しかり。

帝都に戻る一週間前から陛下は辺境の森に潜り、それから一週間不眠不休で戦い続け、当面の魔獣の危機を排除したのは鮮烈に記憶に残っている。全ては自分がいなくなった後、砦に残る騎士達のことを案じての行動だろう。

そんな陛下だからこそ、俺達もなんだかんだ従ってしまう。つまるところ、人の上に立つ者としてのカリスマ性があるのだろう。

そして、先帝も陛下のカリスマ性に恐れをなした。だから陛下はあんな辺境に飛ばされたんだと俺は思う。

だが、陛下が他人のためにあからさまに感情を動かすことは少ない。そう思っていたから、皇妃様の使用人がいなくなった時、本気で怒った陛下に俺は心底驚いた。

多分、皇妃様の何かが陛下の琴線に触れたんだろう。

だって皇妃様と接する時の陛下は明らかに普段と様子が違うからな。

いや〜、初めて陛下が皇妃様と話すのを見た時はたまげたね。

俺の知ってる陛下はこんなに温かい眼差しを誰かに向けるような男じゃなかったから。十二歳の時の陛下よりも、皇妃様と接する時の陛下の方がよっぽど人間らしい。

ウラノスとの和平云々よりも、陛下が大切にしたいと思える人を皇妃に迎えられて本当によかったと思う。

俺はただ、二人が幸せになるのをただ書類の束の陰から祈るばかりだ。

＊＊＊

フィズやアダム、お義兄様が離宮にやってきた日からしばらくが経った。

諸々の後始末でフィズが大変そうだから何かできることはあるか聞いてみたけど、特に私がやることはなさそうだった。

まあ、私はこの国の政治のことはなにも分からないもんね。

その代わり、僅かに残ったウラノスとの和平反対派の勢力などの説得の時はリュカオンと私の名前を出すことに同意した。リュカオンの名前を出せば大体の人がリュカオンの言うことを聞いてくれるからね。どうして私の名前も必要なのかは分からないけど。

もしかして――

「私も神々しい雰囲気が出てるのかな!?」

「……」

ワクワクとしてそう聞いてみると、リュカオンからは微妙な視線を返された。

「シャノンはかわいいが神々しいとは少し違うんじゃないか?」

「えへへ、私かわいいかぁ」

「……うむ、かわいさだけで言えばシャノンは天下をとれると思うぞ」

「じゃあ私ってば天下人だねぇ」

そう言うとまたもや微妙な顔をされた。

「……まあ、我も含めてシャノンの保護者陣が本気を出したら天下なんてあっという間だろうが……」

「ん？　なにか言った？」

呟き声だったからよく聞こえなかった。

「いや、なにも」

フルフルと首を振るリュカオン。

お澄まし顔もかわいい。

以前離宮に訪ねてきて以来、フィズは時間を見つけては離宮にやってくるようになった。側近だからか、アダムも毎回ついてくる。

その度にお菓子やら洋服やらをお土産に持ってきてくれるんだけど、そろそろ贈り物が本当に山になってきている。

私は部屋の一角の贈り物の山をちらりと見た。そこには、積み重ねられた贈り物の山が二つ。山の一つはフィズ、そしてもう一つはお兄さんもとい、教皇さんもとい、おじ様からの贈り物だ。

おじ様はなぜかフィズと変わらない頻度で何かしらをプレゼントしてくれる。変わらない頻度というか、まるでフィズと競い合うように贈り物をくれる。フィズからの贈り物が増えたらおじ様の贈り物も増え、おじ様からの贈り物が増えるとフィズからの贈り物も増えるといった感じだ。

まさかとは思うけど、あの二人ならお互いが何を贈ったのかも把握してそうだから実際に競い合っている可能性も否めない。

多分二人の懐は全く痛まないんだろうけど、私の心は痛むので今度二人に会った時には贈り物は特別な時だけにしてって言ってみようと思う。

「くぅ、私が傾国の美少女だったばっかりに、こんな悩みが……!!」

「よく傾国なんて言葉知ってたな。偉いぞ」

「ふふん」

リュカオンに褒められたのでドヤ顔をしておく。

「まあ、奴らは今一時的に箍が外れた状態だから放っておいてもそのうち落ち着く……か……？」

「途中からあからさまに自信なくなったね」

「いや、奴らの愛は深くて粘着質っぽいからなぁ」

そう言って遠い目をするリュカオン。

「まあ、とにかくシャノンの口から直接希望を伝えるのが一番いいだろう」

「うん、そうするね」

正直、もうプレゼントはお腹いっぱいだ。

頻繁にもらってると特別感がなくなっちゃうし。

——だけど、それからしばらくフィズは離宮にやってこなかった。

それまでは一週間に一度か二週間に一度は来ていたのに、三週間を過ぎてもフィズは来なかった。

フィズの身になにかあったのかと心配になったけど、届いた手紙を読んでみると本当に忙しいだけらしい。

皇帝でも無視ができないほどの権力を持っていたユベール家と、その周囲の家がまるっと失墜した影響はそれだけ大きかったのだ。

フィズが来なくなってから一か月が過ぎた頃、ようやくフィズが離宮を訪れてきた。

正面玄関をくぐったフィズは、出迎えていた私を見ると笑顔で駆け寄ってくる。

「――姫～!!」

「おお」

やけに上機嫌のフィズが私の脇に手を差し込み、ヒョイっと持ち上げた。そしてその場でクルクルと回る。

「フィズご機嫌だね」

「うん、もうすぐやっと一段落がつきそうなんだ。教会が協力してくれてね」

「教会が？」

「うん、いかにも俗世とは隔絶してますって顔をしてるあいつらが手を貸してくるなんて今でも信じられないよ。きっと姫のおかげだね」

「いや、どちらかというとリュカオンがいるからじゃ……」

皇妃《わたし》がリュカオンの契約者だから手伝ってくれてるんだと思うけど、フィズは「姫がかわいいからだよ」と言って聞く耳を持たなかった。

そのまま正面玄関のエントランスで話し込むのは何なので、私達はいつも通り応接室へと移動した。

私とリュカオンがいるのとは反対側のソファーに座ると、フィズは早速話し始める。

「いや～、教会の奴らってば姫が関係する事柄に関してはやたらと協力的なんだよね。そこの神獣様と同じような親バカ感がするんだけど心当たりはない？」

「……ココロアタリ、ナイ」

ぷいっとフィズから顔を背ける私に生温かい眼差しが注がれるのが分かる。

ダメだ、私嘘が絶望的に下手くそかもしれない。

私の口が勝手に余計なことを言わないように両手で口を押える。

絶対に内緒だよって言って人に教えると、その人も同じように内緒って言って誰かに話しちゃうから、本当に隠さないといけないことは誰にも言ってはいけませんって侍女達に習ったのだ。ちゃんと覚えてるから私は誰にも言わないよ。

おじ様の秘密は私が守るからね！

教皇様が実は図書館にいるなんて知ったら一目見たい人が集まったりしておじ様の平穏な生活が乱されそう。もしかしたらユベール家みたいに教会をよく思ってない人に暗殺者とかを差し向けられるかもしれないし。

「……そっかぁ、心当たりないかぁ。じゃあ仕方ないね」

「うん」

残念な子を見る顔をしているフィズの言葉にコクコクと頷く。

部屋の中に一緒にいたセレスやアリア達、そしてリュカオンの全員が残念な子を見るような、生温かい目でこちらを見ていた。

そんなに誤魔化すの下手だったかな……。

ちょっとショックを受けていると、リュカオンが慰めるように私の膝の上に尻尾をポフッと乗せてくれた。ありがたく、その尻尾をもみもみさせてもらう。

「——にしても、フィズが元気そうでよかったよ。アダムも元気？　今日は姿が見えないけど」

「ああ、あいつは元気だよ。あいつを連れてくるとうるさいから今日は仕事を言いつけて置いてきた」

そう言うとフィズは自分の口の前で人差し指を立て、私に向けてウインクをした。調子に乗るからアダムには内緒ってことらしい。

「そんなこと言ってもアダムのことは結構信頼してるくせに」

「……なるほど、私のライバルはアダムってことだね」

「いやいや、なにもなるほどじゃないよ。姫は何を受信しちゃったの？」

「打倒アダムだね」

「あいつを倒すのなんて姫にかかれば余裕でしょ。何なら俺が倒してくるよ」

今からでも……と腰を浮かせるフィズを慌てて止める。どうしてフィズには物理的に倒す選択肢しかないのか。

遠慮しなくていいのに、と首を傾げるフィズを、私は庭の散歩に誘った。

最近は座り仕事ばかりだろうし、たまにはお散歩もいいだろう。

やっと暖かくなってきたので、今は日陰にほんの少し雪が残るくらいだ。

花壇にはまだ全然花は咲いてないけどこれからだろう。見るものは特にないけど、花壇の間をフイズとリュカオンと並んで歩く。

「お、冬の間は気づかなかったがここには芝生もあるのだな」

「ほんとだ」

今では雪で埋もれていなかったけど、花壇の外側には芝生のゾーンがあった。

「もう少し暖かくなったら芝生に寝転がって昼寝でもしたいものだな」

「いいねぇ。じゃあその時は三人でお昼寝しようね」

リュカオンの発言に私も乗っかる。

「三人……俺も？」

「うん、嫌？」

キョトンとした顔のフィズに聞き返す。

すると、フィズはふわりと笑って言った。

「いや、全然嫌じゃないよ。……そうだね、姫と神獣様と昼寝をするのはすごく癒されそうだ」

心の底から楽しみそうにフィズが呟く。

「じゃあ春になったら約束ね。フィズ忘れないでね？」

「もちろん。たとえ二人が忘れても俺だけは忘れないから安心して」

「おぉう」

そんなんだからリュカオンに粘着質とか言われるんだよ。今もリュカオンはやれやれって顔してるし。

そして、近い未来の約束をしてフィズは皇城に帰っていった。

私達が今回のんびりとお散歩をできたのも、庭でお昼寝の約束をできたのも、離宮の護りがしっかりと固められたからだ。

オーウェン達は現在、ウラノスからやってきた聖獣騎士達と協力して離宮に鉄壁の護りを敷いている。

ウラノスから騎士がやってきたし、使用人が足りなくなったらいつでも要請できる環境になったことで庭師志望のジョージは見事、庭師見習いにジョブチェンジした。今は目前に迫っている春に向けて色々と準備をしている最中だ。

春になったらフィズに色とりどりの花壇を見せてあげられるだろう。

＊＊＊

――そして、アルティミア帝国の情勢が落ち着いた頃には、長かった冬がすっかりと終わりを迎えていた。

約束をしてから数週間後、二人が離宮を訪ねてきた。

「フィズいらっしゃ～い。あ、アダムも」

「出迎えありがとう姫」

「お久しぶりです皇妃様」

状況が大分落ち着いたからか、二人の顔色は以前会った時よりも全然いい。

そして、私達は早速約束を果たそうと庭に出た。

幸い今日は天気もいいし、少し前に昼食を終えたところなので午睡にはピッタリなタイミングだ。

リュカオンが枕になってくれたので、私とフィズはふわふわな毛並の上に頭を乗せて芝生の上に寝転がった。芝生の上といっても薄い布を一枚敷いてるんだけどね。

そうやって寝転がりながらしばらく話していると、私達はいつの間にか揃って眠りについていた

＊＊＊

「あ〜あ、幸せそうな顔して寝ちゃって。俺も交ぜてほしかったなぁ」

ぼやくアダムを横目に、セレスはシャノン達にブランケットをかけていた。

「前々からのお約束でしたからね。アダム様は周囲の警戒に努めてくださいませ」

「はぁ、了解。でも不穏分子は一掃したから今の時点で陛下達を狙う人がいるとは考えにくいですけどね」

「それでも、用心をするに越したことはありません。この方々は我が国の皇帝陛下と皇妃様、そして神獣様なんですから」

セレスは毅然と言い放つ。

「まさに権力が一点に集中してる感じですね。ここに教皇猊下もいたら完璧なんですけど」

まあ、そんなことはあり得ないだろうと、アダムも自分で言っていて思う。

数秒の沈黙の後、セレスが話を切り出した。

「……アダム様、シャノン様はずっとお飾りなのでしょうか……」

その問いかけに茶化して答えようと口を開きかけたアダムだったが、セレスの顔を見て一度口を閉じた。

それからややあり、アダムが再び口を開く。

「まあ、皇妃様の年齢が年齢なのでしばらくは嫌でもお飾りのような扱いになってしまうでしょうね。でも、十分に成長された後は皇妃様が決めることでしょう。そのままお飾りとしてまったり生活しても、皇妃として政治や社交に積極的に関わっても、皇妃様が決めたことなら陛下は全て受け入れますよ」

そこで、セレスはシャノンと出逢ってからのことを思い出していた。

ちょっと抜けているけれど、きちんと物事を捉えられる頭のよさ。

セレスの故郷までついてくるほど国民思いな心。

そして、常人ではありえないくらいの器の大きさ。

正に、シャノンは王族となるべくして生まれてきたような少女だ。

そこで、セレスは思う。

「――お飾りだろうとなんだろうと、皇妃はシャノン様の天職なんでしょうね」

その時、一吹きの温かい風がフワリとセレスの髪を舞い上げた。
その風はまるで、セレスの発言に同意を示しているかのようだった——

あとがき

皆様、初めまして雪野ゆきのです。

この度は「お飾りの皇妃？　なにそれ天職です！」をお手に取っていただき、ありがとうございます。


あとがきから読む派の方もいらっしゃると思うので、なるべくネタバレなしで書いていこうと思います。


この作品は、体は弱いけど逞しい主人公が自力で運命を切り開くという話が書きたくて生まれました。裏テーマはマヌケかわいい主人公です（笑）。

我ながら、なかなかかわいい主人公が書けたと思います。

私は言ってほしいセリフやシーンを思い浮かべてから全体の話を作ることが多いのですが、書きたいシーンが多すぎて気づけばとても分厚い本になっていました。鈍器ですね。

分厚いだけあって読み応えはあると思うので、皆様に楽しんでいただけると嬉しいです！

あと、もうお気づきの方もいるかもしれませんが、雪野は白髪キャラが大好きなんです。なので、いつの間にかキャラの色素が薄くなっています。手癖ですね。

そんな私の好みを、とんでもなく素敵なイラストで表現してくださった、ゆき哉先生には感謝してもしきれません。

また、書籍化の話をくださった担当様、そしてこの本を出版するにあたってお力添えくださった全ての方に感謝を。

そして、この本を手に取ってくださった読者の皆様、本当にありがとうございます。

シャノンの物語は『小説家になろう』さんの方で続いていますので、もしご興味があれば覗いてみてください。


この本で皆様が少しでも楽しんでいただけたらそれだけで嬉しいです。

またどこかでお逢いできることを願って。

雪野ゆきの

シャノン
髪形はTPOで変える予定
(変えられる、メイド達に)
表紙
バージョン
メイド風
おめかし

ゆき哉

KANA YUKI

ILLUSTRATION GALLERY

普段見ることのできない
貴重なキャラクターデザインを、
ぜひお楽しみください。

大人のエンタメ、ど真ん中！
SQ EX ノベル 毎月7日発売
SQEXノベル
片田舎のおっさん、剣聖になる
～ただの田舎の剣術師範だったのに、大成した弟子たちが俺を放ってくれない件～
著者：佐賀崎しげる
イラスト：鍋島テツヒロ
万能「村づくり」チートでお手軽スローライフ
～村ですが何か?～
著者：九頭七尾
イラスト：セ川ヤスタカ
私、能力は平均値でって言ったよね！
著者：FUNA イラスト：亜方逸樹
悪役令嬢は溺愛ルートに入りました!?
著者：十夜 イラスト：宵マチ
逃がした魚は大きかったが釣りあげた魚が大きすぎた件
著者：ももよ万葉
イラスト：三登いつき
●誤解された『身代わりの魔女』は、国王から最初の恋と最後の恋を捧げられる
●転生したら最強種たちが住まう島でした。この島でスローライフを楽しみます
●転生幼女は前世で助けた精霊たちに懐かれる 他

GC UP!
毎月7日発売
悪役令嬢は溺愛ルートに入りました!?
原作：十夜・宵マチ　作画：さくまれん
構成：汐乃シオリ
失格紋の最強賢者
～世界最強の賢者が更に強くなるために転生しました～
原作：進行諸島　漫画：肝匠&馮昊
(GAノベル/SBクリエイティブ刊)　(Friendly Land)
キャラクター原案：風花風花
神達に拾われた男
原作：Roy　漫画：蘭々
キャラクター原案：りりんら
転生賢者の異世界ライフ
～第二の職業を得て、世界最強になりました～
原作：進行諸島　漫画：彭傑
(GAノベル/SBクリエイティブ刊)　(Friendly Land)
キャラクター原案：風花風花
お隣の天使様にいつの間にか駄目人間にされていた件
原作：佐伯さん　原作イラスト：はねこと
(GA文庫/SBクリエイティブ刊)
作画：芝田わん　構成：優木すず
ここは俺に任せて先に行けと言ってから10年がたったら伝説になっていた。
原作：えぞぎんぎつね　漫画：阿倍野ちゃこ
(GAノベル/SBクリエイティブ刊)
ネーム構成：天王寺きつね　キャラクター原案：DeeCHA
勇者パーティーを追放されたビーストテイマー、最強種の猫耳少女と出会う
原作：深山鈴　漫画：茂村モト
マンガUP!
毎日更新
●「攻略本」を駆使する最強の魔法使い ～<命令させろ>とは言わせない俺流魔王討伐最善ルート～　●おっさん冒険者ケインの善行　●魔王学院の不適合者 ～史上最強の魔王の始祖、転生して子孫たちの学校へ通う～
●二度転生した少年はSランク冒険者として平穏に過ごす ～前世が賢者で英雄だったボクは来世では地味に生きる～　●異世界賢者の転生無双 ～ゲームの知識で異世界最強～
●冒険者ライセンスを剥奪されたおっさんだけど、愛娘ができたのでのんびり人生を謳歌する　●落第賢者の学院無双 ～二度目の転生、Sランクチート魔術師冒険録～　他
©Roy　©Saekisan/SB Creative Corp.　©Shinkoshoto/SB Creative Corp.
©Suzu Miyama　©Ezogingitune/SB Creative Corp.

SQEXノベル

お飾りの皇妃？　なにそれ天職です！

著者
雪野ゆきの
イラストレーター
ゆき哉

2023年9月7日　初版発行

発行人
松浦克義

発行所
株式会社スクウェア・エニックス
〒160−8430
東京都新宿区新宿6−27−30　新宿イーストサイドスクエア
（お問い合わせ）スクウェア・エニックス　サポートセンター
https://sqex.to/PUB

印刷所
図書印刷株式会社

担当編集
長塚宏子

装幀
小沼早苗（Gibbon）

この作品はフィクションです。
実在の人物・団体・事件などには、いっさい関係ありません。

ISBN978-4-7575-8781-6　C0093　　Printed in Japan